먹고 마시고 자라

먹고 마시고 자라

초판 3쇄 발행 2021년 12월 20일

지은이 김인숙
펴낸이 배선아
펴낸곳 (주)고즈넉이엔티

출판등록 2017년 3월 13일 제2021-000008호
주소 서울특별시 중구 청계천로 40, 1203호
대표전화 02-6269-8166 **팩스** 02-6166-9199
이메일 gozknockent@gozknock.com
홈페이지 www.gozknock.com
블로그 blog.naver.com/gozknock
페이스북 www.facebook.com/gozknock
인스타그램 www.instagram.com/gozknock

ISBN 979-11-6316-041-0 03810

먹고 마시고 자라

김인숙 지음

고즈넉 이엔티

차례

page

prologue

우린 여전히 뚱뚱하고, 여전히 다이어트 중이다

우리가 남들과 다르다는 건, 태어난 순간부터 이미 알고 있었다. 모든 여자 아이들이 미스코리아를 꿈꿀 때, 우리는 같은 해에 태어나, 우량아 선발대회에서 금, 은, 동메달을 나란히 거머쥔 대한민국 대표 우량아 출신들이었으니까.

같은 지역 출신에 초, 중, 고등학교까지 같았던 우리 셋은 학창시절 내내 씨름부, 유도부, 투포환 코치들의 러브콜을 받았다. 또래의 여학생들보다 확실히 눈에 띄는 발육 상태는 일상생활에선 특히, 이성교제에선 많은 부분 마이너스였지만 학교생활에선 꽤 이득이었다.

우리가 떴다 하면 홍해가 갈라지는 것만 같았다. 아이들이 순서를 양보할 만큼 급식실의 스타였고, 매점 이모들에게 가장 사랑받는 명실공히 학교 셀럽들이었으며 과자쟁이였다. 그뿐인가! 우리는 고기라면 환장하는 잔인한 포식자였고 콜라와 빵을 사랑하는 탄수

화물 중독자였다.

그렇다. 어린 시절 내내 뚱뚱하다는 놀림을 당연하다는 듯 듣고 살았으며, 엉덩이 살 때문에 매번 말려 올라가는 교복치마를 아예 체육복 바지와 한 세트로 꿰매어 입고 다닌 꽤 실용적이고 진보된 패션 감각의 소유자들이기도 했다.

학창시절 내내 한 몸처럼 붙어 다니던 우리를 사람들은 '덩어리'라 불렀지만, 우리는 우리 스스로를 자칭 '비만 메이트'라 불렀다.

그중 강옥이는 90kg에 99사이즈를 자랑하는 우리들 중 가장 거구였는데, 그 뚱뚱함을 앞세워 성공한 빅사이즈 여성의류계의 거물이었다.

"음악 틀어줘!"

AI 스피커를 향해 짝짝! 박수를 치자, 늘씬하고 길쭉한 보디, 시원한 미소가 매력적인 줄리아 로버츠 주연 영화 「프리티 우먼」의 주제곡이 흘러나왔다.

샤워를 갓 마친 강옥이 옷장 문을 열자, 위아래 행거, 서랍, 바구니 할 것 없이 찍어 만든 것 같은 검은 옷들이 한가득 진열되어 있었다. 딱 한 벌, 옷장 구석에 하얀색 시폰 드레스가 눈에 띄었지만 마치 처음부터 투명했던 것처럼 그녀의 눈엔 보이지 않는 듯했다.

강옥은 선별된 검은 옷들, 그러나 육안으로는 같은 옷인지 다른 옷인지도 모를 것들을 침대 위로 던졌다.

의자 위에 올려놓은 굵은 다리, 검은 압박 스타킹을 끌어 올리는 통통한 손. 검은 코르셋을 조이는 아찔하게 굵은 허리. 찐한 스모키 화장에 검고 굵은 아이라인, 마스카라를 칠하는 섬세한 손놀림. 저

승사자를 연상케 하는 올 블랙의 강옥이 언제나 그렇듯이 냉장고 안 숙취해소 음료를 잔뜩 담아 챙기더니 집을 나섰다.

'32-24-36, 36-21-34, 34-27-38….'

세상을 여자와 남자, 반으로 나눌 수 있다면, 여자는 뚱땡이와 날씬이 반반이다. 세상의 반인 남자는 길에서 나머지 절반인 여자를 쳐다본다고 하는데 이상하게도 여자는 여자를 본다. 그리고 여자의 반인 뚱땡이들은 날씬이들을 본다. 그것도 아주 자세히. 강옥은 오늘도 만원 지하철에서 여자들의 몸매를 보고 또 봤다.

'날씬한 것들이란…. 니들은 좋겠다.'

심술 가득한 적의마저 느껴졌다. 숙취해소 음료를 들이키며 강옥은 그들이 몸에 걸치고 있는 요즘 유행하는 알록달록 예쁜 원피스와 앞코가 뾰족한 7cm의 힐 그리고 앙증맞은 미니 크로스백들을 스캔했다. 분명 저것들은 강옥도 어젯밤 쇼핑몰 사이트에서 장바구니에 담아뒀던 것들이다. 사이즈가 없어서 살 수 없는, 혹은 커다란 덩치에 어울리지 않아 포기해야 했던 애증의 패션템들.

강옥은 얼른 가방 속 핸드폰을 찾았다. 저것들을 장바구니에서 어서 빨리 비워버려야지. 왠지 남의 물건을 탐낸 죄인처럼 강옥은 허둥지둥 핸드폰을 집어 들었다. 그 순간, 힐끔힐끔 강옥을 훔쳐보고 있는 남학생과 눈이 마주쳤다.

학생은 벌떡 일어나더니 강옥에게 자리를 양보했다.

"전 금방 내리거든요. 이리로 앉으세요."

이 많은 사람 중에 왜 나?

강옥은 의아했지만 일단 압박 스타킹 때문에 종아리가 뻣뻣하게 당기기 시작했고, 배를 조인 코르셋 때문에 허리도 아팠다. 그래서 앉았다. 고맙다는 말 대신 세상, 사람 좋은 미소를 지으면서.

학생은 뿌듯하다는 듯, 당연하다는 듯 활짝 웃었다. 누구라도 당신에게 자리를 양보했을 거라며. 발개진 얼굴로 얼른 귀에 이어폰을 꽂았다.

"몇 개월이나 됐어?"

"네?"

옆에 앉아 있던 할머니가 물었다.

강옥의 배를 뚫어져라 쳐다보며 연신 호기심 가득한 눈빛으로 강옥을 바라봤다.

"배 모양만 보면 딱 아들인데?"

이제야 감이 왔다. 이거였구나. 남학생이 그토록 그녀를 앉히지 못해 엉덩이를 들썩였던 것도, 앉아 있던 사람들 모두가 불편한 시선으로 서 있는 강옥을 바라봤던 것도.

"살찐 건데요!"

강옥은 한 손 가득 뱃살을 움켜쥔 채 미소 지었다. 할머니는 어머… 기함하며 고개를 돌렸고, 남학생은 괜한 짓을 했구나, 노골적으로 그녀를 혐오스럽다는 듯 흘겨보았다.

강옥은 얼른 가방으로 배를 감추며 시선을 피했다. 어쩌겠나! 그렇다고 하루아침에 내장비만이 베이비로 뒤바뀌진 않을 테니 말이다.

반면에, 우리 셋 중 가장 적은 몸무게를 자랑했지만 키 또한 제일 작은 보민이는 웃을 때마다 '으컹컹…' 이상한 콧소리를 내는 아주 특이한 캐릭터였다. 모두가 함께 있을 때는 늘 물만 마셔도 살이 찐다고 내숭을 떨어댔지만 집에만 갔다 하면 고칼로리의 음식들을 한

꺼번에 흡입하는 일종의 폭식꾼이었다.

지금 텔레비전에서는 어깨를 드러낸 실크 벨벳 소재의 드레스를 입고 여자가 무대 위를 걸어 나오고 있었다. 그녀의 뒷모습은 당당했다. 그 몸매가 전신 성형을 통해 재탄생되었다 할지라도.

텔레비전 속 그녀는 인생의 절반이 고도비만이었다고 한다. 유명 성형외과 의사와 정신과 의사 그리고 유명 모델들이 픽업하고 수술해서 만들어낸 21세기 가장 완벽한 설계 미인!

MC들과 방청객들은 이 인위적이고 작위적인 여성의 변화에 찬사를 보냈다. 기립 박수를 아끼지 않았고, 연신 아름답다는 감탄과 탄성을 내지르며 호들갑을 떨어댔다. 이쯤 되면 항상 무대 정중앙으로 걸어 나오는 다이어트 마스터가 등장한다. 여심을 흔들 정도로 매력적인 미소와 함께 그가 외치는 단 한 마디, 그 타이밍을 놓치지 않고 보민이 동시에 외쳤다.

"이제 당신 차례입니다!"

"이제 당근 차례입니다!"

야채를 썰던 칼을 휘두르며 얼마나 큰 소리로 외쳐댔는지, 이제 당신 차례라는 다이어트 마스터의 시그니처 워드(signature words)가 순식간에 묻힐 정도였다.

방 안을 꽉 채우고 있는 온갖 헬스 기구들과 배짝 마른 패션모델들의 커버 사진들. 그 사이로 뽀얀 연기를 풀풀 뿜어내며 요리를 하고 있는 보민의 존재는 극단적이고도 오묘했다.

"뭐라고? 올리브유보다 버터가 더 맛있다고? 하지만… 칼로리는?"

혼자 자문자답하며 입을 오물댈 때마다 볼 살이 앙증맞게 출렁거렸다. 몸은 꽤 거대했지만 키는 아담했고, 하이톤의 목소리는 그녀를 동안으로 보이게 했다.

"그래, 칼로리와 맛은 비례하지! 좋았어. 맛을 살리는 대신 칼로리를 포기하세, 친구!"

굵직한 남자 목소리로 말했다가.

"원래 살찌는 게 맛있다네. 그건 맛의 진리야. 잊지 말게, 친구."

이내 다시 나이를 가늠할 수 없는 비음이 잔뜩 섞인 하이톤의 목소리로 돌아왔다.

보민은 냄비에 버터와 생크림을 잔뜩 넣더니, 안단테로 야무지게 익은 스파게티 면을 투하했다. 기름과 크림 그리고 면이 마치 처음부터 한 몸이었던 양 매끄럽고 우아하게 냄비 안에서 힘껏 출렁거렸다.

한껏 기분이 좋아진 보민이 콧노래를 흥얼거릴 때, 핸드폰 메시지 알림이 울렸다.

보민은 마치 기다리고 있었다는 듯, 심호흡을 했다. 물에 젖은 손을 앞치마에 닦고, 좁고 빠른 보폭으로 서둘러 핸드폰을 집어 들었다.

당사의 신입사원 모집공고에 관심을 갖고, 지원해주셔서 감사합니다.
귀하는 충분한 경력과 자질을 갖추었음에도 제한된 인원 모집으로 인해
금년 채용에 함께 할 수 없게 되었음을 알려드립니다.
다시 한 번 당사 모집공고에 지원해주신 것에 대해 감사드리며,
귀하의 앞날에 무한한 발전이 있으시길 진심으로 기원하겠습니다.
감사합니다.

'탈락' 이 한 마디면 될 것을, 무슨 거절을 이리도 구구절절 길게

도 한담.

그렇게 유능하고, 지원해줘서 감사하고, 또 앞날에 무궁한 발전이 있길 진정으로 기원한다면 무조건 뽑았어야지! 왜 떨어뜨려?

올해도, 또 백수구나….

그렁그렁 들어찬 눈물을 삼키며, 보민은 문자를 읽고 또 읽었다. 단 한 글자도 잊지 않고 기억하겠다는 듯! 만약, 이 글자 하나하나가 음식이라면 다 씹어 먹을 정도로 눈에, 머리에, 가슴에 새기고 또 새겼다.

덩어리 삼인방 중에 마지막, 주인공인 내 이름은 김이숙.

1988년에 태어나 82kg에 88사이즈. 행운의 숫자 8의 기운을 품고 사는 감성 푸드 채널의 대표 먹방 프로그램 '식탐미인'의 5년차 구성작가다.

***

'식탐미인'이라 적힌 슬레이트가 맞부딪친다.

"이 뽀얀 설렁탕 국물! 오늘처럼 비 오는 날엔 이게 또 그렇게 당기거든요!"

8등신의 마루인형처럼 생긴 리포터, 인영이 깍두기 국물을 설렁탕에 들이붓더니 크게 한 입 삼켜 먹는다.

돌돌 말린 대본을 쥐고 있던 이숙은 늘 그렇듯이 맨 뒤에 서서 평소와 다름없이 흘러가는 현장을 힐긋거리다가 문득, 문 밖을 내다봤다.

둥글게 휜 한옥 처마 밑으로 뚝뚝 떨어지는 빗줄기가 제법 굵어졌다. 정말로 뜨끈한 국밥 한 그릇이 절실해지는 타이밍이었다.

"컷! 다시 한 번 갑시다."

"피디님, 또 왜요?"

성재의 컷 소리에 모든 스태프들이 일사불란하게 움직이기 시작했다. 다시 세팅되는 국밥과 분주하게 움직이는 스태프들. 리포터 인영은 배불러 죽겠는데 자꾸 다시 먹게 한다며 어지간히 뿔이 난 게 아니다. 이숙은 조용히 다가가 상을 닦고, 반찬과 국밥이 제대로 세팅 됐는지 다시 한 번 확인했다.

"인영 씨, 내가 분명히 그랬잖아요. 처음엔 설렁탕 뽀얀 국물 그대로 몇 입 먹어주고. 그 다음에 깍두기 넣으라고. 휘젓지 말고, 바로 수저로 떠서 크게 한 입!"

"그럼 김작가가 먹든가."

깍쟁이 같은 인영이 툴툴대며 자리를 떴다. 스타일리스트와 헤어팀, 메이크업 팀이 분주히 따라 나갔다.

그녀와 일행이 사라진 자리는 거대한 싱크홀처럼 의문을 알 수 없는 불안감을 남겼다. 카메라로 이 모습을 가만히 보고 있던 성재가 조용히 이숙을 불렀다.

"맛있어요?"

"모르죠. 제가 먹는 것도 아닌데."

"아니, 뻥튀기."

이숙이 들고 있던 뻥튀기 봉지를 향해 성재가 손을 내밀었다. 이숙은 손목에 감고 있던 봉지를 얼른 뒤로 숨겼다. 장난기 가득한 눈으로 성재가 하나 빼앗은 뻥튀기를 요리조리 보았다.

"이거 먹고 얼마나 뺐어요?"

치욕적이었다. 이렇게 훅치고 들어올 줄은 꿈에도 몰랐다. 이번 개편 때 새로 온 담당 피디, 성재는 때가 꼬질꼬질하게 낀 야구 모자를 다시 고쳐 쓰며 이숙을 쳐다봤다. 편집실에서 며칠간 밤을 새운 빨갛게 충혈된 눈. 쿰쿰한 홀아비 냄새. 이숙은 저도 모르게 시선을 피했다.

"살 빼려고 먹는 거 아니거든요!"

날이 선, 앙칼진 대답에 삑사리까지 얹었다. 귀까지 빨개진 얼굴로 이숙이 힐끔 성재를 바라봤다.

"아… 네."

성재가 아무런 감정도 영혼도 없는 대답을 날렸다.

'뭐지? 이 인간은….'

가감 없이 온몸으로 불쾌한 감정을 드러내던 이숙이 자리를 뜨자, 그제야 성재가 피식 웃었다. 성큼성큼 베어 무는 뻥튀기가 맛있는 건지, 이숙의 반응이 재밌는 건지 지금껏 보지 못한 장난꾸러기 같은 미소에 두 눈이 반달처럼 휘기 시작했다.

화장을 고친 리포터 인영이 애교 섞인 눈웃음을 보내며 카메라 앞에 다시 섰다. 서둘러 성재가 뻥튀기를 입에 쑤셔 넣었다.

"인영 씨, 처음부터 깍두기 국물부터 들이붓지 말고, 먼저 뽀얀 국물 충분히 음미한 다음에 깍두기 컷 딸 거니까, 마음대로 국물 휘젓지 말고 대본대로 가주세요."

"피디님, 저 다이어트 중이란 말이에요! 안 먹으면 안 돼요?"

인영이 콧소리 가득한 목소리로 투덜거리자 이번엔 꽤 단호한 목소리로 성재가 말했다.

"아니, 먹방인데 음식이 예뻐야지, 왜 인영 씨가 예뻐 보이려고 해?"

"…."

"그렇게 예뻐 보이고 싶으면 뉴스데스크로 가든가."

인영이 이숙을 노려보았다. 니가 시킨 거지? 다 알아. 그런 원망의 눈빛으로.

이숙은 일부러 못 본 척 고개를 돌렸다. 그제야 인영이 신경질적으로 호주머니에서 소화제를 꺼내 얼른 삼켰다. 피곤한지 고개를 몇 번 휘젓던 성재가 서둘러 큐 사인을 보냈다.

이숙은 곰처럼 둥글게 말린 성재의 넓은 등을 곱씹어 바라봤다. 왠지 기분이 좋은 것 같은 아리송한 쾌감이 온몸으로 퍼져나갔다.

뒤로 감추었던 뻥튀기를 바라보는 이숙의 눈빛에 미소가 서렸다.

하나

그 여자 대본, 그 남자 연출?

"안 드세요?"

나이프와 포크를 챙기며 이숙이 지영 씨에게 물었다. 지영 씨는 그때 식탐미인 팀에 합류한 지 1년 정도 된 신입 FD(촬영 진행을 담당하는 조연출)였다. 보통의 키에, 보이시한 분위기가 매력적인 그녀에게 이숙은 언제나 먹을 때마다 늘 같은 질문을 했다. 안 드세요?

지영 씨는 생수를 들이키며 손을 저었다. 멀미라고 했다.

새벽부터 장거리 촬영은 늘 힘겹다. 새벽 4시 45분. 아무리 이숙이라고 해도 밥이 넘어가기 쉽지 않은 시각이었다. 휴게소엔 잠을 쫓기 위해 혹은 먼 길을 가기 전에 간단히 요기를 하려는 사람들이 드문드문 보였다.

여행 갈 때 먹는 휴게소 음식은 당연 별미였다. 하지만 일 때문에 시간에 쫓겨 떠밀리듯 하는 식사는 이상하게 설레지 않았다.

음식이란, 자고로 며칠 전부터 머릿속에서 어떤 것을 먹을 것인지

심사숙고하는 과정을 거쳐, '먹고 싶다'는 강렬한 식욕을 느끼는 기간과 '먹을 거야!' 마음을 굳히는 순간. 그리고 그 먹고 싶은 음식을 어디에서 어떻게 먹어야 할까, 식당 탐색기를 거쳐야만 한다.

그 먹고 싶은 음식을 향한 욕구가 최고조가 되었을 때 비로소 먹는 것은 단순히 허기를 채우는 일이 아닌 숭고한 의식이 된다. 이숙은 이 모든 일련의 과정을 전부 '식사'라고 불렀다.

이렇게 인간의 기본적인 욕구를 해결하기 위해 충동적으로 끼니를 때우는 건 당연히 식사가 아니다. 이건 그냥 노동의 연장선일 뿐이다. 살기 위해서, 일을 하기 위해서, 기계적으로 음식을 입으로 가져가고 씹는, 단순 반복 행위일 뿐이다.

이 악조건 속에서도 이숙은 음식에 대한 예의만은 지키고 싶었다. 음식 앞에서 불평불만 하지 말고 맛있게 먹자! 나는 일을 하는 게 아니라, 식사를 하는 거라고 마음을 다잡았다.

먼저 진한 갈색 소스가 듬뿍 뿌려진 두툼한 돈가스를 바라봤다. 새콤한 케첩과 간장이 섞여 오묘한 빛깔을 자랑하는 데미글라스 소스는 9,000원. 딱 그 가격만큼의 향을 풍겼다. 확실히 새벽에 먹기엔 부담스러운 묵직함이 있었다.

하지만 딱히 무언가를 먹지 못해 고민이 될 땐 '어린이 맛, 추억의 맛, 제일 익숙한 맛 그래서 맛있는 맛'에 끌리기 마련이다. 이숙은 살짝 미소 지었다. 그제야 식욕이 도는 것 같았다.

잘게 썬 돈까스를 당연하다는 듯 지영 씨 쪽으로 들이밀면서 말했다.

"같이 먹어요."

이 또한 촬영지에 갈 때마다 이숙이 건네는 늘 똑같은 말이었다.

하지만 그녀는 눈치가 빨랐고, 예의가 바른 사람이었다.

"아니에요, 전 다음 휴게소에서 먹을게요."

이숙은 알고 있었다. 늘 지영 씨는 그렇게 사양했고, 촬영이 끝날 때까지 커피 외엔 아무것도 먹지 않는다는 것을.

"새로 오는 피디님 말이에요. 누가 올까요? 작가님 혹시 들으신 거 없으세요?"

"없는데…."

"허긴…. 근데 이렇게 갑작스럽게 교체하는 것도 좀 웃기지 않아요?"

지영 씨는 이번 개편으로 바뀐 피디가 누가 될까 꽤나 신경 쓰이는 모양이었다.

"누가 되든 다 똑같지 않아요? 우리가 하는 일이."

그렇게 대답하자, 이숙의 눈치를 보던 지영 씨가 얼른 화제를 바꿨다.

"돈가스 맛있어요?"

"같이 먹자니까! 나 진짜 이거 다 못 먹어요."

이숙이 포크를 쥐어주자 지영 씨가 고개를 저으며 일어났다.

"커피 한 잔 사올게요. 작가님도 커피?"

"아메리카노요. 아주 진하게."

"더블 샷 아메리카노. 다녀오겠습니다."

지영 씨는 어색한지 얼른 일어나 나갔다. 이숙은 오히려 맘이 편했다. 눈치 보지 않고 편하게 먹을 수 있는 이 순간이.

돈가스 한 입에 밥 한 숟가락 그리고 버무려진 양배추 채. 순서는 강〉약〉강〉약 순이다. 마요네즈가 꾸덕꾸덕하게 입혀진 마카로니와 통조림 콩을 순서대로 씹다가 마지막은 새콤한 단무지로 마무리.

이게 바로 한 세트! 이숙이 돈가스를 음미하는 방식이었다.

이른 시간, 돈가스를 먹고 있는 사람은 이숙뿐이었지만 탁월한 선택이었다.

"음식이란 게, 또 막상 먹으면 술술 들어가게 돼 있다니까!"

이숙은 핸드폰 시계를 확인하며 부지런히 턱을 움직였다. 하지만 맞은편 테이블에서 돈가스를 먹고 있는 남자와 눈이 마주쳤을 땐, 순간 저도 모르게 고개를 돌렸다.

생각해보니, 처음 메뉴를 고르기 위해 메뉴별 조리대를 기웃거릴 때부터 이 남자는 계속 자신의 주변을 서성이고 있었다.

'설마, 내가 먹는 걸 따라 먹은 거야?'

이숙은 곁눈으로 다시 한 번 남자를 쳐다봤다. 눈이 마주쳤다. 뭐야, 왜 자꾸 쳐다봐? 알 수 없는 불편함에 이숙은 아예 등을 지도록 의자를 바꿔 앉았다.

뒤통수가 따가운 느낌은 그냥 느낌적 느낌, 단순한 착각이겠지? 이 야심한 새벽에, 모자를 푹 눌러쓴 성인 남자가 똑같은 음식을 먹으면서 자기를 주시한다는 느낌은 꽤 소름 돋는 일이 아닐 수 없었다.

지영 씨가 커피 두 잔을 들고 들어왔다. 이숙은 그제야 안심이 됐다.

"뒤에, 돈가스 먹고 있는 남자, 아직 있어요?"

"남자요?"

지영 씨는 주위를 두리번거리며 대답했다.

"아니, 그렇게 노골적으로 보지 말고…."

이숙이 목소리를 낮춰 속삭였다. 지영 씨도 그녀를 따라 상체를 숙인 채 소곤거렸다.

"아무도 없는데요?"

"진짜? 분명히 있었는데!"

이숙은 고개를 돌려 남자가 있던 테이블을 바라봤다.

"헐, 분명히 있었는데. 돈가스를 썰면서 날 이렇게 빤히 쳐다봤다니까!"

"작가님 무서워서 도망간 거 아니에요?"

"나 지영 씨 미워지려고 그런다."

"에이, 농담이지요. 걱정 마세요! 그놈이든 저놈이든 작가님한테 접근하는 놈들은 그냥 제가 두드려 패줄 테니까!"

그것도 농담이라고. 말주변이 없는 지영 씨는 양쪽 입술 아래로 움푹 들어간 보조개를 드러내며 소리 내어 웃었다. 아니라고, 이건 그냥 하는 농담이 아니라고 말하고 싶었지만 이숙은 그녀의 순박한 웃음에 그저 함께 미소 지을 뿐이었다.

식사를 마치자, 하늘에선 비가 내리기 시작했다. 지영 씨가 차를 가지러 뛰어간 사이 이숙은 비가 내리는 휴게소의 습한 공기를 마시며 온몸을 바르르 떨었다.

그때였다. 비를 맞으며 이숙을 향해 걸어오는 사람은 분명 아까 뒤에서 돈가스를 썰던 그 남자가 확실했다.

이숙은 반사적으로 뒤를 돌아봤다. 그 남자의 일행이 있기를 기대하면서.

'나한테 오는 게 아니겠지? 나한테 오지 마!'

이숙이 마른침을 삼키며 갈팡질팡하는 사이 때마침 지영 씨 차가 그와 이숙의 사이를 가로 막으며 들어섰다. 이숙은 허둥지둥 차에 올라탔다.

"그 남자! 아까 그 남자예요. 빨리, 우리 빨리 가요!"

백미러로 밖을 보던 지영 씨는 이상하다는 듯 고개를 갸웃거리며 차를 움직였다.

"이상하다. 진짜 아무도 없는데…."

와이퍼가 비의 낙하속도를 따라가지 못할 정도로 빗줄기가 거셌다. 차창은 물이 가득 찬 수족관 같았다. 고속도로였음에도 그 누구 하나 속도를 내라 말할 수 없을 정도였다.

"촬영 전에 갈 수 있겠죠?"

지영 씨가 물었다.

"앞 차는 어디쯤이래요?"

평소라면 궁금하지도 않을 선발대까지 걱정되기 시작했다.

이숙은 서둘러 핸드폰을 찾았다. 통화 버튼을 누르려고 하는 순간, 차는 이상한 소리를 내며 덜컹거렸다.

"어, 뭐야?"

"차 왜 이래요?"

"타이어 나간 거 같은데…."

"설마?"

빗길 고속도로에서 펑크가 나버린 타이어는 요란한 마찰음을 냈다. 차는 불안하게 한쪽으로 기울어졌고, 이숙은 본능적으로 차창 위 손잡이를 꽉 잡았다.

비상등을 켜고 달리던 지영 씨는 서둘러 갓길에 차를 대고 길가로 내려섰다. 이숙도 비상용으로 늘 챙겨 다니던 양산 겸 우산을 펼쳐 들었다. 하지만 두 사람의 어깨는 순식간에 비에 젖었다.

타이어를 요리저리 살피던 지영 씨는 절망스러운 듯 자기 머리를 쥐어뜯었다.

"사람 불러야 돼?"

핸드폰을 들고 외치자 지영 씨가 당연하다는 듯 고개를 끄덕였다.

그때 마치 짜기라도 한 것처럼 하얀색 경차 한 대가 비상등을 깜빡이며 다가왔다.

차 문이 열리고 검은색 골프용 우산을 든 남자가 이숙과 차를 보더니 성큼성큼 걸어오기 시작했다.

"도와드려요?"

맙소사. 그 남자였다. 돈가스 남!

아까부터 내 주변을 맴돌면서 나와 똑같은 돈가스를 먹고, 나를 향해 걸어오다가, 이제는 나와 같은 방향으로 가면서, 고장 난 우리 차를 향해 다가오는 돈가스 남! 이거 우연 아니지?

이숙은 덜컥 겁이 났다. 남자를 보고 구세주를 만난 것처럼 활짝 웃는 지영 씨의 팔을 확 잡아끌었다.

"아니요, 괜찮습니다. 가시던 길 가세요."

그렇게 말하곤 서둘러 지영 씨를 차 안으로 밀어 넣었다.

"작가님 미쳤어요? 지금 뭐하시는 거예요?"

"아까 내가 말했던 남자가 저 남자라고요. 봐요, 계속 나만 따라다니고 있잖아요!"

이숙이 서둘러 차 문을 걸어 잠그자, 남자는 눈 아래로 푹 눌러쓴 검은색 볼 캡을 긁적이며 차창을 두드렸다.

"타이어만 갈면 될 거 같은데, 저기요?"

가만히 생각에 잠겨 있던 지영 씨가 어렵게 입을 열었다.

"작가님, 세상을 그렇게 어둡게만 보지 마세요. 모든 게 그냥 다 우연이고, 저 사람은 좋은 사람일 수도 있잖아요!"

"아까 돈가스 썰던 나이프! 그게 저 안주머니에 있을지 어떻게 알아요?"

"그니까 돈가스 썰던 나이프로 왜 작가님을 찌르겠냐고요. 작가님이 돈가스도 아닌데!"

"…!"

굉장히 이상한 논리에 말문이 턱 막혔다. 이숙은 순간 허를 찌르는 질문에 쉽게 대답할 수 없었다.

"제가 내릴 테니까 작가님은 문 잠그고 있다가, 저 남자가 절 돈가스 나이프로 찌르면 바로 신고하세요!"

지영 씨는 이숙의 손에 핸드폰이 들려 있는 걸 뻔히 알고 있으면서 굳이 자신의 핸드폰까지 반대쪽 손에 쥐어주곤 차 문을 열고 나갔다.

저 남자가 비 오는 날, 돈가스를 먹는 여자만 골라 죽이는 연쇄살인마일지 누가 알아!

드디어 대답이 생각났다. 이숙은 어떻게든 지영 씨를 위험에서 구해줘야만 했다.

서둘러 백미러로 뒤를 봤지만 지영 씨가 보이지 않았다. 벌써 당했나? 이숙은 후아후아, 긴장감에 깊은 숨을 들이 마신 후 조심스레 차 문을 열었다.

지영 씨는 죄가 없다. 돈까스를 먹은 사람은 나라고! 그 남자의 손에 돈가스 나이프를 쥐어준 대가로 만약, 정말 이 비오는 날 죽어야만 한다면, 그건 내가 되어야 한다.

이숙의 핸드폰과 지영 씨의 핸드폰 중 더 무겁고 튼튼해 보이는 핸드폰을 손에 쥐었다. 여차하는 순간 뒤에서 저놈의 뒤통수에 사정없이 내리 꽂으리라! 얼마나 힘을 줬는지 핸드폰을 쥐고 있는 이숙의 손이 핏기 하나 없이 하얗게 변해 있었다.

바로 코앞도 보이지 않을 만큼 엄청난 폭우였다. 남자의 모자 실루엣이 살짝 보이는 트렁크 쪽으로 살금살금, 이숙이 다가갔다.

"진짜요? 그래서 아까부터 계속 따라다니신 거구나!"

"분명히 아까 휴게소에서 식탐미인 대본을 본 거 같은데, 긴가민가해서…."

"어쩐지!"

"…?"

"저희 작가님이 어떤 남자가 식당에서부터 계속 따라온다고. 돈가스 썰던 나이프로 찌르면 어떡하느냐고 얼마나 겁을 내시던지…. 하하하…."

"네? 뭘로 누굴 찔러요?"

그 폭우 속에서도 두 사람의 웃음소리만은 또렷하게 들렸다. 이숙은 발을 멈췄다.

'잠깐, 뭐라는 거야? 왜 웃고 있는 거야, 둘이?'

"아, 작가님!"

이숙이 차에서 나온 걸 본 지영 씨가 반갑게 불렀다. 이숙은 이게 어떻게 된 상황인지 가늠할 수가 없어서 다가가지도 못한 채 머뭇거렸다.

"아, 이분이 그 작가님?"

남자가 다가오자 이숙이 저도 모르게 뒷걸음질 쳤다.

"안녕하세요, 식탐미인 연출을 맡게 된 하성재 피디입니다."

성재는 크고 단단한 손을 이숙에게 내밀었다. 하늘도 놀랐는지 때마침 비명 같은 바람을 뿜어냈다. 이숙은 빗방울이 맺힌 성재의 손을 쉽게 맞잡을 수 없었다.

"걱정 마십시오. 나이프는 돈가스만 썰고, 거기에 잘 두고 왔으니까요."

안심하라는 듯 그가 다시 한 번 손을 내밀었다.

'피디라고? 새로 바뀌었다는 피디가 이 돈가스 남이라고?'

그 순간 우산이 거꾸로 벌러덩 뒤집히며 이 자리를 벗어나고 싶어 안달을 했다. 마치 나는 못 들은 걸로 해달라고, 자길 놓아달라고 아우성을 쳐대는 것 같았다. 이숙의 마음이 꼭 난리를 치는 저 우산 같았다.

비, 바람, 뒤집힌 우산, 멀리 날아간 멘탈….

순식간에 벌어진 아비규환에 휘청거리자, 성재가 재빨리 이숙의 허리를 잡아끌었다. 그의 널찍한 골프용 우산이 검은 돔처럼 이숙의 하늘을 덮었다.

"괜찮으세요?"

검은 볼 캡 아래로 하얀 얼굴에 쌍꺼풀이 없는 긴 눈이 드러났다. 차분하면서도 지적으로 반짝이는 두 눈이 걱정스런 눈빛으로 이숙을 바라봤다.

'우와! 잠깐, 이 모먼트! 왠지 익숙해. 낯설지가 않아.'

「바람과 함께 사라지다」에서 스칼렛 오하라의 허리를 감싸쥐던 그 남자 주인공, 레트 버틀러의 팔뚝 말이다. 여자의 허리를 한 팔로 안고 있느라 양 갈래로 쭈악 갈라지고, 힘줄이 팔딱팔딱 솟아 있는 그 야성적인 팔뚝! 지금 그 영화의 한 장면 같은 일이 나한테 일어난 거잖아!

순간, 이숙은 마치 흑요석처럼 빛나는 그의 동공 속으로 빨려 들어가는 기분을 느꼈다. 발끝부터 머리끝까지 온몸을 실로 묶어 구름에 매달아놓은 기분! 꼭 공중에 붕 떠 있는 것만 같았다. 내가 이렇게 가벼웠던가? 저 우산 밖 폭우마저 쿵 짝짝, 쿵 짝짝, 사 분의 삼 박자 왈츠가 되어 귀 주변에서 춤을 추고 있는 듯했다.

'지금 이 남자가 내 허리를 감싸 안은 거야! 내 허리를…. 34인치, 내 허리를?'

잠깐, 34인치? 잠깐만! 이봐요, 스탑!

영화에서는 그래, 분명히 스칼렛 오하라의 허리가 남자의 한 팔에 쏙 들어가는 사이즈였다. 여자들의 로망, 남자들의 드림, 잘록한 개미허리! 그래서 아름다웠던 거잖아!

그런데 이건….

다시 정신을 차리고 보자, 성재의 얼굴이 발갛게 부풀어 오르는 게 느껴졌다. 미간의 주름! 이건 내가 무, 겁, 기, 때문이겠지?

눈이 마주친 순간, 한 손으로 이숙의 허리를 감싸 안고 있던 그가 손을 놓았다.

꽈당! 이숙은 그대로 고속도로 갓길 바닥으로 곤두박질쳤다. 드문드문 젖어 있던 바지는 요란하게 물 자국을 튀기며 물과 하나가 되었다.

"무거워서… 아니, 작가님 말고, 우산이요!"

"됐거든요!"

"진짜예요. 들어보세요. 이게 진짜 무거워요!"

성재는 억울하다는 듯 굳이 그 징그러울 만큼 널찍한 우산을 이숙의 손에 쥐어줬다. 뭐가 됐든 됐다. 이숙은 홀딱 젖은 옷을 털어냈다. 애써 아무렇지 않은 척!

이숙은 차로 돌아오자마자 두근거리지만 바보 같았던 그 찰나의 순간을 지우려 차창에 머리를 박았다. 그리고 성재의 손이 닿았던 옆구리 살이 얼마나 튀어나왔는지 조용히 손을 대보았다. 그날따라 허리는 울퉁불퉁 더 굵게 느껴졌다.

'괜히 돈가스를 먹어 가지고…. 아, 내 배 어쩔 거야…. 아우, 쪽팔려!'

***

"니네 하성재라며?"

'그래, 그런데 그게 뭐?'

식탐미인에 하성재 피디가 합류했다는 소문이 퍼지자 방송국 사람들은 일제히 술렁거리기 시작했다.

공중파에서 그것도 자기 이름을 걸고 예능프로그램을 했던 인기 피디가 왜 이 조그마한 케이블 방송국에 오게 됐는지 모두들 저마다 어디서 들었다는 출처 없는 소문들을 퍼나르기에 분주했다.

노조 활동으로 윗사람들 눈 밖에 나 잘렸다는 등, A급 스타와 불륜 사실이 밝혀지자 사표를 낸 거라는 등, 사실은 사주(社主)의 숨겨놓은 아들이었다는 등….

단톡방에서도, 사내 메신저에서도, 화장실에서도, 휴게실에서도 사람들은 온통 하피디 얘기만 했다. 그의 잘생긴 외모도 한몫했는지 특히 여자들이 항상 그의 일거수일투족을 궁금해했다.

그의 취미며, 성격이며, 하루 일과까지 물어대는 통에 이숙의 핸드폰은 쉴 새 없이 벨이 울렸다.

"몰라. 난 아무것도 모른다고!"

하지만 정작 성재는 아무런 신경도 쓰지 않는 듯했다. 그날 이후로 성재는 이숙을 볼 때마다 장난꾸러기처럼 웃었다. 캔 커피를 내밀며 항상 먼저 아는 척을 했다.

"저한테 미안해서 이러는 거면, 전 괜찮습니다! 정말 괜찮으니까, 이렇게 안 하셔도 돼요!"

"미안하긴, 반가워서."

뻔뻔하기 그지없는 저 능청스러움! 이숙은 이 속을 알 수 없는 남자의 눈웃음을 경계해야겠다고 단단히 마음먹었다.

하지만 성재가 이숙에게 말을 걸 때면 어디서 보고, 듣고, 알게 된 건지 핸드폰은 두 배로 울리기 시작했는데, 이숙은 이 고통이 언제까지 계속될지 알 수 없어 답답했다.

그중에서도 제일 납득이 되지 않아 답답했던 건, 돈가스 사진!

그러니까 그는 언제 어디에서 밥을 먹든지 돈가스가 보이면 그렇게 사진을 찍어 보냈다.

포크와 나이프도 가지런히 함께! 돈가스를 보면 내 생각이 난다나 어쩐다나….

관종형 소시오패스인가!

별로 유쾌할 게 없었던 기억을 왜 자꾸 들추는 건데? 왜 하필 수많은 것 중에 돈가스만 보면 내가 자동 링크되는 건데? 이거, 나 놀리는 거지! 아니지, 혹시 한 번 붙어보자는 건가? 피디와 작가의 기싸움 같은 거… 그런 건가?

방금도 돈가스 사진을 찍어 보낸 하피디의 카톡 사진을 보며 이숙은 깊은 생각에 잠겼다.

혹시 돈가스의 돈이 돼지 돈(豚)이라서? 그리고 그 돼지가 이 방송국에 온리 나뿐이라서? 생각이 거기까지 미치자, 도저히 가만히 있을 수가 없었다.

이숙은 두 손가락으로 핸드폰 스크린을 터치했다. 정확히 성재가 보낸 돈가스 사진을 확대할 수 있을 만큼 최대로 늘렸다.

돈가스의 크기, 모양, 색깔 그리고 결정적으로 소스 때문에 거의 가려진 접시에 새겨진 상호 명을 픽셀 단위로 쪼개서 분석하기 시작했다.

핸드폰 어플 지도로 가장 가까운 곳에, 비슷한 상호명을 검색 수집 후, 인터넷에 가게별 리뷰로 남겨진 돈가스의 사진들을 비교, 대조해보면… 빙고! 찾았다. 집요한 서칭의 결과, 이숙은 성재의 현재 위치를 알 것 같았다.

"너 거기서 딱 기다려."

방송국 근처 돈가스 전문점 문을 열고 들어서자, 점잖게 나이프질을 하던 성재가 토끼 눈으로 이숙을 쳐다보았다.

"아니, 사진만 보고도 어디 돈가스인 줄 다 알아요?"

"이거 왜 자꾸 보내는 거예요?"

다짜고짜 핸드폰 사진을 들이밀며 이숙이 따졌다.

"그거야… 그냥 생각이 나서?"

"그니까, 왜 생각이 나냐고요! 왜?"

"동네 시끄럽게…. 김작가야, 니가 좋은가 보지."

함께 식사 중이던 담당 CP(책임프로듀서) 종규가 별것도 아닌 걸로 왜 유난이냐며 이숙을 나무랐다. 아차, 방송국 주변 식당가다. 이 사람들이 바로 수백 개의 눈과 귀와 입! 출처 없는 소문의 제공자들인데, 잊고 있었다.

"나한테 한 번만 더 돈가스 사진 보내기만 해봐요! 그때는 진짜…."

"맛있죠?"

말이 채 끝나기도 전에 성재가 이숙의 입에 돈가스 한 조각을 물려주었다. 하고픈 말이 그렇게나 많았건만, 그 까끌까끌한 습식 튀김옷을 뚫고 나오는 돈가스의 화려한 육즙에 이숙은 저도 모르게 고개를 끄덕였다.

성재가 활짝 웃으며 옆 자리를 내줬다.

'이게 아닌데. 어쩌다가 상황이 이렇게 됐지? 난 지금 매우 화가 났다고!'

"사장님, 여기 등심 하나 추가요!"

성재가 이숙의 손을 성큼 잡아끌었다. 누가 남자 아니랄까 봐 엄청난 악력이었다. 그래도 버티려면 얼마든지 버틸 수 있었지만, 못 이기는 척 앉았다.

기다렸다는 듯 하피디가 하얀 티슈에 포크와 나이프를 감싸서 놓아주었다. 자상함의 끝판, 정말 흠잡을 데 없이 몸에 밴 매너였다.

"기름진 거 먹을 땐 찬물보단 따뜻한 물이 좋아요."

아주 자연스럽게 미지근한 물도 알아서 따라주고….

'이거 치마만 두르면 앞뒤 안 가리고 덤벼대는 바람둥이 아니야?'

하지만 성재에게 정말 놀랐던 건, 돈가스가 나오자 자기 접시 위에 있던 단무지를 이숙의 그릇에 모두 덜어줬다는 거다.

"그때 보니까 꼭 단무지랑 같이 먹던데. 입 안 댄 거니까 이것도 먹어요."

그걸 기억한다고? 내 입맛과 취향 그리고 먹는 순서 그 디테일을 모두 기억하고 있다고?

눈이 마주치자 눈꼬리가 휘게 웃어대는 그를 보며 이숙은 순간, 처음 만났던 날 빗속에서 허리를 감싸 안던 성재의 모습이 문득 떠올랐다. 그 눈빛, 그 찰나의 두근거림이….

'설마 이 남자가, 정말 날 좋아하나? 에이… 그럴 리가.'

"그래서 결론이 뭐야?"

결론? 그런 건 생각해본 적도 없는데. 꼭 결론이 있는 얘기를 해야만 하나? 친구끼리?

해질녘, 공원. 운동을 즐기고 있는 사람들 사이로 땀복을 입고 전투적으로 파워 워킹 중인 이숙에게 강옥이 물었다.

운동을 하겠다는 건지, 먹겠다는 건지 오늘도 어김없이 강옥은 치킨 박스를 옆에 끼고 맥주를 홀짝이고 있었다.

"그냥 그랬다구!"

"애 맹한 거 봐. 그래서 니가 좋대, 아니래?"

"모르지!"

이숙은 '아기 곰 푸'처럼 적당히 둥글게 휜 성재의 '포근한' 등을 떠올리다가 걸음을 멈췄다.

아, 벌써 아기 곰 푸라는 수식어를 붙이고, 포근한 등이라고 미화하는 걸 보니 맙소사! 팩트는 바로 이거였네, 좋아하는 게 맞다.

내가! 그 남자를….

이를 어쩐다. 저 불여시 같은 강옥이 눈치채면 안 되는데….

은근슬쩍 시선을 피하는 이숙을 보더니 강옥이 끌끌 혀를 찼다.

더 들을 것도 없다. 강옥은 벤치에 앉아 본격적으로 닭 날개를 뜯으며 한심하다는 듯 이숙을 바라봤다.

"나도 아는 걸 왜 몰라! 그 간단한 걸."

"뭘?"

"야, 남자들이 우리 같은 애들 좋다고 따라다니는 건 첫째, 유산이 많거나. 둘째, 모아둔 돈이 많거나. 셋째, 자기보다 연봉이 많거나! 그 남자 피디라며? 너보다 연봉 많을 거고, 니네 엄마 물려줄 땅 절대 없을 거고, 결국 니가 그 남자보다 많은 건 음… 체지방?"

"넌 꼭 그딴 식으로 말을 해야 직성이 풀리지? 재수 똥 튀긴 년!"

"야, 튀긴 년이라고 하지 마. 튀김은, 맛있어!"

강옥의 호탕한 웃음이 공원을 가득 매웠다.

"그냥 웃자고 한 말이야!"

눈물까지 찔끔거리던 강옥이 새 맥주 캔을 따서 벌컥벌컥 들이켰다. 꼴도 보기 싫었다. 그 웃음소리도. 맥주 끝 트림도. 오늘 따라 강옥의 모든 게 미웠다.

벤치가 아닌, 집으로 방향을 틀자 멀리서 그녀의 목소리가 메아리쳐 들려왔다.

"삐졌냐?"

아니, 슬펐다. 강옥의 말이 다 맞으니까. 하피디가 날 좋아할 리 없다는 사실을 확인했으니까. 좋아한 지 단 3일 만에, 베프의 팩트 폭격으로 현실파악 다시 제대로 했으니까!

그래, 나처럼 뚱뚱한 여자를 그 잘난 남자가 좋아할 리 없지! 제 아무리 짝사랑이라지만 어떻게 일주일을 못 설레게 하니! 친구란 년이….

자고로 누군가 웃자고 말을 한다면 그건 날 죽이자고 하는 말이라 생각하면 된다.

아, 나쁜 년… 로맨스 살인마!

***

그날 밤, 집으로 돌아오는 길에 튀김 한 봉지를 샀다.

강옥의 말을 곱씹고 곱씹다가 다 털어내다 보니 머릿속엔 튀김만 남았다. 이런 우울한 순간에도 나에게 모욕을 준 튀김이 먹고 싶다니. 너무나 굴욕적이었다.

욕구불만이 분명했다. 날씬해지고 싶은 욕구. 아름다움을 인정받고 싶은 욕구. 사랑받고 싶은 욕구! 하지만 이 욕구들은 삼십 년 넘게 단 한 번도 제대로 채워지지 않았다. 그렇다면 어쩔 수 없다. 이 욕구를 잊을 수 있도록 먹을 수밖에.

화나면 물도 안 넘어간다는 여자들은 도대체 뭘까? DNA, 거기에 날씬 유전자라고 따로 새겨져 있는 거니? '게놈'은 무슨, 완전 '개놈!'이다. 어차피 하루에 빠질 살이 아니라면 나도 더는 모르겠다. 강옥이라 생각하고 와작와작 씹어줘야지.

하지만 이 기름진 욕망조차 나를 만만히 보고 있는 게 분명했다.

'콜… 라를 안 사왔어!'

오늘 하루는 정말 슬픈 날이 맞았다. 나는 이 불운을 인정해야 했다. 탄산 없이 어떻게 이 기름진 음식을 맛있게 먹는단 말인가! 탄산은 입가심이자 식욕을 다시 리셋시키는 스위치인 것을. 정신이 나가도 단단히 나간 거다. 절망감에 사로잡혔다.

그럼에도 한 입 베어 문 순간 바삭바삭, 아삭아삭, 사운드마저 사람을 홀리는 황금빛 튀김은 은은한 카레 향을 풍기며 코끝에서 뇌 중추까지 황홀감을 선사했다. 강옥의 말대로 튀김은 맛있다. 그것도 정말 더럽게 맛있다. 탄산이 없어도. 기분이 나빠도. 튀김은 진리다. '튀긴 년'이라 감히 할 수 없는 요물이다!

외로워도 슬퍼도 '뚱뚱한 캔디'는 울지 않는다. 다만 먹을 뿐! 그렇게 먹으면 또 살이 찌겠지. 살이 찌면 외롭고, 외로우면 또 슬퍼지겠지. 그럼 또 다시 먹겠지? 그럼 또 더 살이 찌겠지!

이런 걸 오여사는 '돼지 지옥'이라고 했다. 아, 여기서 오여사는 우리 엄마다! 엄마에 대한 얘기는 나중에 더 하기로 하고. 하여간 엄마는 매주 일요일 교회에 갔다 올 때마다 냉장고에 이런 포스트잇을 붙여놓곤 하셨다.

'소식천국, 과식지옥! 저염천국, 고염지옥! 채식천국, 기름지옥!'

나의 식탐을 하나님이 아신다나 어쨌다나 뭐, 하여튼.

"맛있는 게 이렇게 많은데 나보고 도대체 어쩌라고!"

전신 거울로 빈틈없이 차올라 있는 오동통한 몸매를 바라보며 이 숙은 오늘은 특히나 더, 이 아이러니한 불행을 곱씹고 있었다.

'나도, 사랑하고 싶다고오오오!'

뚱뚱한 여자는 돈이 많거나, 능력이 있거나, 유산이 많아야만 남자를 만날 수 있다는 강옥의 주장은 사실, 저 자신의 경험을 근거로 한 그녀만의 논리이기도 했다.

학창시절 제일 인기 없었던 그녀가 180센티미터가 넘는 훈남 모델들을 양팔에 끼고 살 수 있었던 건 아니, 정확히 뚱녀계의 팜므파탈이 돼버린 건, 그녀의 빅사이즈 여성의류 인터넷 쇼핑몰 'BigBLACK'이 대박을 친 이후부터였다.

"사실 그렇잖아. 니들 옷장을 봐. 무슨 색 옷이 제일 많아?"

"색?"

"제 아무리 각양각색의 옷이 한가득 있다 해도 뚱땡이들이 마지막에 선택하는 건 오직 블랙, 검은색이라고!"

오, BLACK! 우리들의 소울 컬러. 그렇다.

도대체 뚱녀들에게 검은색이란 무엇일까?

사실, 날씬해 보이는 건 컬러보다는 실루엣, 디자인이다. 색은 거들 뿐. 오히려 어두운 톤의 옷이야말로 뚱뚱하고 무거워 보이는 인상을 한층 더 우중충하고 답답하게 보이게 하는 위험부담이 있다.

특히 상체 비만이냐, 하체 비만이냐를 구분하지 않고 뚱뚱하니까 무턱대고 통자로 뽑은 디자인을 선택한다면 말려야 한다. 그런 옷은 정말 블랙임에도 5킬로그램은 더 쪄 보이게 하는 망할 놈의 힘이 있다!

그런데도 왜, 우리는, 뚱뚱한 여자들은 그토록 검은색에 열광하는 걸까? 파스텔 계열까지는 바라지 않는다. 단호하고 분명한 원색의 옷은 강렬한 색 때문에 둔해 보이는 몸을 생기 있게 만든다. 거기에 훨씬 젊어 보이는 효과까지 있는데 왜 우리는 유독 블랙, 검은색에 집착하는 걸까?

깔끔해 보이니까? 흰색도 단정해 보이지. 엣지 있어 보이니까? 거울 봐봐. 이미 몸매부터가 엣지보단 곡선 쪽에 더 가깝잖아. 양심이 있다면 다들 인정하지?

그렇다면 도대체 왜, 왜일까?

"튀고 싶지 않은 거야!"

강옥의 결론은 의외로 심플했다.

"자신감이 없으니까. 남들이 뚱뚱한 나를 쳐다보는 게 싫으니까. 립스틱은 진하고, 귀걸이는 번쩍, 머리는 빨주노초파남보 무지개빛깔을 자랑해도 몸매만큼은 그림자처럼! 무채색으로 숨어서 세상에 섞여 있고 싶은 거야."

처음 강옥이 그 말을 했을 때 나와 보민이는 절대 동의할 수 없다고 입을 모았다. 하지만 우린 마치 짜기라도 한 듯 외출을 할 때면 누가 먼저랄 것 없이 검은 옷을 찾아 입었다.

자석이라도 붙어 있는 것처럼 매번 똑같은 검정색에 길이만 약간씩 다른 옷들을 우리는 그렇게 사고 또 사들였다. 이를 보다 못한 강옥이 결국, 우리를 위해 옷을 만들기 시작했다. 그게 BigBLACK의 시작이었다. 세상의 절반이 날씬이라곤 했지만 잊지 말자. 세상의 절반 또한 뚱뚱하다.

그녀들의 대부분은(정말 특별한 일부를 제외하곤) 언제나 우리와 비슷한 선택을 했고, 강옥이는 그렇게 깡마른 모델들이 주름잡던 의류업계를 빅사이즈로 묵직하게 평정했다.

그럴 즈음, 성공을 등에 업자 강옥에게도 접근해 오는 남자들이 생기기 시작했다. 워낙 잘생긴 남자라면 환장하는 민강옥이었지만! 예전엔 눈길 한 번 안 주던 젊고 잘생긴 남자들이 BigBLACK의 민강옥 대표라는 명함 하나에 다시 한 번 그녀를 돌아봤다.

슬프게도 숫자는, 몸무게를 제외하고, 그 수치가 높을수록 섹시하다. 아니다, 때론 몸무게까지도 섹시하게 만들곤 한다. 숫자라는 건, 남녀불문 이성에게 어필할 때 가장 큰 무기가 되기도 하기에. 강옥이는 연봉, 재산, 매출, 심지어 같이 잔 남자의 숫자까지 모두 한 인간이 소유할 수 있는 섹시한 능력으로 받아들였다. 그게 문제였다!

월 매출 10억을 찍었을 때, 강옥은 아이돌처럼 예쁘장한 얼굴에 완벽한 근육질의 남자 모델 세 명과 동시에 사귀었다. 그들 중 어느 누구 하나 강옥의 몸매를 비아냥거리지 않았다. 능력 있는 여자 CEO의 비만은 귀여움과 후덕함을 겸비한 부(富)티로 각색되었으니까.

남자들은 오히려 날로 신기록을 갈아 치우는 그녀의 사업장 매출에 더 관심이 많았다. 그리고 남성의류 인터넷 쇼핑몰을 구상중이라는 강옥의 말에 그들은 기꺼이 최고급 호텔의 룸을 예약했다. 그게 강옥이 사랑하는 방법이었다.

「브리짓 존스의 일기」에 나오는 마크 다-r-시 같은 남자는 없다. 어머, 너! 드라마 「내 이름은 김삼순」의 짝꿍 삼식이 같은 남자를 어디선가 본 적이 있다고?

"마크 다-r-시가 미쳤니? 삼식이가 돌았어? 세상에 예쁘고 날씬한 여자가 얼마나 많은데! 걔네가 왜 우릴 좋아해? 내 돈이 좋겠지!"

삼식이와 다-r-시는 여자, 특히 뚱뚱한 여자들 혹은 자기가 뚱뚱하다고 생각하는 세상의 거의 대부분의 여자들이 만들어낸 완벽하고도 비현실적인 판타지일 뿐이다. 없어! 존재하지 않는다고. 그렇기 때문에 열광했다는 게 강옥의 주장이었다.

사람마다 연애의 형태는 달라도, 사랑의 본질은 같다. 그렇게 군게 믿고 있는 이숙에게 강옥이는 뭐랄까, 연애를 한다고 하기에도 애매하고, 사랑을 한다고 하기에도 한참 모자란…. 그냥 잠자리 헌팅을 한다는 표현이 더 적합할지 모르겠다.

"그러면서 지 까짓게 사랑에 대해 뭘 안다고!"

"그렇게 잘 알면 나도 좀 가르쳐주던가."

언제 왔는지 식판을 든 성재가 마주 앉으며 물었다. 친절하게 자기 불고기를 텅 빈 내 식판 위에 덜어주며, 무표정한 얼굴로 다시 물었다.

"남자 친구 있어요?"

"없을 거 같아요?"

나대지 마라, 심장아. 두근두근 엇박으로 리듬을 타는 가슴을 들키지 않으려 앙칼지게 대답했다.

성재는 특유의 아, 단음을 내뱉더니 곧 음식을 씹었다.

"뚱뚱하면 왜! 남자 친구 없을 거 같냐고요."

"내가 또 그렇게 말한 적은 없는데."

이번엔 이숙이 아! 단음을 내질렀다. 자격지심이다. 분명히 성재는 그렇게 묻지 않았다. 그냥 아주 일반적이고 사소한 대화였을 뿐인데…. 나란 여자는 왜 이리 앞서가는 걸까. 코라도 박고 싶은 심정이었다. 내 얼굴이 국그릇보다 작았다면 말이다.

"김작가 예쁜데 왜에! 남친 당연히 있겠지."

성재가 웃었다. 장난기 하나 없이 순수한 얼굴로 빤히 쳐다보면서.

이건 뭐지? 큐피드의 화살이라 하기엔 너무나도 맥락이 없는데….

예뻐! 예뻐? 내가 예뻐? 이 심장을 후벼 파는 정체 모를 카오스 화살은 뭘까?

귀까지 빨개진 이숙이 어쩔 줄 몰라 성재가 준 불고기를 마구 입에 쑤셔 넣었다.

다시 그가 웃었다. 남은 불고기까지 아낌없이 이숙의 식판에 양보하면서.

강옥이와 보민이, 나. 우리 비만 메이트에게 고기를 양보한다는 건 '너에게 영혼을 바친다'는 것과 같은 뜻. 동의어인데…. 고기를 줘? 나한테? 하피디, 너 정말 왜 이러니!

"금요일 저녁에 뭐해요?"

"…왜요?"

"식사합시다. 할 말도 있고."

웃지 마! 그렇게 보지 마! 예쁘다고 하지 마! 뭔가 말하려는 성재의 시선을 피하기 위해 서둘러 식판을 들고 일어서던 이숙이 중얼거렸다.

"남친… 없어요."

끄덕끄덕.

"그럼 한우 먹읍시다."

성재가 말했다.

방금 '한우'라고 했지? 내가 먼저 고기 먹자고 안 했잖아! 근데 분명히 꼭 집어서 한우라고 했는걸! 이숙은 다시 그와 눈이 마주칠까 허둥지둥 구내식당을 빠져나왔다.

남자는 관심 있는 이성이 아니라면 절대 그의 시간과 돈을 쓰지 않는다!

남자가, 당신에게 시간과 돈을 쓰겠다는 건 당신에게 관심이 있다는 명백한 증거다.

그 순간, SNS에서 떠도는 이 연애 코치 글이 이숙의 뇌리를 스쳤다.

'내가 맞고 강옥이 틀렸다. 강옥은 절대 아니라고 했지만 맞는 거 같아! 이 예감은, 이 느낌은! 사랑은 절대 수치화할 수 없는 감성의 영역이잖아. 혹시 모르잖아? 저 멀쩡한 남자의 이상형이 88사이즈의, 고기를 사랑하는 나일 수도! 아, 달콤한 불고기 육즙이 팡팡 입 속에서 계속 춤을 추는 기분이야!'

이 느낌 그대로. 그래, 앞으로 불고기를 먹을 때마다 오늘을 기억하리. 이숙은 방송국 로비 한복판에서 발로 쿵쿵 힘찬 '예스!'를 외쳤다.

"야, 백화점은 말이지. 우리 같은 애들 옷 사라고 있는 거 아니야. 우린 그저 지하 식품매장 아니면 꼭대기 영화관에서나 환영받지. 옷 같은 건 왜 파는지도 모르겠더라."

"민강옥 같은 소리 하고 앉아 있네. 난 원래 백화점에서 계속 사 입었거든!"

보민이 대답했다.

평소라면 강옥이까지 셋이서 머리를 하러 왔겠지만, 오늘은 달랐다. 난 아직 강옥에게 앙금이 남아 있었고, 보민과 강옥은 내가 없다면 굳이 따로 연락 같은 건 하지 않는 사이였다.

보민은 깊은 한숨을 내쉬며 쉴 새 없이 잡지를 뒤적거렸다.

"거짓말! 기성복에 77사이즈가 어디 있냐?"

소리 내어 웃자 샴푸를 해주던 서브 헤어디자이너가 '손님?' 하며 보민의 어깨를 지그시 눌렀다.

"나 77 아니라니까. 66 반!"

"뭐, 치킨이야? 반반 찾게."
"야!"
화가 난 보민이 특이한 고음으로 히스테릭한 괴성을 내지르자 모두의 시선이 우리를 향했다.
앤 또 왜 이렇게 예민할꼬? 그래, 너 그냥 66 반 해라. 그게 뭐가 그렇게 대수라고. 어차피 원피스가 77이든 66 반이든 88 사이즈인 나에겐 그림의 떡. 들어가지도 않는다.
이숙은 더 이상 대꾸하지 않았다. 이미 금요일 데이트로 머릿속이 터질 것 같았으니까!

***

보민은 한 시간 전, 귀여운 하얀 프릴이 달린 미니 원피스를 입어보던 순간을 회상했다.
제 아무리 신경 써서 화장을 하고, 갖고 있는 가방 중에 제일 비싸고 좋은 브랜드의 가방을 들어도 점원들은 쳐다보지 않는다.
맞는 사이즈 있어요? 그렇게 묻는 순간, 그들에게 뚱뚱한 여자들은 더 이상 제품을 소비할 고객이 아닌, 귀찮은 구경꾼일 테니까.
보민은 그 점을 누구보다 잘 알고 있었다. 그래서 백화점에 올 때마다 가슴 밑까지 올라오는 수입 거들을 꼭 입었다. 그들에게 팔 수 있겠다는 확신을 주기 위해서.
몸매를 스캔하는 점원들의 눈짓을 살피고, '입어 보시겠어요?' 그 말을 듣는 순간이 그렇게 짜릿할 수 없었다. 떨어진 자존감을 회복하는 유일한 방법이기도 했다. 하지만 계속되는 취업실패에 폭식을 해서 그런지 오늘은 유달리 제 아무리 거들을 입고, 원더브라로 퍼진 가슴을 끌어 모아봤자 77 사이즈는 좀처럼 66 반으로 줄어들지 않았다.

'안 맞을 텐데.'

불안해하는 점원의 눈빛을 애써 외면하며 당당하게 원피스 지퍼를 내리고 다리를 쑤셔 넣었다. 치마는 꽤 커 보였지만 이상하게 오늘따라 허벅지에 걸려 올라올 생각을 안 했다. 이대로라면 점원은 그럴 줄 알았다며 한심하게 쳐다보겠지.

보민은 다시 심호흡을 했다. 최대한 뱃살을 등쪽으로 몰아서 이번엔 머리부터 넣어보리!

만세, 양 팔을 들고 팔부터 천천히 원피스에 몸을 맞추는 거야.

'자자, 들어간다! 거봐, 내가 66 반이 맞다니까!'

보민은 속으로 아찔한 쾌재를 불렀다.

근데, 잠깐. 왜 이러지? 팔뚝만큼은 정말 66 반이라 자부했는데, 이건 뭘까? 마치, 터질 것처럼 탱탱하게 포장된 순두부 그 자체였다. 원피스 팔뚝에 낀 보민의 팔이 딱 그랬다. 이대로 찢어지면 안 되는데…. 68만원. 몸무게만큼 나가는 이 비싼 원피스만큼은 지켜야 했다.

정말 몸속의 모든 모공이란 모공에서 땀이 폭포처럼 쏟아져 내리기 시작했다. 흡…. 아랫배에 힘을 주고, 빼낼 수 있다면 몸속의 공기라도 최대한 빼내야 했기에, 들숨! 날숨! 천천히 요가를 하듯 숨을 골랐다. 그렇게 조심히 팔 하나를 빼는 순간 '손님, 제가 봐드릴까요?' 점원의 날카로운 목소리가 들려왔다. 어떡하지?

이숙에게 전화가 온 건 그때였다. 살았다! 전화를 핑계 삼아 매장을 빠져나올 수 있어서.

보민은 원피스 겨드랑이에 번진 땀자국을 안쪽으로 둥글게 말아 점원에게 건넸다. 그리곤 얼른 매장을 빠져나왔다. 설마 CCTV로 찾아내 배상하라고 하진 않겠지? 하지만 이젠 정말로 66 반이라 속일 수 없는 속상한 마음은 어디로도 도망칠 수 없었다.

"손님, 어떻게 해드릴까요?"

무거운 정적을 깨고, 헤어디자이너가 물었다.

"이렇게 해주세요."

보민은 아까부터 계속 눈여겨보던 잡지 속 여자의 머리를 가리켰다. 종이처럼 마르고 청순한 얼굴의 모델은 우아한 물결 웨이브를 쇄골까지 찰랑이고 있었다. 한참 고민에 빠진 헤어디자이너는 최대한 프로다운 미소를 잃지 않으려 노력하는 것 같았다.

"손님, 이건 고데기로 스타일링 한 거라서요. 제가 볼 땐 손님처럼 동그란 얼굴엔…."

양 머리를 볼 끝까지 당겨보던 헤어디자이너가 곤란한 듯 말하자, 날카로운 보민의 눈썹이 아치 모양으로 둥글게 솟아올랐다.

"저 얼굴 안 동글해요. 살쪄서 그렇지 원래는 계란형이에요."

도와달라는 걸까? 헤어디자이너는 오히려 옆에 앉아 있는 나를 쳐다봤다.

'나 보지 마요.'

나는 얼른 고개를 돌렸다. 이럴 땐 외면하는 게 최고라는 걸 아니까.

보민은 작정한 듯 늘어진 얼굴 살을 귀 끝까지 당겨 올리면서 열변을 토하기 시작했다.

"봐요! 턱 갸름하고. 광대 없고. 계란형이잖아요. 왜 뚱뚱하면 무조건 동그랗대? 살에 묻히면 뼈는 뭐 뼈가 아닌가요? 얼굴형은 얼굴 골격 형태를 보고 말하는 거예요. 골격이 뭐야? 뼈잖아요. 근데 왜 얼굴에 붙은 살만 보고 동그랗다고 하는 거죠?"

똥 밟았다. 굳은 표정의 헤어디자이너는 '해드리겠습니다' 하고는 더 이상 군말 없이 가위를 들었다. 아우, 저 또라이. 나는 절대 보민을 쳐다보지 않았다.

이 상황을 알 리 없는 또 다른 헤어디자이너가 그제야 내 뒤로 다가왔다. 거울을 보며 샴푸를 갓 마친 내 머리를 요리조리 흩트려보았다.

"어떤 스타일로 해드릴까요?"

"동그란 얼굴에 딱 어울리는 스타일이요!"

한 치의 망설임 없이 대답했다.

동그란 얼굴 때문일까, 땅딸만 한 키 때문일까.

S컬 단발로 변신한 보민은 그날 하루 종일 짜증난다는 말만을 되풀이했다. 누가 보기에도 서너 살은 족히 나이 들어 보였다.

거기에 지나가던 꼬마가 보민을 향해 '아줌마'라 불렀을 때, 그녀의 표정을 봤어야 했다. 정말 사람이 어떻게 저렇게까지 정색할 수 있을까, 싶을 만큼 보민은 표독스럽게 어린아이를 째려봤다.

어쨌든 내 머리는 만족스러우니까! 나는 식사가 나오기 전까지 인터넷 여기저기를 서핑하며 찜해둔 옷들을 보민에게 보여줬다.

"니가 웬일로 나한테 물어? 민강옥한테 옷 달라구 해!"

"싫어. 안 해!"

"왜, 싸웠구나?"

"내가 진짜 이런 말은 안 하고 싶었는데…."

보민은 이런 걸 좋아한다. 짜증나서 찌그러져 있던 눈이 어느새 동그랗게 반짝반짝 빛나기 시작했다.

"내가 요새 썸 타는 남자가 있는데 민강옥 그년이 글쎄…."

"잠깐! 뭐, 썸? 김이숙이? 썸?"

꺄아! 고막이 터질 것 같은 하이 톤의 비명이 조용한 회전 스시집 안을 가득 메웠다. 젓가락을 테이블에 두드리며 보민은 소리를 지르고 또 질렀다. 아, 얘가 이런 얘길 또 더 좋아하지?

"뭐하는 남잔데? 둘이 데이트 하는 거야?"

"우리 팀 새로 온 피디. 금요일에 밥 먹자고."

약속 장소가 적힌 문자를 쑥스럽다는 듯 보여줬다.

"할 말 있다고…. 아, 전에 나한테 남친 있냐고 물어봤거든!"

"어머, 썸 맞네! 너한테 완전 관심 있네!"

"그지? 근데 민강옥 그 기지배는 나처럼 뚱뚱하고 돈 한 푼 없는 애를 누가 좋아하냐면서!"

"진짜 못됐다. 괜히 부러우니까. 야, 나한테 딱 맡겨! 민강옥 개는 문란해. 그런 애 말 들으면 너 될 일도 안 된다."

"문란? 그래, 문란!"

정확한 표현이었다. 내가 그렇게도 강옥이를 형용할 수 있는 적합한 말을 찾았는데. 바로 이거였어. 문란!

"난 개가 남자랑 섹스하는 상상만 해도 토 나올 거 같아. 밑에 깔린 남자는 무슨 죄니?"

"무슨 근거로 남자가 깔릴 거라 장담하는데? 반대일 수도 있지.

브라운 와플 복근에 찰랑이는 곱슬머리를 비벼대는… 고목나무 위에 매미? 일지도….”

“고목나무 위에 뭐? 으컹컹컹…. 나 방금 상상했잖아! 어떡해, 난 몰라 으컹컹….”

우리는 밥 먹는 내내 방류된 댐처럼 거침없이 강옥의 험담을 했다. 언제부터 우리가 이렇게 강옥을 싫어했을까, 놀라울 지경이었다. 여자 셋이 모이면 남자, 쇼핑, 섹스 얘기라지만 그 중에 한 사람이라도 빠지면 ‘뒷담화’ 추가는 필수다. 여자 둘은 그렇게 돈독해진다.

보민이는 한 술 더 떠서 지금까지 강옥의 경쟁 쇼핑몰인 2XL라는 사이트에서 옷을 사왔다고 커밍아웃까지 했다. 단골이라면서. 가격도, 퀄리티도, 디자인도 모든 게 강옥의 사이트보다 합리적이라고 칭찬을 아끼지 않았다.

“2XL? 너 66반이라며? 백화점에서 옷 산다며!”

으컹컹…. 웃다가 코가 목에 걸려 기침을 해대던 보민은 ‘비밀이다!’ 속삭이며 물을 마셨다.

오늘의 회전 초밥은 꽤 비렸다. 아무리 녹차로 입을 헹구고 헹궈도 그 낯선 비린 맛이 계속 입에 남았다. 회가 신선하지 않은 건지, 아님 싸구려 횟감을 쓰는 건지 정말 모를 일이다.

그럼에도 우린 밥을 먹는 한 시간 내내 웃었고, 떠들었고, 즐거웠다! 강옥의 험담을 할 때만큼은 보민이도 짜증난다는 말을 더 이상 꺼내지 않았다. 오히려 집으로 돌아가는 길엔 다음에도 우리끼리 밥 먹자는 문자를 보내기까지 했다.

평소라면 ‘셋이 만나자’ 강옥이까지 챙겼을 나지만 이번엔 달랐다.

“그러자!”

이모티콘까지 첨부해 보낸 답장엔 그 어떤 가책도 느껴지지 않았다. 강옥이는 더 이상 내 친구라 부르고 싶지 않았으니까.

둘

갈갈이의 습격!

모공 하나까지 커버한 메이크업은 완벽했다. 혹여 팔자 주름 사이에 파운데이션이 끼지 않을까, 양 코볼에 파운데이션이 뭉쳐서 들뜨진 않을까. 팔이 저리고 아파서 욱신거릴 때까지, 파운데이션과 피부가 물아일체가 될 때까지 얼굴에 퍼프를 두드리고 또 두드렸다. 이숙은 특히 피부화장에 공을 들였다. 한 살이라도 더 어려 보이게, 또 갸름해 보이도록!

오늘따라 돌돌 말아 올린 앞머리 헤어 롤도 단 한 번에 수평을 잡아냈다. 왠지 느낌이 좋았다. 그래서일까. 면세점에서 열 번은 고민하다가 샀던, 조 말론! 제일 아끼고 아끼던 그 고가의 향수도 맘껏 뿌렸다. 이제 마지막으로 옷만 입으면 된다.

2XL에서 구입한 인디언 핑크색의 블라우스는 소녀 같지만 요란하지 않았고, 섹시했지만 정갈했다. 소매 단에서 살짝 접혀 올라간 검은색의 레이스까지.

이숙은 이 여성스런 느낌이 물씬 풍기는 블라우스가 꽤 맘에 들었다. 하의는 당연히 블랙 세미 정장을 선택했다. 2XL 사이트에서 베스트 상품이라는 이 바지는 신축성은 좀 약했지만 크게 불편할 정도는 아니었다. 옷은 늘어나기 마련이니까.

앞코에 금색 테가 둘러진 3센티미터 굽의 검은색 슬링백 슈즈와 매치하면 게임 끝! 데이트 룩으로 이보다 더 좋을 순 없다.

도대체 성재는 무슨 말을 할까? 좋아한다고 고백하려나? 아니, 다짜고짜 사귀자고 직진하면 어떡하지? 술을 마시게 된다면 혹시 키스를 하게 될지도 모르니 가글도 챙겨야겠다.

푸핫, 키스라니! 이런 음란마귀 좀 보라지. 몰래카메라라도 있는 것처럼 공연히 두리번거렸다. 그렇게 은밀하게 상상의 상상을 거듭하던 이숙은 부끄러워 발을 동동거리며 침대로 고꾸라졌다.

이숙은 고기 집 약도가 링크 된 성재의 문자를 보고 또 확인했다.

택시가 선 곳은 식탐미인에서 한우 특집으로 방송되었던 맛집이었다.

요 센스쟁이! 내가 여기 오고 싶었던 건 또 어떻게 알고.

엄청난 가격 때문에 크리스마스 때나 한 번 올 수 있을까 말까 한 고가의 한우 집이라니! 벌써부터 100점 만점에 보너스 20점 추가요!

이숙은 가게로 들어가기 전에 얼른 거울을 꺼내 수십 번도 더 들여다본 얼굴에 립스틱을 바르고 또 발랐다.

'가자, 김이숙! 내 인생을 바꿀 운명 같은 사랑이 오늘 바로 시작되리라.'

매캐한 연기 사이를 뚫고 고기를 굽고 있던 성재가 손을 흔들었다.

아니, 정확히 집게를 흔들어댔다.

이숙은 수줍게 머리를 귀 뒤로 넘기며 미소 짓고 싶었지만… 잠깐! 저건 누구지? 어디서 많이 보던 얼굴인데….

리포터 장인영? 그랬다. 성재 옆엔 분명히 인영이 앉아 있었다. 언제부터 우리가 그렇게 친했다고 인영은 성재를 따라 이숙을 향해 격하게 손을 흔들고 있었다.

이대로 그냥 뒤돌아 가버릴까? 이숙은 부끄러웠다. 내가 지금 무슨 생각으로 여기까지 온 거지? 3초. 그 짧은 순간 동안 이숙의 머릿속에선 그날, 성재가 식사를 하자고 했던 그 찰나의 대화가 수없이 반복됐다.

"김작가, 여기!"

맨발로 뛰어나온 인영은 '오늘 왜 이렇게 예쁘게 하고 왔어?' 하며, 이숙의 팔에 팔짱을 끼고선 얼굴을 비볐다. 꼬리가 아흔아홉 개 달린 구미호가 분명했다. 블라우스를 힐끗 보던 인영이 눈꼬리를 씰룩거렸다.

이숙은 그 찰나를 놓치지 않았다. 본능적으로 저도 모르게 팔을 뺐다.

이미 얼큰하게 취한 성재는 얼른 방석을 깔아주며 이숙을 반겼다.

"한참 봤잖아요. 다른 사람인 줄 알고."

이숙은 아무런 대답도 하지 않았다. 아마 1분 전의 나였다면, 아니 인영이 동석한 자리가 아니었더라면 세상을 다 가진 표정으로 그에게 환히 웃어줬을 거다. 하지만 이숙은 웃을 수 없었다.

그녀는 이 순간을 위해 매일 열 시간 이상, 눈이 뻑뻑해질 때까지 인터넷 쇼핑몰을 뒤져야 했다. 그래, 바로 오늘 단 하루, 이 순간만을 위해! 머리부터 발끝까지 치장한 데 들인 카드 값만 해도 이미 쥐꼬리만 한 월급이 감당할 수준을 훨씬 넘겼다.

그랬더니, 그랬는데! 어떻게 내 앞에 떡하니 인영을 앉혀 놓을 수 있지?

방금 전까지 상상 속 남자 주인공이었던 그가 어떻게 이런 말도 안 되는 시나리오를 써재꼈는지 콧구멍에 저 쥐고 있는 집게를 쑤셔 넣고 싶은 심정이었다. 아, 쪽팔려. 여기 어디 쥐구멍 없니? 아니, 개구멍. 아니, 양심상 코끼리 구멍!

"두 사람, 언제까지 그렇게 얼굴 붉히면서 일할 겁니까?"

성재가 재빠르게 맥주를 채우더니 잔부터 건넨다.

'아, 하고 싶은 말이 이거였어? 참 괜한 짓을 하셨습니다.'

이숙은 잔부터 들이켰다.

"현장이 즐거워야 결과물도 좋지! 언짢은 게 있으면 풀고 가자고 자리 한 번 만들었습니다."

움찔거리는 어색한 미소를 봤거나 말았거나. 이제 더는 상관없었다. 이숙은 성재와 눈을 마주치지 않았다.

"피디님, 봤죠? 내가 이래서 불만인 거야. 김작가, 짠 몰라, 짠! 사람이 왜 그래?"

텅 빈 잔에 맥주잔을 부딪치며 인영이 째려보았다.

"그래요, 건배부터 합시다."

사람 좋게 얼른 다시 잔을 채우며 성재가 웃었다. 뭐가 그렇게 기분이 좋은 건지 성재와 인영은 이숙의 잔에 제 잔들을 부딪치며 끝없이 웃고 떠들었다. 두 사람 사이엔 끼어들 틈이 없었다.

이 귀한 한우가 다 타고 있는데, 뒤집을 생각도 없나 보다. 하는 수 없이 의무감처럼, 습관처럼, 회식 때마다 늘 그랬듯이 이숙은 부지런히 고기를 뒤집었다.

어느덧 얘기는 사회, 정치, 문화, 연예계, 방송을 거쳐 다시 우리 얘기로 돌아왔다.

"어우, 피디님. 김작가랑 나, 우리 사이 좋다니까! 안 그래, 김작가? 빨리 말 좀 해봥."

'저, 저… 재수 없는 콧소리. 무슨 불어하는 줄 알았네. 여자랑 있을 땐 그렇게 떽떽 단전에서부터 목구멍까지 쇳소리만 긁어내더니, 아주 날 잡으셨어!'

"나쁠 게 뭐가 있어요."

이숙은 분명히 좋다고 하지 않았다. 그렇다고 나쁘다고도 하지 않았으니 이 정도면 고급스런 둘러치기, 나름 선방이라고 자평했다.

"난 우리가 가족처럼 일했으면 좋겠어요. 서로 아끼고, 보듬고, 이해해주고, 배려해주고!"

성재가 목소리를 높였다.

"가족, 참 좋은 말이당."

인영이 그의 말이 채 끝나기도 전에 맞장구쳤다.

'가족 같은 소리하고 앉아 있네. 가족끼린 이렇게 붙어 앉아 서로 끼 부리지 않아요. 식사하자고, 할 말 있다고 불러놓고 이렇게 고기만 굽게 하지 않는다고. 그리고 무엇보다 난 저 재수탱이 장인영이랑 그리고 하피디 당신과도 가족이 될 생각이 1도 없다고!'

"이래서 내가 하피디님 좋아한다니깡."

긴 생머리를 한쪽으로 몰아 넘기며 인영은 끝없이 눈웃음을 쳤다.

화장기 없이 윤기 나는 맨 얼굴, 새하얗고 가지런한 치아, 청바지에 흰 티 하나 걸쳤을 뿐인데도 멋스러운 그 느낌은 제 아무리 흉내 내고 싶어도 따라할 수 없는 타고난 미인의 모습이었다.

불현듯 이숙은 처음 인영을 만났던 때가 떠올랐다.

5년 전 인영은 지금보다 훨씬 빛이 나는 사람이었다. 계속되는 아나운서 시험 낙방 후 선택한 리포터는 그녀의 인생에서 가장 치욕스럽지만 또 어떤 면에서는 가장 현명했던 플랜B였으리라.

같은 아카데미 동기들이 방송국 간판 아나운서가 되어 여러 교양 프로그램을 두루 거칠 때 외롭게 쇼양(쇼와 교양, 두 가지 특징을 모두 갖춘) 프로그램인 식탐미인 팀에 합류해 전국을 떠돌던 리포터 인영은 힘이 약한 타인을 짓밟으면서 자존감을 높이려는 아주 못된 버릇이 있었는데, 그 타깃이 주로 이숙이었다.

가장 더운 여름, 그것도 점심 식사가 시작되는 12시! 늘 인영은 촬영 중 이숙에게 커피 셔틀을 시켰다. 그것도 '김작가 살 빼라고 내가 배려하는 거잖아'란 말을 덧붙이면서.

그녀는 언제나 '시럽 없는 두유 라떼'였다. 동물성 지방이 들어 있는 우유로 만든 일반 라떼는 애초에 선택 메뉴에 끼지도 못했다.

"라떼, 두유로! 시럽은 빼고. 알지?"

영양만점인데 두 자리 칼로리! 게다가 오후의 나른함까지 잡아줄 카페인을 꽉꽉 눌러 담은 이 커피는 반드시 지정된 브랜드의 것이어야만 했는데, 이게 또 전국을 돌며 촬영하는 맛집 방송의 특성 상 아무 데서나 손쉽게 구할 수 있는 것만은 아니었다.

산골마을이나 어촌 같은 경우, 촬영 전 시간에 맞춰 커피를 사 오기 위해서는 사비를 들여 택시를 타고 읍내든 시내든 그 죽일 놈의 두유 라떼를 살 수 있을 때까지 뱅뱅 도는 건 기본이었고, 운이 좋게 그 시럽을 뺀 두유 라떼를 산다고 해도 1년 365일 뜨거운 두유 라떼만 고집하는 바람에 뜨거운 걸 들고 뛰느라 손발이 고생을 했다.

그뿐인가! 조금이라도 식으면 그 히스테리란….

"다 식었네! 느려 터져가지고. 하여간 자기 관리 안 하는 애들이 꼭 일도 못 해요."

이런 비아냥은 귀여운 투정이었다. 심지어 이숙이 보는 앞에서 아무렇지 않게 버리기 일쑤였다.

'그렇게 버릴 거면 차라리 나보고 마시라고 하지!'

인영 덕분에 때를 놓친 이숙은 늘 구석에서 김밥 한 줄로 끼니를 때웠다. 그렇게 촬영이 끝난 날이면 미친 듯이 폭식을 했는데, 인영은 그럴 때마다 이숙을 보고 웃었다.

"김작가는 참 성격 좋아. 이렇게 피곤한데 밥이 들어간다?"

"…?"

"허긴, 그 몸 유지하려면 먹어야지."

두유를 쪽쪽 빨며 한심하다는 듯 말할 때마다 스태프들은 무슨 농담인 마냥 다 같이 큰 소리로 웃기 시작했다. 처음엔 그들의 웃음에, 시선에, 주눅이 들어 수저를 놓기도 했지만 시간이 흐를수록 이숙은 더욱 굳건하게 자리를 뭉개고 앉아 더 많이 먹었다. 보란 듯이.

그렇게 5년. 이제는 인영도 리포터만 하기엔 너무 늙어버린 처지였다. 잘리지 않으면 다행. 어느새 서브를 거쳐 메인작가라는 호칭을 얻은 이숙에게 잘 보여야 할 뒷방 늙은이 신세가 되었다. 맞다, 그녀도 나름 사연 있는 여자다. 이 바닥에서 참 오래도 버텼다. 독하다를 넘어 애썼다. 어떨 땐 짠할 때도 있었다.

그 때문인지 이제는 서로 웃으며 말할 수 있는 과거사가 되었지만, 그럼에도 여전히 인영을 보면 알 수 없는, 욱하고 치고 올라오는 게 있었다. 저 아름다운 미모 뒤에 감춰둔 마녀의 본성을, 이숙은 분명히 기억했다.

'그런데 또 내가 오늘, 여기에 나와 이 꼴을 당하고 있구나.'

생각이 거기까지 미치자… 처음이었다, 고기가 맛없다고 느낀 건.

이숙은 입 속에서 오물거리던 고기를 휴지에 뱉었다. 분명히 저 문을 들어서기 전까지 내가 주인공이었는데. 언제부터인지 나는 그냥 엑스트라 그 이상 그 이하도 아니었다.

"근데 김작가, 그 옷 입으니까 너무 귀엽다. 만화에 나오는 핑크 돼지 같아! 그죠, 피디님?"

발갛게 취기가 오른 얼굴로 인영이 웃었다. '귀엽다'와 만화는 어울리는 말 같은데, 핑크와 돼지는 삐- 아주 낯선 조합이다. 보이지 않는 여자들의 전쟁. 인영은 그걸 원했다. 처음부터 알고 있었던 거다. 이숙이 왜 평소에 입지도 않는 옷을 입고, 곱게 화장을 하고 왔는지.

여자는 척 보면 그냥 다 안다. 남자들에겐 보이지 않는 신비한 더듬이 하나쯤은 다 갖고 있으니까. 그리고 여자가 여자를 미워하는 눈빛을 남자들은 너무 기가 막히게 알지 못한다. 어쩜 그렇게 눈치가 없는지. 그들은 더듬이는 고사하고 눈뜬장님처럼 보고도 믿지 못할 말만 지껄이는 둔탱이일 뿐이었다.

"김작가, 이상하다. 오늘 별로 안 먹네? 왜, 맛없어요?"

성재는 부지런히 가위를 놀렸다. 까맣게 그슬린 부분을 정성스레 잘라내고, 제법 먹음직스런 고기 한 점을 건넸다.

내가 지금 저 여자한테 '돼지'라는 소릴 들었다고! 5시 59분까지만 해도 그렇게 마음에 들었던 정갈하고 섹시한 인디언 핑크가 순식간에 핑크 돼지로 인격모독을 당했는데 저 둔탱이는 왜 안 먹느냐 묻는다. 한우 기름 대신 피가 튀는 이 싸한 분위기가 정녕 느껴지지 않으신지?

그래, 좋게 생각하자. 다 좋자고 만든 자리 아닌가. 그 딴엔 내가 걱정돼서 챙겨준 거겠지만 그래, 타이밍이 나빴다. 그렇게 생각하자. 전쟁은 없다.

이숙은 인영의 도발에 휩쓸리고 싶지 않았다. 그저 이 재수 없고 불길한 블라우스를 최대한 빨리 벗어 던지고 싶은 마음뿐이었다.

"잠깐. 화장실 좀…."

가방을 챙겨 일어나는 그 순간에도 두 사람은 이숙을 쳐다보지 않았다.

시종일관 인영에게 고정된 성재의 시선이, 아팠다.

이숙은 서둘러 화장실 문을 잠갔다. 체한 것도 아닌데, 명치보다 깊숙한 곳이 욱신거렸다. 누군가가 왼쪽 심장을 꽉 움켜진 채 놓아줄 생각이 없는 것 같았다. 총을 맞았을 때 정말 이런 느낌이라면 「총 맞은 것처럼」 백지영의 노래는 사랑의 아픔을 가장 잘 표현한 최고의 명곡이 맞을지도 몰랐다.

오늘 나는 총을 맞았고, 남들 눈에는 보이지 않는, 내 눈에만 보이는 시뻘건 피가 줄줄 이 돼지색 같은 핑크 블라우스 위를 적시며 내렸다.

이런 하루를 바랐던 게 아닌데. 이런 비참함을 느끼고 싶었던 게 아니었는데. 어디서부터 잘못된 걸까. 초라하고 또 서러웠다.

하지만 놀랍게도 그 총 맞은 심장을 덜컹 내려앉힌 일은 정작 따로 있었다. 변기에 앉아 내려다본 바지는 그야말로 끔찍했다. 꽉 조이는 허벅지에 스쳐서 너덜너덜해진 바지는 가랑이부터 엉덩이까지 닳고 닳아서 바닥이 다 보일 지경이었다.

"하필 왜 지금… 왜요, 왜!"

이숙은 엄마가 믿는 하나님을 향해 울먹였다. 생에 처음 있는 일도 아니었지만 타이밍이, 그래, 언제나 타이밍이 너무 잔인했다.

어렸을 때부터 그랬다. 중학교 입학식 날 처음 치마 교복을 입고 간 날이었다. 이상하게 치마 밑에서 느껴지는 그 묘하게 싸한 바람의 감촉을 잊을 수 없다.

화장실로 쫓아가 벗어본 팬티스타킹은 스치고 헐어서 아예 엉덩이만 한 구멍이 나 있었다. 그리고 옆 칸에선 밴드 스타킹이 자꾸 또르르 말려 내려가 사타구니에 화상을 입고 울고 있던 보민이를 기억한다. 운명처럼 그날 이숙과 보민은 서로가 서로의 아픔을 다독이며 엉거주춤 팔자걸음으로 지옥 같은 하루를 견뎌야만 했다.

그때 비로소 이숙은 알았다. 우리의 허벅지 마찰력이 얼마나 위대한지를.

가랑이에 지구를 끼고 걸을 수만 있다면 인류 대학살은 자신한다. 우린 바지든 스타킹이든 뭐든, 허벅지에 끼고 스칠 수 있는 모든 것을 갈아 치우는 믿지 못할 재능이 있다. 그래, 내 양쪽 사타구니엔 갈갈이가 살고 있다!

짓무른 허벅지가 얼마나 고통스러웠던지 강옥은 아예 체육복 바지와 교복치마를 하나로 꿰매버렸다. 교칙을 무시한 게 아니었다. 학주(학생주임)이 아무리 몽둥이를 들고 쫓아와도 그녀들은 이 패션을 사수해야만 했다. 이건, 아는 자만이 아는, 그 누구에게 말을 할 수도, 어느 누구와도 공감할 수 없는 아주 은밀하고 부끄러운 생존 본능이었다.

세월은 흘렀고, 옷의 마찰력과 바지의 유통기한을 컨트롤 할 수 있는 연륜과 노하우가 생겼다… 그렇게 자신만만했는데 아니었나 보다.

인생은 언제나 교훈이 있다.

중요한 날일수록 평소대로 행동할 것.

먹던 음식 먹고, 입던 옷 입고, 새 화장품은 절대 쓰지 말 것!

아, 마스터 마마의 지혜여, 엄마가 늘 그렇게 말했거늘! 나는 도대체 무슨 생각으로 이토록 중요한 날 검증되지도 않은 새 옷을 입었던가. 자존심은 구겨지고, 바지는 너덜너덜해지고, 그냥 변기통에 머리 박고 죽어버릴까? 왜 사니, 인간아…. 왜 살아!

하피디가 봤을까? 아니, 그보다도 인영이 봤을까? 그녀가 봤다면 내일 당장 방송국에 온 소문이 다 퍼질 텐데…. 망했다!

자학의 끝에서 이상하게도 이숙은 강옥의 얼굴이 떠올랐다. 공원에서 치킨과 맥주를 끌어안고 독하게 던졌던 그 주옥같은 말, 말, 말들!

'세상에 예쁘고 날씬한 여자가 얼마나 많은데! 개네가 왜 우릴 좋아해?'

강옥의 말이 다 맞았다. 여자의 본 모습은 중요하지 않다. 그렇다고 뚱뚱한 여자들이 전부 성격이 좋은 것도 아니지만. 왜 있지 않나? 영화, 「미녀는 괴로워」처럼…. 뚱뚱하지만 성격과 인성이 훌륭한 '비만가련형' 인간들이 나오는 작품들.

그런 데서는 대개 뚱녀들을 미화한다. 몸은 뚱뚱하지만 애는 참 괜찮다고. 근데 솔직히 이건 아니다. 그렇게 우리 덩어리들이 성급하게 일반화되고 미화되면 뭐, 나쁠 건 없지만… 뚱뚱 이퀄 좋은 성격? 에이, 턱도 없는 소리! 내 친구 강옥이와 보민이만 봐도, 답은 나온다.

그렇게 생각하니 그렇다. 성격 면에서 전혀 내세울 게 없는데, 인영과 나! 두 여자 중에 반드시 골라야 한다면 그렇네. 하피디가 날 고를 이유 따위는 없다. 입장을 바꿔 생각해봐도 당연한 거다.

'그럴 리가 없는 건데…. 그러니까 강옥의 말을 들었더라면, 아니, 들었어야 했다!'

이숙은 양파 망처럼 너덜너덜해진 바지를 끌어올리며 그제야 저녁 내내 참고 참았던 눈물을 펑펑 쏟아내기 시작했다.

금요일 밤, 9시. 강옥에게 금요일은 특별했다. 밤새 술로 달려도 그 누구도 이상하게 보지 않는 공식적인 '술'요일이니까! 당연히 오늘 밤도 술 약속은 있었다. 최근 만나기 시작한 24살, 남자 모델은 지금도 사무실 밑에서 빨리 나오라고 5분마다 카톡을 보내고 있었다.

하지만 이상하게 엉덩이가 굼떴다. 굳이 당장 하지 않아도 될 택배 상자에 주소 태그를 붙이고 여기저기 쌓여 있는 실밥들과 포장지를 정리하지 않고선 못 배길 정도로 무료했다.

청담동 현호, 개포동 현호, 분당 현호, 부산 현호. 이름은 같지만 다 다른 남자들이 그렇게 전화를 해댔다. 강옥은 그럴 때마다 피곤하다는 듯 전화기를 뒤집었다. 벨소리가 들리지 않도록.

빌딩 사무실에서 창밖을 내려다보면 요란하게 깜박이를 깜빡거리고 있는 외제차 역시, 그 수많은 현호 중 한 명이다. 이젠 카톡으로도 모자라 1분마다 전화질이다. 피곤했다.

집착하고, 매달리고, 기다리는 그런 남자들은 뻔했다. 잘생겼든 못생겼든, 대머리든 숱이 많든, 연하든 연상이든 그런 것과는 무관했다. 이건 마치 뚱뚱하고, 못생기고, 조신하지도 않은 강옥이 팜므파탈이라 불리는 것과 어떤 면에선 일맥상통할지도 몰랐다.

서로 충분히 즐겼고, 만나는 동안 원하는 바대로 서로가 서로의 욕구를 채워줬다.

'그럼 된 거잖아. 뭐가 더 필요해?'

하지만 소위 '집착남'들은 매번 만남의 뒷맛이 달랐다. 그들은 여자를 지배하고 싶어 했다. 강옥은 그게 좀 웃겼다.

'몇 번 잠 좀 잤다고 내가 니 거야?'

'날 소유할 수 있다고 생각해? 어디서 오라, 가라질이야! 감히, 니가?'

전화는 끈질기게 울렸고, 점점 인내에 한계를 느꼈다. 다시 열세 번째 벨이 울렸다. 강옥은 전화를 받자마자 다짜고짜 소리부터 질러댔다.

"죽고 싶어?"

"강… ㅇㅇㅇㅇ… 오옥… 아… ㅎㅇㅇㅇㅇㅇ…."

하지만 전화기 너머 들려오는 이 익숙한 목소리는 현호가 아니었다. 이건 마치, 비 맞은 비둘기 떼가 구구구, 이너 피스를 갈구하며 울어대는 오열 같았다.

"야, 김이숙! 너 왜 울어?"

"하… 피디가…. 하피디가 고기 먹자고… 으으으…."

"뭐라고? 하피디가 뭐? 야, 울지 말고 천천히 말해봐."

"흑흑… 그… 런데…. 바지를… 바지가… 으앙!"

바지를? 뭐가 어째? 도대체가 그 뒷말은 어떻게 해도 알아들을 수가 없었다.

연애라곤 상상 연애밖에 안 해본 순진한 애를 고기 먹자고 꼬셔내서 다짜고짜 바지부터 벗겼다는 말인가?

정말 뜻밖의 전개이긴 한데, 아예 말이 안 되는 것도 아니었다. 요즘 뉴스를 봐라. 세상이 얼마나 예측불가냐! 그래, 있을 수 있는 일이라 쳐!

"이런, 개새끼가 진짜! 너 지금 어디야?"

강옥은 그 길로 뛰어내려와 현호의 차에 올라탔다.

"야, 밟아!"

"도대체 전화는 왜 안 받는 건데?"

강옥에게 전화를 걸던 현호가 어이없다는 듯 물었다.

부재중 발신 전화 51통. 강옥에게 걸었던 통화 목록을 보여주며, 현호는 인상을 찌푸렸다.

얼굴은 확실히 눈이 갔다. 열 여자 안 부러운 곱상형이다. 하지만 눈은 총기 하나 없이 흐리멍덩했다. 그 동태 같은 눈을 보고 있자니, 강옥은 돌연 다시 정나미가 떨어졌다.

평소라면 '스토커 새끼야, 죽고 싶어? 한 번만 더 전화해!' 한 대후려칠 기세로 달려들었겠지만 일단 참았다. 우두득, 손가락 관절을 스트레칭 하며 '오늘 아작낼 새끼 하나 있어'라고 말했다. 그리고 내일은 너! 이 말만은 간신히 삼키면서.

"누난 이럴 때 진짜 섹시하더라."

'얜 정말 뭘까? 똘끼를 넘어 변태 같은데?'

진짜 얼굴 반반한 거만 보고 사람 만나면 안 된다. 이게 제정신이냐? 51번의 부재중 전화를 날리며 인상 쓰던 놈이, 사람 하나 잡으러 간다니까 신나서 휘파람까지 분다. 소름이 돋는다. 강옥은 저도 모르게 닭살이 돋은 팔뚝을 매만졌다.

"안전벨트 맸지?"

"그만 좀 떠들고, 빨리 가라고!"

"오케이, 꼬우!"

요란하게 클랙슨을 누르던 그의 차가 드디어 출발했다.

똑똑똑.

문을 두드리는 소리가 멈추지 않았다. 화장실에 들어온 사람들은 이숙의 흐느낌에 놀라 저마다 발을 멈췄다. 그리고 한 번씩 그녀가 있는 칸을 두드려댔다.

"어머, 이거 울음소리야?"

"저기요, 경찰 불러드려요?"

"재수 없게… 왜 저래?"

목소리도 반응도 저마다 다 달랐다.

"흑흑… 죄송… 흑흑… 합니다. 전 괜찮으니까…. 그냥 가주시겠어요? 으으으흑흑…."

두루마기 화장지로 코를 풀며 이숙은 앵무새처럼 같은 말만 반복했다.

모처럼 신경 써서 만들어주신 자리인데 죄송합니다.
집에 일이 있어서 먼저 일어서겠습니다.

서둘러 하피디에게 문자를 보냈다.

인영 씨, 집에 일이 있어서 먼저 일어날게.
하피디님과 즐거운 시간….

'…보내'라고 그냥 그 한 마디만 쓰면 되는 건데, 술 때문인가? 또 그게 그렇게 서러웠다.

이숙은 핸드폰을 끌어안고 세상의 종말을 맞이한 사람마냥 오열했다.

"아가씨, 괜찮아요?"

걱정 어린 목소리들이 끝없이 이숙을 불렀다. 더 이상 떨어질 나락도, 자존심도, 체면도 없었다. 타인의 따뜻한 목소리는 이상하게 약해진 눈물샘을 더 자극할 뿐이었다. 그때였다.

"김이숙, 어디야!"

강옥이다! 화장실의 모든 여자들을 밀어내며 쿵쾅쿵쾅 요란하게 화장실 문을 두드리는 이 과격한 움직임은, 내 친구 강옥이가 분명했다.

"여기! 나, 여기!"

이숙은 빛의 속도로 문을 열었다. 천군만마를 얻은 것 마냥 강옥의 존재 하나로 안심이 됐다. 강옥은 눈물로 엉망이 된 이숙의 얼굴부터 감싸 쥐었다.

"기지배야! 괜찮아?"

"헤에…."

안도의 웃음이 나왔다. 이숙은 너덜너덜해진 바지를 강옥의 얼굴에 들이밀었다.

"야, 넌 겨우, 이거 가지고! 너한테 무슨 일 생긴 줄 알고 얼마나 걱정했는지 알아?"

강옥이 버럭 하자, '와… 대박!' 뒤에서 힐끔힐끔, 망사가 돼버린 이숙의 거대한 바지를 보던 현호가 연신 감탄을 내뱉었다.

'누구?' 이숙이 눈으로 묻자, 강옥이 '골치 아픈 놈 있어' 눈짓으로 대답했다.

눈치 없는 현호는 BigBLACK 로고가 커다랗게 새겨진 쇼핑백을 들이밀었다. 안을 들여다보니 색이 맞지 않는 빅사이즈 츄리닝 세트가 들어 있었다. 강옥이 얼마나 놀랐는지 짐작하고도 남았다.

때마침 이숙의 문자를 받고 도착한 보민은, 접촉성 피부염 연고 하나를 사 들고 나타났다.

바지가 해졌다는 건, 허벅지도 헐었다는 것! 척하면 착. 비만 메이트들은 많은 말을 하지 않아도 마치 한 몸처럼 알아서 움직였다.

"2XL…."

라벨을 확인하던 강옥이 읊조렸다.

보민은 저도 모르게 움찔거렸다. 마치 죄 지은 사람처럼 보민과 이숙은 서로 꿀꺽, 두 눈을 마주쳤다. 하지만 예상과 달리 강옥은 이숙의 바지를 말없이 가방에 집어넣었다.

"미안, 내가 거기서 사라고 했어."

보민이 이실직고했다.

"아니야, 내가 거기서 사겠다고 했어."

이숙이 얼른 끼어들었다.

"둘이 만나서 내 욕 엄청 했겠다?"

강옥이 웃었다. 섬뜩하게.

"엄청은 아니구, 조금?"

보민과 이숙이 서로 어색하게 웃자, 뭐 그럴 수도 있지, 하는 표정으로 강옥이 고개를 끄덕거렸다. 그 무거운 팔을 이숙과 보민의 어깨에 턱 걸쳐 안아 모으면서.

"괜찮아. 난 존나 많이 했거든, 니들 욕!"

이숙이 풉, 하고 먼저 웃었다. 그러자 으컹컹, 보민이 웃기 시작했고, 강옥의 우렁찬 웃음이 터져 나왔다.

덩어리 합체! 셋이 합쳐, 250kg에 육박하는 여자들이 한 몸처럼 끌어안자 현호의 눈이 튀어나올 만큼 동그래졌다.

정말 유유상종이란 말은 맞구나. 사람은 비슷한 사람끼리 어울린다더니….

"헐, 대박!"

그의 입이 작게 중얼거렸다.

"재가 하피디야?"

"응."

창 밖에선 술에 취해 갈지자로 걷고 있는 인영과 만취한 그녀를 부축하던 성재가 한참의 실랑이 끝에 택시를 타고 사라지는 모습이 보였다.

이숙, 강옥, 보민 세 사람은 말없이 창밖만 바라봤다. 침묵을 깬 건 현호였다.

"에이, 모텔 가네. 게임 끝났네."

"넌 빠져!"

룸미러로 이숙의 눈치를 보던 강옥이 현호의 뒤통수를 때렸다.

흔들리는 동공. 꽉 다문 입술. 이숙은 애써 괜찮은 척 어깨를 들썩였다.

"성인들인데 뭐…. 알아서들 하겠지."

말은 그렇게 했지만 모텔이라는 단어를 듣는 순간, 눈앞에 거대한 장벽이 솟아나는 것 같았다. 아니, 만리장성은 저들이 쌓겠다는데 왜 아무 상관없는 내가 그 장성 앞에 가로막혀 호흡곤란을 느껴야 하지? 이숙은 갑자기 서늘한 한기가 느껴졌다. 고통스럽다 못해 부들부들 살이 떨려왔다.

혼자 하는 사랑이 거지같은 건, 그걸 공감해 달라고 그 누구에게도 말할 수 없기 때문이다. 사귀다가 차인 것도 아니고, 남자 친구가 바람을 피운 것도 아니다. 그런데도 마치 인생 절반을 함께 산 남편의 불륜 현장을 목격하고 있는 것 같은 이 아찔함은 뭐냐고, 도대체!

이숙은 턱에 힘이 바짝 들어가며 침샘이 요동쳤다. 바짝 마른 입안은 어느새 쓴맛으로 가득 찼다.

'사랑하는 남자가 다른 여자랑 눈이 맞았어요' 한다면 모두들 동정하며 저 남자를 같이 욕해주겠지만 '짝사랑하는 남자가 다른 여자랑 눈이 맞았어요' 해봤자, '그래서 어쩌라고?'가 고작이고, 이어지는 대답은 뻔했다.

"그러니까 살을 빼!"

세 여자도 다 안다. 살을 빼면 사랑에 빠질 확률이 지금보다 높아진다는 것쯤은. 내가 그리고 여기 있는 이 두 여자들이 한 번도 살을 안 뺐을 거라 오해하지 말라. 원 푸드 다이어트, 한방 다이어트, 디톡스, 지방 분해 주사, 칼로리 커트, PT, 수영, 마라톤, 방송 댄스, 발레, 필라테스, 요가, 복싱, 태보 등등 수술 빼고 세상에 존재하는 모든 다이어트라는 다이어트는 다 해봤다. 하지만, 만리장성보다 더 높은 벽이 '요요'다.

3Kg를 빼면 6Kg, 5Kg를 빼면 10Kg! 요요는 그렇게 어느 날 갑자기 찾아온다. 논개의 벗어날 수 없는 열 손가락 옥가락지처럼, 내 모든 체지방을 끌어안고, 항상 두 배가 넘는 몸무게의 바다 속으로 끝없이 다이빙 한다. 그렇게 32년을 살았다. 지금까지 살아온 내 생에 요요가 몇 번이나 왔을 것 같나? 굳이 대답은 하지 않겠다. 열 손가락이 모자라니까.

아, 사랑이라는 단어 앞에 '짝'하나를 더했을 뿐인데… 상상 속의 짝을 도려내야 하는 이 심정을, 제 짝이 있는 사람들이 알 리가 없지! 그래서 더 괴로운 거다. 아니, 외로운 거다. 이숙은 아무도 모르게 입술을 물었다.

가만히 이 상황을 지켜보던 강옥이 조용히 현호의 귀에 무어라 속삭였다. 덩치는 제일 커도, 옷을 만드는 사람답게 제일 섬세한 것도 그녀였다.

강옥의 눈에 성재는 그저 그랬다. 보아하니 30대 중반의 미혼. 청바지에 후드 티. 볼 캡. 나이키 운동화. 너무 뻔했다. 그래서 재미없을 만큼. 하피디 정도의 남자는 바닷가 모래알만큼 흔하다. 책 좀 읽고, 방송물 좀 먹고, 그냥 그 멋으로 사는… 촌놈일 뿐이다! 그런데 저런 놈이 뭐가 그렇게 좋다고 아이고, 이 순진한 김이숙아!

세상엔 예쁜 여자가 진짜 많지만, 잘생긴 남자들 역시 많다. 거기에다 어리기까지 한 남자의 맛을 본다면 하피디 같은 건 눈에 차지도 않을 거다. 강옥은 확신했다.

"오케이. 그건 또 내 전문이지!"

강옥이 말을 마치자 현호는 신난 똥강아지처럼 전화기를 들었다.

어, 난데 집이냐? …어디냐? 나와라! …누구긴 우리 돈 많은 누님이 쏘신다잖냐!

그렇게 한 10분간 끝없이 전화를 돌리던 현호가 흡족하게 미션을 마쳤는지 엄지손가락을 치켜들었다.

"5명. 30분 내 도착!"

"누가 또 와?"

그제야 그림자처럼 숨죽이고 있던 보민이 존재감을 드러냈다.

"불금 아니냐! 오늘 같은 날 또 죽을 때까지 마셔줘야지!"

강옥이 외치자 '야스(yes)! 퐈이아(fire)!' 현호가 맞장구쳤다.

강옥의 우렁찬 기합에 놀란 이숙은 보민을 바라봤다. 예상치 못한 제안에 완전 신이 났는지 보민은 돌고래 고음을 내지르며 박수까지 치고 있었다.

아, 보민이 얘가 이런 것도 좋아하는구나. 언제는 강옥이가 난잡하다며? 강옥이 같은 애 말을 들으면 될 일도 안 된다며? 새삼 보민의 정체성에 혼란이 왔지만 이숙은 이 분위기를 망칠 수 없었다.

집에 가서 이불 동굴로 숨어버리고 싶은 마음 반, 미친년처럼 정신 줄 놓고 취하고 싶은 마음 반이 묘하게 공존했다. 짜장면과 짬뽕을 한 그릇에 반으로 나눠 먹을 때처럼 양쪽 다 포기할 수도 그렇다고 온전히 즐길 수도 없을 것 같은 갈팡질팡!

하지만 아무리 그래도 전화 한 통에 달려와 준 친구들을 배신할 순 없지. 남자보는 눈은 없어도 의리 하나는 안고 간다. 이 가슴에!

"그래, 까짓 거 달려!"

이숙이 호쾌하게 대답하자, 현호는 분위기를 띄운다며 정신없는 힙합 음악부터 틀었다. 차 안은 벌써부터 알아들을 수 없는 시끄러운 랩으로 들썩이기 시작했고, 중간중간 낯선 어린 남자의 괴성과 보민의 고성 그리고 강옥의 웃음소리로 가득 차 클럽을 방불케 했다.

그래! 성재하고만 키스하란 법은 없잖아? 오늘밤 누가 알겠어, 강옥이처럼 저 예쁜 연하남들과 뜨거운 밤을 보낼 수 있을지!

그렇게 생각하니 이숙의 마음은 한결 가벼워졌다. 아니, 가벼운 척했다. 여전히 성재와 인영이 타고 지나간 택시가 어딘가에 있을 것 같아 차마 창밖으로 시선을 두지도 못 한 채.

셋

기억의 습작

하늘을 날았다. 붕붕.

그 높은 하늘엔 구름대신 파전, 해물전, 김치 부침개가 둥둥 떠 있었고, 신기하게 막걸리를 내뿜는 무지개도 있었다. 몸은 공기보다 가벼웠고 기분은 실컷 두들겨 맞은 것처럼, 윽, 더럽다!

'여긴 어딜까? 난 지금 살아있는 걸까, 죽은 걸까?'

무중력 상태에서 렘수면으로 다시 빠져들 즈음이었다.

"가시나가 어디 술 처먹고 밤을 새고 와!"

엄마다. 오여사가 몹시 화가 난 걸 보니…. 빨리 깨야… 겠는데….

"아으으, 머리야…."

머리가 깨질 것 같았다. 이숙은 엄청난 숙취를 느끼며 간신히 몸을 뒤집었다.

"엄마, 나 죽을 거 같아. 엄마, 나 지인짜 죽을 거 같아!"

진심이었다. 숨 쉬는 것조차 쉽지 않았다. 이숙은 관속의 드라큘

라처럼 손을 가지런히 배 위에 얹고 미간을 부르르 떨었다. 엄마는 다 큰 시커먼 딸의 발바닥을 보더니 입을 막았다.

"엄마야, 내가 못 살아. 이거 어떡해. 너 이거 어떡할 거야?"

엄마가 엄마를 찾는다. 푸흡, 웃음이 나왔다. 꼭 웃으려고 한 건 아닌데, 그냥 웃겼다. 죽을 것 같은 숙취도 그 순간만큼은 무통 호흡이었다.

"어머, 웃어? 니가 지금 웃음이 나와?"

엄마가 스매싱을 날렸다. 한 번. 두 번. 아니, 여러 번.

"때리지 마. 나 진짜 죽을 거 같단 말이야."

이불을 확 끌어당기자, 이번엔 엄마의 비명이 들렸다.

"얘가 진짜 미쳤어!"

차갑다. 그리고 눅눅하다. 킁킁. 벌렁거리는 콧구멍을 따라 흘러들어오는 이 퀴퀴한 냄새는 뭐지? 떠지지 않는 눈꺼풀에 있는 힘껏 힘을 줘 간신히 실눈으로 바라봤다. 이불엔 하늘을 날 때 분명히 보았던 뽀얀 막걸리 한 사발과 부침개들이 떡이 되어 있었다. 다른 말론, 오바이트. 좀 더 고상하게 음… 토사물들이 여기저기 바짝 말라서 이불 바닥에 찰떡처럼 붙어 있었다.

"내가 저런 걸 낳고 미역국을 먹었네. 아이구, 아버지!"

여기서 아버지는 맞다. 엄마의 그분. 성경에 나오는 분. 놀랄 땐 꼭 외할머니를 찾는데, 이럴 땐 꼭 그분을 찾는다. 그런데 왜 교회에는 매주 가지만 외할머니 납골당엔 일 년에 한 번만 가는 걸까? 뭐, 어쨌든.

못살어 못살어 못살어…. 무한 반복되는 엄마의 타령 랩과 함께 문이 닫혔다. 그제야 이숙은 천근같은 몸을 가누고 다시 한 번 방안을 둘러봤다. 부서지고, 깨지고, 엎어지고, 찢어지고….

도대체 어제 무슨 일이 있었던 거니?

"어제?"

핸드폰이 터져라 강옥의 웃음소리가 들렸다.

"별일 없었어. 그냥 니가 취했었지, 아주 많이!"

하지만 그냥 취한 정도로는 방 꼴이, 이 사단이 날 리가 없었다.

보민이는 이숙보다 더 죽어가는 목소리로 전화를 받았다. 숙취리라.

"너 진짜 기억 안 나? 와, 김이숙 너 진짜…. 와… 내가 다시 봤다. 와…."

모스부호 같은 단, 장음의 와-, 와--, 와---만 중얼거리더니 끊었다.

뭔데! 도대체 무슨 일이 있었던 건데? 왜 아무도 말을 해주지 않는 건데?

이숙은 알 수 없는 불안감에 머리를 쥐어뜯었다.

통째로 편집 삭제된 기억만 빼면 모든 게 완벽하게 예전으로 돌아왔다.

실연의 아픔에도 불구하고 낮, 밤은 반복되었고, 술병(病)으로 1킬로그램이 빠졌지만, 야속하게도 그 다음 날 요요님께서 강림하사, 2킬로그램 다시 쪘다.

방송국에서 이숙은 성재와 마주쳐도 절대 아는 척하지 않았다. 대답은 늘 단답이었고, 얼굴에선 웃음기를 지웠다. 그래, 예전의 김이숙으로 돌아왔다. 누군가를 '짝'사랑하지 않는 나로!

그를 좋아하지 않기 위해 필사적으로 몸부림쳤지만, 이상하게 그러면 그럴수록 마음속에선 옹졸한 복수심도 불타올랐다.

"리포터, 산 정상까지 식당 주인과 동행하여 반드시 비법의 약수물을 마시고 돌아온다?"

대본을 소리 내어 읽어보던 인영이 손을 부들부들 떨며 이숙을 노려보았다.

"김작가, 너 제정신이야?"

"아주 더할 나위 없이 멀쩡한데요."

이숙은 산꼭대기 약초 캐기부터 깊숙한 바다 속 해녀 체험까지 할 수 있는 모든 수단을 동원해 인영과 성재에게 복수하기 시작했다. 사실, 입장을 바꿔 생각해보면 그렇다. 얼마나 좋은 기회인가! 내가 갈갈이에게 습격당해 땅 끝까지 좌절했을 때 두 사람은 보란 듯이 택시를 타고 사라지지 않았나!

'그러니까! 모텔도 함께 간 사람들이 산꼭대기는 왜 못 가는데?'

하루 종일 붙어 있으라고 내가 친히 성은을 베풀고 있고만! 산이든 바다든 그 어디든 같이 붙어 계시라고요!

겉으론 포커페이스를 유지했지만 속으론 이런 유치찬란한 마음의 말들을 받아치고 있었다.

"조심히 다녀오세요!"

"야아!"

참고 참던 인영이 결국 폭발했다. 순식간에 달려들어 이숙의 머리칼을 쥐고 흔들었다.

기분이 어땠냐고? 이때만을 기다렸지! 32년 인생 동안 그녀보다 뚱뚱해서 좋았던 건 바로 이 순간을 위해서라는 걸 깨달았다고나 할까! 잡고, 흔들고, 밀었다. 더 세게, 더 민첩하게!

내가 분명히 학창시절 씨름부터 투포환까지 모든 코치들의 러브콜을 받았다고 했었지? 이 김이숙이가 왜 헤비급 유망주였는지 오늘 그 이유를 똑똑히 보여주마!

악으로 달려드는 인영의 머리를 한 손으로 막으며 이숙은 재빨리 그녀를 벽으로 밀어붙였다.

그녀가 아무리 발버둥을 쳐도 이숙에겐 한줌 거리도 안 되는 가녀린 몸이었다. 성질대로 되지 않자 인영이 악을 쓰며 이숙의 어깨를 물었다. 저도 모르게 비명이 터져 나왔다. 이숙이 비명과 함께 인영을 바닥에 깔아뭉개던 찰나.

문이 열리면서 지영 씨와 함께 성재가 들어왔다.

"지금 두 사람 뭐하는 겁니까?"

이숙과 인영의 혈투에 화가 난 성재는 버럭 소리부터 질렀다. 바닥에 짓밟혀 구겨진 대본을 줍던 성재가 거친 한숨을 내쉬며 두 여자를 노려봤다.

"하피디님, 대본 봤어요? 나 보고 지금 이 한여름에 산꼭대기에 가라잖아!"

"왜 이러세요, 난 그쪽 심부름하느라 조선팔도 방방곡곡을 두유라떼만 찾아서 눈이 오나 비가 오나 뛰어다녔거든요?"

"둘 다 그만하시라고요!"

"분명히 말하지만 촬영 동선, 전 다시 못 써줘요. 피디님도 그렇게 아세요."

이숙은 성재 손에 들린 대본을 낚아챘다. 그들에겐 선택의 여지가 없었다. 촬영 날짜는 촉박하고 방송 날짜는 언제나 정해져 있으니까.

'그래서 나야, 장인영이야? 선택해!'

이숙은 고깃집에서 가슴에 묻어야 했던 질문을 속으로 중얼거리며 성재를 바라봤다.

곤란한 표정으로 머뭇거리던 성재가 어렵게 입을 열었다.

"대본대로 갑시다."

예스! 이게 뭐라고. 여자로서 인영과 이숙, 둘 중에 선택해야 한다면 그래 인영이겠지. 하지만 정글에선 무조건 힘이 센 자가 이기는 법!

울먹이는 인영을 뒤로한 채 이숙은 의기양양하게 회의실 문을 닫고 나왔다.

"완전 다리에 칼 찼더라. 하늘을 나는 쌈닭이 따로 없더라니까!"

"김작가님 원래 그래?"

스태프들은 인영과 이숙의 육탄전이 무슨 교과서에 실릴 만한 엄청난 전쟁이었던 것처럼 살에 살을 붙이고 왜곡하고 왜곡해서 끊임없이 떠들어댔다. 인영은 그날 이후로 이숙을 보면 노골적으로 '재수 없어!' 큰 소리로 말하며 지나갔다.

아이템 선정 회의는 특히나 살벌했는데 이숙은 사사건건 성재와 부딪쳤고, 이견이 있으면 거침없이 토를 달았다.

"아바이, 오징어, 찹살, 선지, 시래기, 더덕, 당면… 가… 지 순대?"

"네."

하, 특유의 숨소리를 내뱉으며 성재가 기획안을 던졌다.

"이게 기존의 순대 먹방이랑 뭐가 다릅니까?"

“순대는, 그냥 순대죠.”

사실 식탐미인의 박힌 돌은 김이숙, 자신이었다. 하피디는 어디까지나 그저 굴러 들어온 돌일 뿐이다. 공중파에선 꽤나 잘 나갔다고 하지만 그건 지난 일이고. 노조 활동으로 윗사람들 눈에 찍혀 여기까지 밀려났다는 소문은 사실이라고 했다.

잘나가던 예능 피디가 케이블 먹방 채널에 왔으면 먹방의 법을 따라야지! 음식으로 예술 할 일 있니? 음식이 노랠 부르겠어, 춤을 추겠어, 아니면 어떻게 웃기겠어? 여기서도 쫓겨나기 싫으면 그저 일 크게 만들지 말고, 하던 대로 하자고요!

“아무리 그래도 방송 돌려막기는 아니지. 시청자들, 바보 아니에요.”

“하피디님께서 뭔가 크게 착각하고 계신 것 같은데….”

“…?”

“먹방은 기획력보단 비주얼이거든요. 그냥 먹음직스럽게 찍고 맛있게 먹으면 끝이에요.”

“진심으로 그렇게 생각해요?”

“당연하죠. 그러니까 하피디님이 잘 찍으시고, 인영 씨가 잘 먹으면 되는 겁니다.”

“내가 사람 잘못 봤네.”

실망한 성재의 입에서 고소가 새어나왔다.

“대한민국 넘버 원, 감성 푸드 채널이라면서? 이건 냅다 푸드만 나열했지, 감성은 없고… 시청률 꼴랑 0.2% 나오면서 어디가 넘버 원인데?”

화가 난 그는 꽤 낯설었다. 발갛게 달아오른 귀를 신경질적으로 쓸어냈다. 한 번 시작된 비아냥거림은 이숙의 귀에 때려 박듯이 날카로웠다.

"이봐요, 김이숙 씨, 아니 김작가님. 유튜브 먹방도 이것보단 많이 봅니다. 1인 콘텐츠 기획력이 여러 명 머리 맞대는 당신 기획안보다 훨씬 재밌다고! 그런데 반성도 아니고 고민도 아니고, 순대가 뻔하다고? 당신, 방송작가 맞아?"

'아, 지금까지 나를 저런 눈으로 보고 있었구나.'

감정이 앞섰던 여러 날 동안 이숙은 어쩌면 성재의 모든 게 그냥 좋았는지도 몰랐다. 어쩌면 사랑이라는 감정은 내가 만들어낸 환상 동화 같은 것일지도 모른다. 이숙은 그렇게 생각했다.

신출내기의 열정이 멋있어 보였고, 옛 둥지에서 쫓겨나 꽃 피울 수 없었던 그의 재능이 안타까웠다. 가족처럼 아끼고 끌어주고 배려하면서 일하고 싶다던 그 리더십이, 대인배 같은 넓은 마음이 이런 케이블 구석탱이에서 썩고 있는 게 참 안쓰러웠다. 하지만 이게 본심이었네. 이제 보이네! 감정을 배제하자 성재의 모든 게 또렷하고 객관적으로 보이기 시작했다.

수많은 먹방 프로그램을 거쳐, 구성작가로만 8년을 버틴 이숙이었다. 그중 식탐미인은 이숙을 메인으로 만들어준 첫 기획 프로그램이었고, 변변한 제작비도, 월급도, 지원도 없었지만 그래도 그가 무시한 바로 그 0.2%의 시청자들과의 약속! 그 의리 하나로 버텼다. 그런데 뭐?

이런 부류의 사람들을 아주 잘 안다. 그동안 수많은 피디들이 스쳐갔고, 많은 작가 선배들이 그들과 싸워왔다. 이제 내 차례다.

이숙이 표독스럽게 성재의 눈을 빤히 올려다봤다.

"그럼, 피디님은 획기적인 대안이 있으신가 봐요? 말씀해주세요.

제가 한 수 배워서 깜짝 놀랄 만한 넘버원 감성 기획안 써올게요. 아, 제작비는 충분한 거죠?"

한 마디도 지지 않고 몰아 붙였다. 대안이 없는 비판은 쉽다. 모두들 변하지 않는 형식에 불만을 얘기하지만 '돈'이라는 현실 앞에 바로 타협한다. 이숙은 궁금했다. 하피디는 돈 앞에서 어떤 사람일까? 이렇게 큰소리치고, 뒤에선 CP와 술을 마시겠지. 그럼 CP는 살려 달라 앓는 소릴 해댈 거고, 방송국 사정이며 자기의 곤란한 입장을 줄줄이 꼬치 꿰듯 읊조리기 시작할 거다.

한 잔 두 잔, 술잔을 주고받고 제작비며, 개편이며, 싱숭생숭한 말들이 오가면 그도 어쩔 수 없이 현실을 인정하겠지. 그리곤 다시 찾아와 미안했다고, 그냥 그대로 가자고 얘기할 게 뻔했다. 모두가 그랬다. 이숙이라고 예외는 아니었으니까. 이대로는 안 된다고 백만 번을 더 외쳤던 게 바로 그녀였다! 하지만 단 한 번도 바뀌지 않았다. 아니 오히려 식탐미인이 없어지지 않고 방송되는 걸 감사하면서 산 지 벌써 수년이다.

하피디는 거칠게 문을 닫고 나갔다. 그러거나 말거나. 이숙 또한 이판사판이었다.

집으로 돌아오는 길에 유독 노을이 예뻤다. 평소라면 핸드폰 카메라로 찍기부터 할 텐데 도통 그런 기분이 들지 않았다. 버스 창에 기댄 이숙은 집으로 오는 내내 카메라 대신 유튜브와 SNS를 가득 채운 전 세계의 수많은 먹방 방송을 찾아봤다.

인종과 나이와 성별은 달라도 세계는 '먹방' 하나로 연결되어 있는 것만 같았다.

도대체 먹는 게 뭐라고, 사람들은 이토록 먹지 못해 안달인 걸까?
도대체 먹는 게 뭐라고, 사람들은 이토록 먹는 걸 보지 못해 안달인 걸까?

처음 식탐미인을 기획했을 당시 수없이 자문자답했던 질문들을 되묻고 있었다.

도대체 먹는 게 뭐라고, 나는 이걸 방송으로 만들고 싶은 걸까?
도대체 먹는 게 뭐라고, 나는 이거 하나 제대로 만들지 못하는 걸까?

띵.
전자레인지가 멈추고 김이 모락모락 나는 편의점용 즉석 떡볶이를 꺼냈다. 뚜껑을 열자 그 위에는 잘게 썬 핫바와 눈처럼 하얗게 소복이 쌓여 있는 스트링 치즈, 탱글탱글한 소시지가 한데 어울려 완벽히 새로운 음식으로 재탄생되었다. 최근 중고등학생들 사이에서 유행하고 있는 매콤한 마크정식이다. 학생들은 이 레시피를 그렇게 불렀다.
옆에선 보민이 자동 조리대에서 보글보글 끓고 있는 라면 위에 계란을 풀고 있었다.
"야, 계란 휘젓지 마! 무조건 반숙이다."
강옥이 말했지만 보민은 '내가 왜?' 어깨를 으쓱할 뿐이다.
터뜨린 노른자 위에 김치를 살포시 얹어주면 보민표 김치라면 완성! 여기에 마요네즈와 조미 김을 얹은 강옥표 불닭 볶음면과 삼각 김밥까지 추가하면 완벽한 편의점표 만찬 완성!

모처럼 모인 이숙, 강옥, 보민, 비만 메이트 삼인방은 조금이라도 식을까, 돗자리에 미리 준비 해둔 미니테이블 위로 부지런히 음식을 옮겼다.

MSG의 향연, 매콤한 고칼로리 폭탄! 스트레스를 날리는 데 이만한 명약이 없다. 달고 짜고 맵고 더 맵고! 쫀득하고 탱글한 식감이 한데 어우러져 심란했던 마음이 조금씩 누그러진다.

원래 내가 이렇게 관대한 사람이건만, 조금 전의 우울함은 분명 공복이 주는 일시적인 번아웃이 아니었을까? 태운 만큼 다시 채워 넣으리! 작정이라도 한 듯 이숙은 매콤한 불닭면을 떡볶이에 돌돌 말아 끝없이 흡입했다.

'아, 먹어서 다행이다. 먹을 수 있어서 다행이다' 이숙은 그렇게 생각했다.

그때 보민이 끼어들었다.

"푸드 포르노라는 말이 왜 생겼겠어?"

"푸드 포르노?"

강옥은 포르노란 단어에 음흉하게 웃기 시작했다.

"섹스 다음으로 말초신경을 자극하는 게 바로 음식이라잖아! 먹방 말이야, 내가 이걸 왜 계속 보고 있지? 하면서도 계속 보는 이유가 포르노를 보는 심리랑 비슷하다는 거지. 흥분되고, 먹고 싶고, 계속 생각나고! 먹방이 자꾸 자극적으로 흘러가는 건 포르노가 더 자극적인 걸 추구 하는 것과 같은 원리라는 사실… 니들 몰랐구나?"

어디서 주워들은 지식을 자랑하며 보민이 어깨를 들썩였다.

"취업 준비한다고 도서관 들락거리더니만 야, 동영상 강의나 들어. 볼 거 다 보고 취직하겠어? 아님, 그냥 내 밑에 들어와서 일 배우든가. 아, 맞다. 너 2XL 단골이지?"

이숙의 바지 사건 이후 뒤끝 작렬하는 강옥이 비아냥댔다.

"다른 건 다 모르겠고, 사랑도 못 해, 살도 못 빼, 일도 못 해…. 난 뭘까?"

이숙은 다 먹은 라면 그릇을 밀어내며, 그대로 돗자리에 누웠다.

마지막 남은 삼각 김밥 하나를 놓고 으르렁거리던 강옥과 보민은 결국, 보민의 양보로 끝이 났다.

어둠이 내려앉기 직전의 한강은 붉은빛을 더욱 요염하게 내뿜고 있었다. 저 멀리 한강을 가로지르는 유람선의 뱃고동 소리가 들려왔다.

"일이야 일이고, 살은 고민해봤자고, 사랑은, 내가 볼 때 너 재능 있어."

강옥의 대답에 콜라를 마시던 보민이 풉, 하고 탄산거품을 내뿜었다.

"어, 인정!"

"무슨 개소리야. 니들 더위 먹었냐?"

이숙이 물었다.

"그게 어디 순대 때문이겠니? 니가 그날이랑, 어? 달라도 온도차가 너무 다르잖아! 할 말은 따로 있는데 니가 그렇게 시치미 떼고 있으니까 애꿎은 순대만 옆구리 터진 거."

그날? 무슨 그날? 이숙은 황당하다는 듯 실소했다.

"저기요, 민 대표님. 무슨 소리 하시는 거예요?"

"너 진짜 기억 안 나? 기억 안 나는 척하는 거 아니고 진짜?"

진지하게 보민이 물었다.

"이걸 말해, 말아?"

강옥과 보민은 이숙을 보며 배꼽을 잡고 웃어댔다.

"우리 클럽 간 날. 너 완전 꼬알라돼서 하피디한테…."

"잠깐! 거기까지."

불안감이 엄습했다. 이숙은 차마 이 뒷얘기를 들을 자신이 없었다. 이렇게 한가하게 누워 있을 때가 아니었다. 주섬주섬 가방에서 만 원짜리 한 장을 꺼내 던지고는 얼른 일어섰다.

내 잃어버린 기억의 조각을 저들의 입에서 듣게 해선 안 된다. 더군다나 요즘 진상의 끝을 보여주며 그렇게 들이박았는데 하피디한테 혹시 실수라도 했다면, 사표다! 그래, 나는 이제 방송이고 뭐고 사표부터 쓰고 잠수를 타는 게 맞다.

"너 그날! 하피디랑 얼레리 꼴레리, 키스했대요!"

강옥의 우렁찬 목소리가 메아리쳐 울렸다.

키스? 키스라니! 아니, 내 연애사가 갑자기 판타지로 장르 변경했어? 타임 슬립이야? 공간이동이야? 그게 말이 돼? 아무리 짜맞춰보려 해도 말이 안 된다. 지금 내가 기억 못 한다고 놀리는 거지? 장난치는 거지? 이숙은 짱돌로 이마를 얻어맞은 것처럼 휘청거렸다.

"우리 이숙이, 너 엄청 잘하더라아. 진짜 처음 맞아?"

보민의 하이톤 고음도 들려왔다.

'안 돼! 지금 들은 거 무효. 못 들었어. 난 기억 안 나. 난 진짜 아무것도 몰라!'

우사인 볼트가 되었으면 좋겠다. 나 지금 마음의 준비가 안 됐다고! 귀를 막았다. 미친 듯이 달리기 시작했다. 아니, 분명히 하피디는 장인영과 택시를 타고, 사라졌는데 이게 무슨 개소리?

그래, 거기까지는 또렷이 기억이 난다. 그리고 현호인지 뭔지 강옥의 모델 애인이 친구들을 불렀고, 우린 클럽에 갔고…. 그래, 클럽! 이숙은 걸음을 멈췄다.

어둠이 깔리자 하나둘씩 반짝이는 네온과 거리에서 들려오는 소음들이 희미한 안개처럼 그날의 기억을 서서히 물들여 갔다.

'차라리 떠올리지 말 걸 그랬어, 맙소사!'

그날, 이숙은 인간이 아니었다. 개였다. 그것도 발정 난 똥개!

***

혀를 감싸고 들어오는 그 촉감은 뜨거웠다.

물거품을 몰고 밀려오는 파도처럼, 들판에서 펼쳐지는 구수한 보리내음과 빗물을 머금고 숲길을 따라 풍기는 쌉쌀한 오크향이 콧속에서 넘실거렸다. 그렇게 위스키는 아찔하게 입안을 적시며 식도를 타고 흘러내렸다.

평소 잘 마시지도 않는 위스키가 끊임없이 들어갔다. 이숙은 이미 관대해졌다. 실연의 모든 괴로움과 아픔은 저 멀리 알코올 왕국에 맡겨두고, 술이 술을 마셨다.

강옥과 그녀의 애인 현호는 끊임없이 술과 안주를 시켰고, 보민은 모델 동생들이 말아주는 말술 쇼에 정신을 못 차리고 흥분해 있었다.

현호가 데리고 온 친구들은 현직 모델부터 아이돌 지망생 그리고 평범한 대학생까지. 직업도, 학력도, 나이도 전부 다양했다. 그러나

단 한 가지 공통점이 있었는데, 바로 얼굴이었다. 정말 여자인 우리가 부끄러울 만큼 하나같이 조각 같은 외모를 자랑했다. 잘생겼다는 말로는 부족했다. 그들은 아름다웠다!

이름은 명훈이라 했다. 그중에서도 명문대 신문방송학과에 재학 중이라던 그가 유독 이숙을 따랐다. 그는 이숙의 먹방 프로그램에 꽤 진지한 관심을 보였다.

"어? 성재 형이요?"

"하피디를 알아?"

"당연하죠! 저희 선배님이신데."

제길! 어쩌다가 또 방향이 그쪽으로 튀어. 이숙은, 대한민국이 얼마나 작은 나라인지 한 치 걸러 모두가 이웃사촌인, 이 좁은 땅이 죽도록 싫어졌다.

"무슨 얘기를 그렇게 심각하게 하냐?"

현호가 끼어들었다.

"이 누나하고 같이 일하는 피디가 나하고 아는 형이래."

"아, 하피디? 니가 오늘 그 새끼 때문에 꽝 술 마시는 거야."

"성재 형이 왜?"

저놈의 입방정. 눈치 없는 현호는 정말 끝까지 눈치가 없었다.

"시끄럽고, 너 저리가."

당황한 이숙이 현호를 밀쳐내보았지만 그는 재밌는 먹잇감을 발견한 하이에나처럼 오히려 더 짓궂게 두 사람 사이를 파고들었다.

"이 누님이 그 하피딘가 뭔가 하는 놈한테 오늘 차이셨잖냐. 그 새끼 아주 쓰레기더라고!"

저 자식이 진짜 돌았나. 아무리 취했어도 할 말이 있고 못 할 말이 있지. 지금 생전 처음 보는 사람한테 왜 구구절절 내 연애사까지 보고해야 하는 건데?

"닥치고, 술이나 마시자?"

이숙이 입을 떼는 순간, 명훈이 동시에 중얼거렸다.

"이상하다. 누나 성재 형 타입 아닌데. 둘이 사귀었다고, 진짜?"

'성재형 타입?'

순간 그 수많은 단어들 중에서 하필이면 그 '타입'이란 말만 엄청 크게 들렸다. 나도 알아! 그 사람 타입이 내가 아니라는 것쯤은 내가, 제일 잘 안다고!

"사귀고 그만 거 아니야. 넌 몰라도 돼."

쎈 척.

괜히 더 상처 받고 싶지 않아 이숙이 말을 잘랐다. 그러자 명훈이 전화기를 꺼내들었다.

"어, 성재 형? 어디세요?"

뭐야, 지금 하피디한테 전화 거는 거야? 이숙은 온몸을 날려 명훈의 전화기를 빼앗으려 발버둥을 쳤다. 중간에 깔린 현호가 숨이 막혀 비명을 질러댔지만 누구 하나 신경 쓰지 않았다.

"무슨 짓이야?"

"형, 김작가님하고 왜 헤어졌어요?"

누가 현호 친구 아니랄까 봐 다짜고짜 본론부터 꺼내는 그의 대화술에 이숙은 심장이 다 쪼그라들었다.

"그럼 김작가님 오늘 내가 데리고 간다. 그래도 되죠?"

"누구 죽는 꼴 보고 싶어? 나한테 왜 이래, 너?"

이건 또 무슨 헛소리야. 하지 말라고, 그러는 거 아니라고, 거의 울먹이다시피 애원했다.

그러자 쉿, 조용히 하라며 명훈이 자신의 입에 검지를 가져다댔다.

"어떤 김작가?"

명훈이 이숙을 빤히 쳐다봤다. 아마도 성재가 어떤 김작가를 말하는 거냐 물은 듯하다.

휴, 이럴 땐 대한민국에 김씨가 제일 많은 게 다행인 건가. 됐다! 성재가 누군지 헷갈려 한다면 나로서는 이보다 더 좋을 수 없다.

이숙은 이름만은 말하지 말아 달라며 손으로 크게 엑스자를 만들어 보였다. 그제야 명훈이 어깨를 들썩였다.

"바꿔 달라는데요?"

"왜? 싫어! 안 돼!"

명훈은 끝끝내 이숙의 귀에 핸드폰을 가져다댔다.

"…여 …보세요?"

"…."

성재는 아무 말도 하지 않았다. 전화기 너머 들려오는 그의 나지막한 숨소리만이 간지럽게 애간장을 태웠다.

"…기다려요."

그는 그 말만을 하고 전화를 끊었다. 화가 난 것 같았다. 아니, 화를 낼 사람은 난데 왜 지가 화를 내지? 누가 와 달래? 그냥 장인영이랑 좋은 밤 보내라고! 내가 어디에서 무얼 하든. 이게 화낼 일이야?

에라이, 더는 나도 모르겠다. 이숙은 이왕 이렇게 된 것 정말 마지막 이성의 끈마저 끊어버리고 싶었다. 테이블 위에 어지럽혀져 있는 술이란 술은 죄다 말아서 벌컥벌컥 들이켰다. 오늘만 살고, 내일은 죽으리라. 정말 그날 하루 종일 일어난 모든 일들이 꿈이길 바라며 마시고 또 마셨다.

비틀비틀, 입술을 훔치며 걸어갔다. 음악이 흐르는 무대 위에는 서로 처음 보는 남녀들이 엉켜 끈적끈적하게 춤을 추고 있었다. 그들 사이에서 형광빛 초록색 상의에 샛노란 추리닝 바지를 입고 어슬렁어슬렁 몸을 흔들어대는 이숙을, 사람들은 피했다.

"다이어트 한답시고 방송 댄스만 한평생 해온 몸이시다, 내가!"

이숙은 음악이 이끄는 대로 그루브를 타며 종횡무진 스테이지를 누볐다. 생각보다 꽤 유연하게 움직이는 몸이 신기한 건지 어느덧 사람들은 그녀를 주목하기 시작했고, 아예 대놓고 핸드폰으로 찍는 사람들까지 등장했다. 그러나 이숙을 보며 웃고 있는 그 수많은 사람 중 단 한 사람, 성재만이 미간을 찌푸리며 그녀를 바라보고 있었다.

***

성재가 기억하는 이숙과의 첫 만남은 사실, 8년 전으로 거슬러 올라간다.

그녀는 기억 못하고 있는 게 분명했다. 하지만 그럴 수밖에 없었다. 당시 그녀는 갓 들어온 방송국 막내 작가였고, 성재는 그저 현장 실습을 나온 신문방송학과 대학생이었다. 게다가 성재 역시 100킬로그램의 엄청난 살집을 자랑하는 거구였으니까! 이렇게 변해버린 모습을 기억하는 게 어쩌면 더 이상한 일일지도 몰랐다.

유명 연예인들이 오지 탐방을 했던 쇼양 프로그램이었다. 촬영은 출연자나 스태프이나 모두에게 고됐고, 현장은 늘 예상치 못한 사건 사고로 아수라판이었다. 그때 처음 알았다. 책으로만 배운 방송

지식은 아무 짝에도 쓸모없다는 것을!

기억하기론 그날, 출연자 몇몇이 복통과 고열, 설사를 해 모든 스태프들이 초 비상사태였다.

성재는 구급차가 제일 빨리 닿을 수 있는 곳까지 탈이 난 그들을 업고 뛰느라 발목이 퉁퉁 부을 지경이었다. 그뿐인가, 몇몇 출연자들의 소속사 사장은 그 먼 오지까지 찾아와 담당 피디의 멱살을 잡았다.

스태프들은 하루 종일 철수를 하느냐 마느냐, 변경된 변수를 두고 목청을 높여 싸웠고, 현장 분위기에 따라 계속해서 바뀌는 대본 때문에 모두가 지쳐 있었다.

혼을 다 빼놓을 만큼 정신없었던 그날, 그럼에도 불구하고 현장에 있던 모든 사람들이 끼니때가 되자 언제 무슨 일이 있었냐는 듯 밥부터 챙겨 먹던 그 진풍경을 절대 잊을 수 없다.

'현장은 개판 오 분 전인데 아니, 어떻게 태연하게 밥부터 먹을 수 있지?'

성재는 마저 찍지 못한 촬영 스크립트를 체크하며 고개를 저었다. 정말 이해할 수 없었다. 성재 같은 거구도 이렇게 진이 빠지게 힘든 날은 물 한 모금 들어가기가 쉽지 않다. 하지만 모두들 밥 먹는 힘 따로, 투덜거리는 힘 따로, 궁시렁거리는 힘이 다 따로 있는 것 같았다.

그때, 동그란 얼굴에 동그란 안경을 낀 이숙이 다가와 도시락을 내밀었다.

"드시고 하세요."

방전 상태였다. 입맛이 없다고 했다. 어떻게 이 순간에 밥부터 챙길 수 있냐고, 성재는 진심으로 이숙에게 물었다. 그러자 성재 옆에 앉으며 그녀가 웃었다. 그녀는 어이없게도 핸드폰으로 도시락 사진까지 찍어 보여주었다.

"이거 왜 찍는지 알아요?"

"아니요, 모르겠는데요."

성재가 대답하자, 이숙은 사진 폴더에 빼곡히 찍혀 있는 음식 사진들을 내밀었다.

"다 현장에서 먹었던 음식들이에요. 오늘만큼 힘든 날도 있었고, 아닌 날도 있었고, 더 끔찍했던 날도 있었어요. 이거요, 이 바나나가 지난 번 촬영 때 남은 마지막 음식이었거든요."

"…?"

"그날 첫날이라 너무 긴장해서 쫄쫄 굶고 있었는데, 메인 작가님이 저 먹으라고 몰래 챙겨주셨어요. 현장에선 자기 밥은 자기가 챙겨야 하는 거라고. 언제 먹을 수 있을지, 언제 못 먹게 될지 장담할 수 없으니까!"

"…!"

"아! 그리고 이건, 고생했다고 피디님이 촬영 마치고 사주신 햄버거예요. 야채는 하나도 없고, 정말 빵하고 패티만 있는 싸구려 버거였는데, 진짜 맛있었어요!"

쫑알쫑알…. 그녀는 먹은 음식과 그날의 기억을 정확히 되짚고 있었다. 그녀에게 음식은 하나의 기억이라고 했다. 그날 먹은 음식이 바로 그날의 추억이 된다고. 무얼 했는지도 모를 만큼 영혼이 탈곡되는 하루 동안 유일하게 생존을 확인하고, 미래를 토닥이는 힘은 바로 식사 시간이 아니겠냐며 그녀가 웃었다.

"오늘 이 도시락이 또 언젠가의 추억이 될 거예요. 그러니까 이 순간을 만끽하세요. 내일은 이 도시락이 그리워질지도 모르니까!"

이숙의 말에 홀린 것처럼, 성재는 저도 모르게 그녀가 내민 도시락을 받아 들었다.

까끌까끌한 차가운 쌀밥 위엔 얼음처럼 식은 돈가스가 놓여 있었다. 그 위엔 바짝 말라비틀어진 케첩과 기름내가 남아 있는 튀김옷이 문드러져서 형태를 알아볼 수 없었다.

물 없인 쉽게 넘길 수 없는 맛이었다. 그럼에도 차갑고, 서럽고, 맛없고, 무슨 맛인지도 모를 이 거친 식감이, 냄새가, 언젠가 하나의 추억이 된다고 생각하니, 한 입 한 입이 새로웠다!

그때부터였다. 성재가 그날 먹은 음식을 찍기 시작한 건. 그리고 돈가스를 볼 때마다 한 여자가 기억났던 건.

"실습 나온 거면… 대학생?"

"네."

"피디? 작가? 기자? 어느 쪽?"

"피디?"

이숙은 입을 오물거리며 고개를 끄덕였다.

"작가님은요? 어쩌다가 작가가 되셨어요?"

"우와, 레벨 높다, 그 질문?"

그녀는 꾸역꾸역 밥알을 씹으며 한참을 생각에 잠겼다.

막내작가는 현장에서 거의 허드렛일을 담당해야 하는 연차지만 그녀도 서브를 거쳐 메인이 된다면 분명히 하고 싶은, 만들고 싶은 방송이 있을 거다. 성재는 좀 더 그녀를 알고 싶었다.

"음… 수다 떨고 싶어서!"

"…?"

핸드폰을 가리키며 그녀가 웃었다.

"딸기를 보면 딸기잼을 만들어주던 외할머니가 생각나고, 계란말이를 보면 맨날 계란말이에 실패해서 투덜거리던 엄마가 생각이 나고…. 그냥 그런 얘기들을 해보고 싶었어요. 친구한테 말하듯이, 거창하지 않고 소박하게! 누군가 내 이야기에 귀 기울여 주는 사람이 있고, 공감해 주는 사람이 있을지도 모른다고 생각하면 막 떠들고 싶지 않아요?"

"아…."

왠지 알 것 같았다. 그녀가 공감하고 싶은 이야기가, 하고 싶은 이야기가 어떤 건지.

"그냥 단순히 먹는 거 말고, 이야기가 있고, 함께 수다 떠는 먹방! 해보고 싶어요, 언젠가."

"재밌겠다. 이야기가 있는 먹방!"

진심이었다. 그녀의 핸드폰에 저장되어 있는 수많은 음식만큼 그녀가 꿈꾸는 먹방은 얼마나 많은 이야기로 가득 차 있을까? 된장찌개, 김치찌개, 소풍날 먹던 도시락…. 그런 아기자기하고 따뜻한 음식에 관한 기억들은 상상만으로도 벌써부터 마음 한구석을 행복하게 했다.

"뚱뚱해서 먹방 하고 싶은 건 아니니까 오해 말고!"

"전 뚱뚱해서 먹방 좋아합니다."

"몇 키로?"

"작가님은요?"

"아이고, 의미 없다. 그냥 먹던 거 먹죠?"

새초롬한 표정으로 손사래를 치던 이숙이 어색하게 웃었다.

"맞아요! 먹는 게 세상에서 제일 재밌는데 몇 키로가 무슨 의미가 있겠습니까?"

눈치를 보던 성재가 밥을 입안에 우겨넣으며 말을 건넸다.

"먹는 게 재밌다니, 어머, 완전 내 스타일인데! 저기 그러지 말고 그쪽 나중에 피디 되면 진짜 우리 같이 먹방 안 할래요?"

딱 하루였지만 그날, 성재는 그녀와 촬영이 다시 재개될 때까지 수많은 이야기를 나눴다. 좋아하는 음식부터, 싫어하는 음식. 지금까지 해왔던 엔젤 다이어트부터 한 끼에 만 칼로리 악마 조리법까지! 처음 만난 사람과 그렇게 유쾌하게 한꺼번에 많은 이야기를 나눈 기억은 정말 오래간만이었다. 성인이 되고 나서는 특히나 더 그랬다.

모든 관계는 결국 경쟁을 의미했고 경쟁이란, 누군가와의 고독한 싸움이었다. 학점을 위해, 또 취업을 위해, 생계를 위해 연락을 하고, 같이 술잔을 기울이고, 안부를 묻는 순간에도 사회에서 만난 친구들에게 속내를 털어놓지 않는 건 습관이 되었다. 하지만 그녀는 특별했다.

수많은 사람들이 왔다가 사라지는 이 방송현장에서 아무도 기억해주지 않을 실습 대학생과 누구도 관심을 주지 않는 새내기 막내 작가의 만남이라니! 보통 사람보다 뚱뚱해서 더더욱 눈이 가지 않는 두 사람의 시간과 시간이 부딪치던 순간, 그 찰나의 인연이 살면서 가장 각인된 기억이 될 줄은 꿈에도 몰랐다.

그날의 온도, 바람, 습기…. 아주 사소한 감정 하나하나가 마치 도시락의 맛, 향, 식감처럼 선명하게 떠오르곤 했다.

성재가 기억하는 이숙은 그랬다. 웃을 때 발을 동동거리는 소녀 같은 사람. 아무리 사소한 이야기일지라도 감정이입을 해 듣는 섬세한 사람. 핸드폰 폴더 속 그 많은 음식 사진만큼 일상의 사소함을 특별한 기억으로 새롭게 판을 짜낼 줄 아는 타고난 이야기꾼!

언젠가 피디가 되어 다시 만나게 된다면 그때는 정말 즐겁게, 시청률이든 뭐든 그 어떤 경쟁에서든 자유롭게, 따뜻한 프로그램을 함께 만들 수 있지 않을까… 감히 꿈을 꿨었다.

하지만 지금 눈앞의 이숙은 어떠한가?

술에 취해 비틀비틀 온몸을 흔들며 남들의 웃음거리가 되어 있다. 어울리지 않는 걸그룹의 춤동작을 따라하는 그녀가 낯설다. 도대체 뭐가 문제인 걸까? 성재는 성큼성큼 이숙을 향해 걸어갔다.

"누나, 취했어!"

명훈이었다. 그 순간 성재보다 먼저 이숙의 팔을 잡아채는 사람은!

명훈은 무너지는 이숙의 몸을 부축하며 끊임없이 그녀의 몸을 더듬었다. 이숙은 그에게 재밌는 장난감 같아 보였다. 거기에 성재에게 묘한 경쟁심까지 충만한 녀석이다.

이숙이 성재와 사귀었다고 오해하고 있다면 당연히 이숙은 그에게 호기심 대상일 수밖에 없었다. 성재는 그를 아주 잘 알고 있었다. 단순히 학교 후배를 떠나 골치 아픈 그의 사촌 동생이기도 했으니까!

더 이상 눈뜨고 봐줄 수가 없었다. 명훈은 너무나 위험했고, 이숙은 더더욱 위태로웠다.

성재는 그 길로 이숙의 손을 잡아끌고 나왔다. 아니, 끌고 나오려 했다. 그러나 이 한 덩치 하는 여자는 성재를 보자마자 돌부처처럼 굳어서 요지부동이었다.

“가요. 데려다줄 테니.”

이숙의 코가 유난히 벌렁거렸다. 당황한 표정이 역력했다. 성재는 다시 한 번 그녀의 손을 잡아끌었다. 하지만 그녀는 잠시 비틀거리더니 벼락 맞은 전봇대처럼 그대로 쿵 바닥으로 고꾸라져버렸다. 순간, 일시정지 화면이 따로 없었다. 클럽에 있던 모든 사람들의 시선이 한곳으로 모였다. 당황한 성재와 달리 명훈은 재미없다는 듯 눈을 찡그렸다.

“헐… 진짜 왔네?”

명훈은 성재를 보자마자 은근슬쩍 자리를 피했다. 사람들의 시선이, 특히 성재의 화난 표정이 부담스러웠을 것이다.

사람들은 하얀 배를 드러낸 채 포대자루처럼 널브러진 이숙을 보며 키득키득 웃기 시작했다. 그리고 때 마침 이숙의 친구들로 보이는 무리 역시 뛰어나왔다.

“우리 김이숙이가 드디어 한 건 하셨네!”

“아이, 진상! 진짜 쟤 왜 저래?”

여기저기 그녀를 향한 볼멘소리가 들려왔다. 이유는 알 수 없지만 사람들한테 이숙이 이런 취급을 받는 게 싫었다. 성재는 서둘러 재킷을 벗어 이숙의 배부터 감싸 안았다.

“저기 죄송한데, 누구세요?”

앙칼지게 높은 톤의 여자가 성재를 막아섰다. 보민이다. 그러자 카리스마가 느껴지는 올 블랙의 여자가 그녀의 팔을 꼬집으며 속삭였다. 강옥이다.

"하피디잖아!"

보민은 그 말을 듣자마자 놀란 건지, 웃는 건지, 화가 난 건지 알 수 없는 표정을 지으며 뒤로 물러섰다.

"이쯤에서 정리들 하시죠!"

번쩍 이숙을 안아 든 성재가 강옥과 보민을 지나쳐 수많은 인파 사이를 뚫고 지나갔다. 사람들은 그런 성재를 보며 환호하기 시작했다.

"우씨, 저거 해 달라고 하면 완전 골치 아픈데!"

강옥이 똑같이 안아달라고 할까 봐, 그를 바라보는 현호는 속이 타들어갔다.

***

사실 클럽에서 성재와 눈이 마주쳤을 때 생각했다.

'이 순간을 어떻게 모면할 수 있을까?'

그래서 이숙은 일부러 더 명훈에게 들러붙어 몸을 흔들어댔다. 하지만 성재는 기어코 성큼성큼 그녀에게 다가왔다. 이숙이 할 수 있는 마지막 선택은 하나였다.

'그래, 기절해버리자!'

하지만 성재가 이숙을 들쳐 안고 나올 줄은 꿈에도 몰랐다.

'And I will always love you.'

이 순간 나를 위한 OST가 필요하다면 이 노래일 거다! 영화 「보디가드」의 히트곡! 갑자기 문득 이 영화가 떠올랐다. 아빠가 돌아가

시던 그 해 추석, 텔레비전에선 명절 특집으로 그 영화를 방영했었다. 만두를 빚으며 온 가족이 봤던 마지막 영화였다.

아빠는 영화 속 케빈 코스트너가 여주인공 휘트니 휴스턴을 번쩍 안아든 것처럼 나를 안아주곤 했었다. 다른 친구들처럼 예쁜 옷을 사고 싶은데 맞는 옷이 없어서 의기소침해 있을 때. 화이트데이에 나만 사탕을 못 받아 울적해 있을 때. 또 좋아하던 남자애한테 고백했지만 뚱뚱하다고 차였을 때. 늘 아빠는 풀이 죽어 침대에 누워만 있는 나를 번쩍 안아들고 밖으로 나갔다.

'그러고 있는 거 아니야. 니가 틀렸어' 타이르듯이. 마치, 지금 이 순간처럼!

하지만 영화는 영화고 추억은 추억일 뿐이다. 아빠도 아니고, 낯선 남자가! 그것도 내가 짝사랑하는 남자가 82kg의 나를 번쩍 안아들고 있다니!

모든 게 꿈만 같은 이 아름다운 상황이 이숙은 너무나도 불편했다. 도대체 언제까지 모르는 척 그의 품에 안겨 있어야 하지? 난감했다.

'내려 놔! 나를 두고 그냥 가버려!'

편의점 의자에 이숙을 앉힌 그가, 가게 안으로 들어갔다.

지금이다! 이숙은 실눈을 뜨고 주변을 살폈다. 일단 도망갈 루트부터 체크하고, 몸을 일으켜 보는데 성재가 숙취 음료를 손에 쥔 채 나오는 게 보였다.

이숙은 그대로 다시 의자에 엎어져 눈을 감았다.

"창피해서 그런 거 다 아니까, 이제 일어나요!"

"…!"

어떻게 알았지? 대종상 여우주연상 정도는 된다고 생각했는데! 성재가 알고 있다고 생각하니 부끄러움은 정말 오롯이 이숙의 몫이었다.

이숙은 어쩔 수 없이 눈을 떴다. 태어나 처음 지어보는 눈웃음과 함께. 성재는 이숙의 이마에 알밤을 한 방 먹이더니 숙취 음료를 내밀었다.

"죄… 송합… 니다."

"죄송할 짓을 왜 하나?"

"열 받으니까!"

"왜요? 뭐가 그렇게 열 받는데?"

"…칫."

차마 당신과 장인영 때문이라고 말할 수 없었다. 하루 종일 당신의 눈이 그녀를 보고 있었다고, 날 보지 않았다고, 그래서 화가 났다고 말할 수는 없었다. 그리고 당신이 지금까지 그녀랑 어디서 무얼 하고 있었는지 알 수 없어서 그래서 화가 난다고 말을 할 자신은 더, 더, 없었다!

"근데 여긴 웬일이세요? 인영 씨는 어떻게 하고…."

다만, 은근슬쩍 떠보는 수밖에.

'그래, 내 그릇이 이렇게 작다.'

이숙은 조마조마하게 성재의 대답을 기다렸다.

"장인영 씨는 알아서 집에 잘 들어갔겠죠!"

"거짓말하지 마요. 둘이 택시타고 사라지는 거 내가 다 봤는데!"

"…."

매섭게 올라간 그의 길고 깊숙한 눈매가 빤히 이숙의 눈을 마주 보았다.

"거짓말은 김작가가 했지. 집에 일이 있어서 먼저 간다더니…. 이게 집안일이었네?"

"말 돌리지 마요!"

그때였다. 명훈에게서 전화가 걸려온 건. 이숙은 성재의 눈치를 보며 조용히 핸드폰을 호주머니에 숨겼다. 그러자 성재가 손바닥을 내밀었다.

"줘요, 핸드폰!"

"핸드폰은 왜요?"

본능적으로 핸드폰을 가슴에 끌어안자 성재가 이숙의 핸드폰을 힘으로 뺏어 들었다.

그는 연락처 목록에서 명훈의 이름을 찾더니 흔적 없이 모조리 지워버렸다.

"왜 남의 연락처를 허락도 없이 지워요?"

"명훈이는 안 돼. 연락 금지!"

"웃기고 있어. 자기는 장인영이랑 눈 맞은 주제에."

"뭐라고요?"

"맞잖아요. 장인영이랑 하피디 당신, 두 사람! 아주 내가 빠지니까 신이 났더만."

"꼭 무슨 일이 있길 바라는 사람 같네. 미안하지만 장인영 씨 그 분과는 아무 일도 없습니다. 그리고 내가 총 맞았나? 눈 맞은 여자를 두고, 당신 같은 여자를 찾으러 이 새벽에 여기까지 달려오게!"

'분명히 총은 내가 맞았는데. 그래서 심장이 다 갈기갈기 찢어져 버렸는데….'

무슨 용기였는지 모르겠다. 장인영과 아무 일도 없었다고 당당하게 말하는 성재가, 그러고 보니 이 새벽에 나한테 달려와 준 그가, 그 순간 너무나도 섹시하게 느껴졌다. 멈춰버린 심장에 그가, 인공호흡 아니! 긴급 수혈이라도 한 걸까? 이숙의 심장은 다시 미친 듯이 뛰기 시작했다.

'어떡하지? 이 남자, 너무 좋아!'

달싹달싹 움직이는 입술로 이숙은 있는 힘껏 성재의 옷깃을 잡아당겼다.

"김… 자… 악… 가…. 이게 지금, 뭐하는…!"

혼란스런 눈으로 성재가 이숙을 보았다. 하지만 알게 무언가! 난 절대 이 남자의 옷깃을 놔 줄 생각이 없다. 나는 이미 취했고, 내가 사랑하는 이 남자가 지금 이 순간, 바로 내 눈앞에 있으니까!

젤리처럼 물컹거리고 아이스크림처럼 혀가 얼얼했다. 달콤한 크런치 초콜릿이 입안 가득, 폭죽을 터뜨렸다. 그와 나의 첫 키스였다.

넷

한 입만!

"말렸어야지. 니들이 나서서 날 말렸어야지!"

"그 좋은 구경거리를 두고 우리가 왜에?"

강옥과 보민은 개와 고양이처럼 서로 으르렁거렸지만, 또 이럴 땐 완벽한 호흡을 자랑했다. 아마도 최근 두 여자의 삶에서 가장 큰 기쁨은 이숙을 놀리는 것일지도 몰랐다.

"그래서, 어땠어? 키스하니까 좋았어?"

"닥쳐! 나 진짜 심각하단 말이야."

머리가 하얗게 마비된 것만 같았다. 기억이 돌아온 순간부터 이숙은 단 한 순간도 손에서 핸드폰을 놓을 수가 없었다. 끝도 없이 울려대는 덩어리의 단톡방은 온갖 조롱으로 가득 차 있었다.

"그런데 그렇긴 해. 하피디 입장에선 날벼락도 그런 날벼락이 없었겠지."

보민이 말했다.

"그지?"

이숙의 간이 덜컹 출렁거렸다.

"솔직히 그거 성추행이다. 하피디가 너 고소 안 한 것만 해도 다행으로 알아!"

"그지?"

이숙의 간이 완전히 떨어져 나갔다.

"응, 특히 술 먹고 그런 게 젤 추잡한 거 같아."

보민이 얄밉게 톡을 날렸다. 추잡하다라…. 추잡해? 그래, 난 추잡한 여자였어!

이숙은 들고 있던 핸드폰을 집어 던졌다. 도대체 성재를 어떻게 봐야 할지 몰라 죽고 싶은 심정이었다. 그건 그렇고 애꿎게 산으로, 바다로 그렇게 뺑뺑이 돌린 인영의 얼굴은 또 어떻게 보지? 인성이 바닥을 친 것도 모자라 악녀 열전, 제1장에 이름을 올리셨다 아주. 내가 그렇게 추잡한 여자다!

"그런데 하피디 반응은 어때? 그 이후로 뭐 없어?"

강옥이 물었다. 역시 팜므파탈답게 나보단, 그의 반응을 궁금해했다.

"없어."

정말 생각해보니 그랬다. 이 남자, 그런 일을 겪고도 아무 말이 없다. 거기에 시도 때도 없이 보내던 돈가스 사진도 언제부터인가 뚝 끊겼다. 그게 더 소름 돋았다. 아무것도 기억 못 하고 진상 짓을 해대는 나를 보며 도대체 무슨 생각을 하고 있을까? 이숙의 뇌는 갑자기 쪽팔림보다 호기심 쪽으로 더 많은 신호를 보내기 시작했다.

"별로 좋은 징조는 아닌데."

"그지?"

맞아. 나 역시 그렇게 생각해. 다 내 탓이오. 이 모든 게 내가 안고 가야 하는 업보인 것을. 누굴 탓하랴. 이숙은 선택해야만 했다.

'그래, 이왕 이렇게 된 거 끝까지 난, 기억 못하는 걸로!'

원래 타고나길 두꺼운 낯짝이었다. 낯짝이란 무엇인가? 피상적으로는 얼굴의 표피, 무게, 부피 뭐 그딴 거 아닌가? 그렇게 친다면 이숙은 우주에서 강옥 다음으로 뻔뻔할 자신이 있었다.

이숙은 거울을 바라봤다. 양손으로 두 볼을 가득 움켜쥐고선 고개를 끄덕였다. 이보다 더 두터울 수는 없다!

'난 원래 이렇게 생겨먹은 사람이야. 내가 뻔뻔하지 않으면 도대체 누가 뻔뻔할 건데?'

자기 최면이 절실했다. 하지만 웬일인지 거울 속 입술을 보자 그날의 기억이 선명하게 다시 떠올랐다. 아, 망할 놈의 하피디…. 질끈, 입술을 물었다.

'아닙니다. 아무것도 기억이 나지 않습니다.'

고개를 저었다. 할 수 있는 가장 강력한 저항이 바로 고개를 내젓는 것뿐이라는 게 분했다! 하지만 이것밖에 할 수 있는 게 없었다. 하지만 꽉 문 입술이 혀끝에 닿자, 그날의 말캉한 키스의 감촉이 되살아났다. 저도 모르게 눈을 감고 기억을 다시 그날로 되돌리고 있었다.

이숙은 황홀한 미소를 지으며 그 순간을 초 단위로 더듬고 또 더듬었다.

'나 변태야?'

손등으로 얼른 입술을 문질렀다. 거울로 보이는 이숙의 눈은 욕망으로 번뜩거렸다. 낯설었다. 이런 기분, 이런 느낌. 세상에서 제일 무서운 게 아는 맛이라더니. 첫 키스의 맛. 절대 잊을 수 없는 그 강렬한 맛은 이미 핸드폰 사진보다 더 리얼하게 뇌리에 찍혀 있었다.

차라리 외계인을 봤으면 좋을 뻔했다. 그렇다면 맨인블랙이 나타나서 번쩍이는 플래시로 그날의 기억을 영원히 지워주었을 텐데!

"죄송합니다. 진짜 기억이 나지 않습니다…."

청문회에 앉아 있는 똥줄 타는 정치인처럼, 이숙은 이 말만을 끝없이 중얼거렸다. 자고 일어나면 레드선, 모든 기억이 사라져버리길 기도하면서.

"작가님, 여기서 뭐하세요?"

식탐미인 회의실 문을 열던 이숙은 빼꼼 얼굴부터 들이밀었다. 그러자 먼저 와 앉아 있던 지영 씨가 이상하다는 듯 이숙을 보았다. 이숙은 성재가 없다는 사실에 안도했다.

"여기, 촬영구성안! 촬영할 순대집 상호명이랑 전화번호 다 적혀 있어요. 그럼, 수고해요!"

이숙은 구성안을 건네며 몸과 목소리도 낮췄다. 서둘러 몸을 돌리려 하자 이상했는지 지영 씨가 붙잡았다.

"하피디님 거의 다 도착하셨대요. 기다리라고 하시던데요?"

"…!"

기다리다니, 안 마주치려고 일부러 시간 맞춰 일찍 왔는데!

"나, 콜록콜록. 감기! 먼저 가요. 미안."

급 감기 기운이 온몸에 밀려왔다. 아니, 밀려온 척했다. 소름 돋는

메소드 연기를 위해 이숙은 얼굴이 벌게질 때까지 기침을 해댔다. 지영 씨는 병원부터 가셔야 하는 거 아니냐며 걱정 어린 표정을 지어 보였다. 그래, 거기까지! 이숙은 살금살금 문을 닫았다.

모든 게 계획대로 되고 있어. 그런데 가만히 있자. 하피디가 옆에 있는 것도 아닌데 내가 왜 이렇게까지 쪼그라 들어 있지? 이숙은 다시 당당하게 어깨를 폈다. 어차피 조퇴하면 주말까지 만날 일은 없을 거고, 이 쭈굴탱이 거짓 연기도 익숙해질 게 분명했다. 아니, 태연해 질 자신이 있었다.

그래, 주말까지다. 나는 오늘 빨리 집으로 가서 핸드폰을 끄고, 속죄하는 마음으로 지난날의 묵은 때를 벗기기 위해 찜질방에 갈 것이다. 맥반석 계란과 얼음 동동 식혜는 자동 옵션! 그렇게 생각하니 다시 기분이 좋아졌다. 이숙은 서둘러 방송국 로비를 빠져나갔다.

누나, 잘 지내요? 더운데 아이스크림 드시고 하세요. 제 생각도 가끔 해주시구요.

명훈의 톡이었다. 역시 어려서 그런지 센스마저 상큼하다. 어떻게 알았는지 제일 좋아하는 아이스크림 브랜드의 쿠폰까지 첨부했다.

"명훈이는 안 돼. 연락 금지!"

문자를 바라보며 배시시 웃고 있자니 문득, 성재의 말이 떠올랐다.
'웃기시네. 내가 누구와 연락을 하든 말든!'
말 안 듣는 청개구리처럼 이숙은 명훈에게 일부러 엄청 반갑게 답문을 썼다. 안 그래도 네 생각하고 있었다고. 언제 다시 한 번 뭉치자고! 하지만 전송 버튼은 누르지 않았다. 하피디가 멀리서 리모콘으로 손가락을 조절하고 있는 게 아닐까?

연락 금지….

왠지 자꾸 그 말이 맘에 걸렸다. 알았다고! 지은 죄가 있으니, 오늘 하루만큼은 그의 말대로 착한 어린 양이 되어주리.

"연락 안 하면 될 거 아니야! 칫."

이숙은 핸드폰을 가방 안에 던져 넣었다.

적당히 따뜻한 햇살, 맑은 하늘, 한적한 거리. 세상에서 가장 좋아하는 망고와 스토리베리, 이단 아이스크림콘을 들고 걷는 기분은 꽤 풍요로웠다.

아니지, 조퇴를 해서 그럴지도. 역시 땡땡이가 진리구나. 평일, 회사가 아닌 그 어떤 곳도 다 천국이 되리! 이숙은 누가 볼까 생긋 웃으며 아이스크림으로 입을 가져갔다.

그때였다. 미친 듯이 전화기가 울린 건. 보나마나 강옥이나 보민이겠지. 가방 안에 손을 넣고 휘저었다. 핸드폰은 어디에 있는지 쉽게 만져지지 않았다. 전화는 끊겼다. 이숙 역시 포기했다. 아이스크림이나 먹자. 다시 한 번 아이스크림을 향해 혀를 날름, 입을 가져가는 순간 또 다시 전화기가 울렸다. 에이 씨! 야, 좀 먹자!

손이 다시 전화기를 찾기 위해 가방 속을 배회할 때였다. 낯익은 하얀색 경차 한 대가 이숙 앞에 멈췄다.

"하피디?"

왜? 아니, 그러니까 당신이 왜? 물어볼 틈도 없었다.

전화기를 귀에 댄 채 차에서 내리는 그가 이숙과 눈이 마주치자 전화를 끊었다. 그러자 이숙의 가방 속에서 울리던 전화기도 덩달아 뚝 끊겼다.

"타요!"

"어머, 어머, 왜 이러세요?"

그는 서둘러 이숙을 차 안으로 밀어넣었다. 뭐라 대꾸할 타이밍조차 없었다. 차가 지나간 자리에는 입조차 대지 못한 이숙의 아이스크림 두 덩어리만 영문도 모른 채 녹아 뭉개져 있었다.

성재의 차는 좁은 국도를 따라 먼지를 날리며 달렸다. 덜컹덜컹 돌길을 지날 때면 차는 이대로 한쪽으로 기울어지는 게 아닐까 걱정될 정도로 있는 힘껏 조심스레 질주했다.

"내리시죠."

성재가 차 문을 열어주었다. 내려서 올려다본 곳은 낡은 간판의 순댓집이었다. 바로 이숙이 뽑아준 촬영 리스트 맛집 중 하나였다.

"김작가, 이 집 안 먹어봤죠? 오늘 먹어봅시다."

"…!"

성재는 성큼성큼 먼저 들어갔다. 그 뒤를 이숙이 말없이 따랐다.

12시 20분. 한참 점심 식사로 분주해야 할 시간임에도 불구하고 가게에는 개미 새끼 한 마리 보이지 않았다. 시청자 제보와 인터넷 댓글과 달리, 참담하기 그지없는 현장이었다.

가게 주인은 간만에 들이 닥친 손님들에게 얼른 순대 한 접시를 내왔다. 성재는 보란 듯이 이숙에게 순대를 들어 보이더니 냄새부터 맡았다.

"풋내인가, 선지 비린내 같은데?"

"…."

성재는 순대를 입에 넣더니 인상을 찌푸렸다. 이내 휴지에 뱉더니 젓가락을 내려놓았다.

"만든 지 오래됐네. 겉에 피도 말라서 푸석거리고."

"…."

이숙은 아무 말도 하지 않았다. 성재는 보여주고 싶었던 거다. 이숙에게, 최대한 점잖은 방법으로, 자기만의 방식으로 항의하고 있는 중이었다.

"그만 일어날까요?"

이숙이 만들어준 촬영 동선 리스트에 엑스를 긋는다. 이숙은 얼굴이 화끈거렸다. 성재가 리스트 목록을 이숙에게 건네주었다.

"다음은 어딥니까?"

"…강원도요."

"서두르면 저녁시간에 맞춰서 도착하겠네. 아바이부터 찍고 오징어로 넘어갑시다."

이숙은 얌전히 안전벨트를 맸다. 차가 덜컹거릴 때마다 이숙을 힐끔거리던 성재가 조심스레 입을 뗐다.

"시트 뒤로 빼줘요?"

"네?"

"불편해 보여서…. 아니, 기분 나쁘라고 한 말은 아니고."

"차가 이렇게 넓~은데 불편할 리가요."

순간, 돌 턱을 지나면서 차가 크게 덜컹거렸다. 이숙은 그대로 차창에 머리를 박았다. 아파서 쌍욕이 나오기 일보 직전이었지만 참

왔다.

"그니까 편하게 앉으라니까."

성재가 차를 세웠다. 안전벨트를 풀더니 이숙 쪽으로 몸을 기울여 차 시트를 빼주기 시작했다. 이숙은 고개를 돌렸다. 위험하다! 아무리 시치미를 떼고 앉아 있다 해도 이렇게 가까이 다가오는 건 반칙이지. 그의 샴푸향이 코끝을 간지럽혔다. 코를 막았다. 바로 턱 아래까지 다가온 그의 얼굴선은 남자답게 각이 져서 근사했다. 길고 숱 많은 속눈썹. 매끈한 콧날. 도톰하고 건강하게 붉게 물든 입술. 아아… 입술! 이숙은 저도 모르게 다른 손으로 입도 막았다. 방법이 없었다. 이러다간 내 손목에 쇠고랑을 차게 될지도.

"내… 내가 할게요. 충분히 편해요."

"신발 벗어도 돼요. 오래 갈 거니까, 다리 쭉 펴요."

'미쳤니? 내가 이 좁은 공간에서 좋아하는 남자 앞에서 신발을 벗게?'

이숙은 발볼이 둥글게 늘어나 있는 낡은 운동화를 바라봤다. 오래된 운동화다. 분명히 꼬랑내가 진동할 텐데. 이숙은 얼른 발을 오므렸다.

성재는 어쩔 수 없다는 듯 다시 안전벨트를 맸다. 그 덕분에 좁아서 웅크려 앉아 있던 자리가 널찍하니 자유로워졌다.

"화난 줄 알았네. 아까부터 한 마디도 안 했잖아요."

"화났어요. 화가 난 건 맞는데."

"…?"

"내가 화난 건, 아… 아이스크림을 못 먹어서! 아까 하피디님 때문에 떨어졌단 말이에요. 내가 제일 좋아하는 맛인데."

성재가 피식 웃었다. 곧 죽어도 자기가 옳다고 떼를 쓸 줄 알았던 이숙이 의외로 고분고분하게 다시 리스트 목록을 체크했다. 어느 정도 자신의 뜻을 헤아리고 있다는 증거였다. 성재는 그거면 됐다.

"무슨 맛인데?"

"운전이나 하시죠?"

"두 개 사 줄게요."

"됐거든요!"

아바이마을로 향하는 갯배에는 관광객들이 득실거렸다. 처음 본 사람들이 모두 하나같이 갯배의 줄을 당기는 모습이 낯설고도 재밌었다.

갯배는 원래 섬에서 육지로, 육지에서 섬으로 이동하기 위해 선박장에 연결해둔 끈을 배에 탄 사람들이 다 함께 끌어당겨 이동하는 이곳만의 이동방식이었다. 이숙이 줄을 잡아 끌자, 탄력이 붙은 배는 빠른 속도로 바닷물을 가로질렀다. 뱃사람이 그녀를 향해 엄지를 들어 보였다. 그 모습을 본 성재가 얼른 끼어들어 이숙이 들고 있는 뱃줄을 받아 들었다.

"험한 건 나한테 맡기고 저기 편한 데 가 있어요. 갈매기하고 사진도 좀 찍고!"

'내가 더 힘이 셀 텐데….'

하지만 그 말은 하지 않았다. 이숙은 그의 말대로 관광객들과 섞여 사진을 찍었다. 뱃줄을 끌어당기고 있는 성재의 뒷모습을…. 그리고 이 사실도 말하지 않을 작정이었다. 죽을 때까지 혼자만 봐야지. 사진첩 폴더에 찍혀 있는 수많은 음식 사진 사이에서 유일하게 사람으로 찍혀있는 성재의 사진이었다.

배 선착장을 따라 늘어선 순댓집들은 거의 비슷비슷한 맛을 자랑했다. 하지만 성재는 마치 대장금이라도 된 것처럼 신중하게 한 입을 베어 물곤 고개를 갸웃거렸다.

"왜요?"

"짜요."

정말 깐깐하기가 이루 말할 수 없는 사람이었다. 북적북적거리는 시장 골목에서 무심한 듯 툭 내놓는 오징어순대를 이숙은 맛도 보기 전인데 성재는 젓가락부터 내려놓았다.

"또 왜요?

"오징어 껍질이 질겨서."

기가 막혔다. 이숙은 두 손 두 발을 다 들었다. 일반적인 오징어순대부터 계란에 지진 오징어순대까지 모양도 크기도 다른 순대들을 성재는 먹고 또 뱉었다.

간이 덜 베었어요, 고기가 너무 많네, 기름이 오래 됐네…. 이유도 수만 가지였다.

이숙은 지쳐가고 있었다. 그녀가 만들어준 촬영 맛집 리스트 절반 이상이 엑스로 가득 찰 즈음, 도저히 참을 수 없어 걸음을 멈췄다.

"이래서 오늘 안에 취재 끝낼 수 있겠어요?"

앞서 걷던 성재도 걸음을 멈추더니 뒤돌아보았다.

"방송에 한 번 나갈 때마다 그 집 어디냐고 문의 전화가 하루에 몇 통 오는지 알아요?"

"수백 통이죠. 제가 왜 모르겠어요. 그 전화 제가 다 받는데."

"그러니까! 아무리 유명하다고 해도 검증 안 된 맛집을 방송할 수는 없습니다."

"그렇다고 매주 다른 아이템을 일일이 다 먹어보고 방송할 수도 없죠!"

이숙은 리스트를 성재에게 도로 안겼다. 죄책감에 참는데도 한계가 있었다. 이건 아니다. 그러자 성재가 쪼르르 따라오며 흥분한 듯 대꾸했다.

"여기까지 왔는데 다른 방송국에서 취재했던 데를 그냥 재탕 삼탕 할 겁니까? 아니, 그러니까 애초에 제대로 된 정보를 줬어야지."

"남들이 맛있다고 할 때는 다 이유가 있는 거예요. 맛이란 건, 지극히 주관적이고 천차만별이니까. 방금 그 말은 제보한 사람들 전부를 무시하는 말이라고요!"

"하지만 맛집이란 건, 단순히 맛이 있다 없다, 그것과는 다른 문제지. 그건 일종의 보물찾기라니까! 아무도 모르는 맛집을 찾아냈을 때의 그 쾌감. 거기에 처음 먹으러 갈 때의 설렘. 먹다보니 생각나는 소중한 사람들. 함께 간 사람들이 맛있다고 칭찬해줄 때 그 뿌듯함…. 김작가가 제일 잘 알잖아!"

그래, 제일 잘 알지! 그래서 내가 먹방 작가가 되기로 결심한 거라고. 하지만 이숙이 뭐라 입을 떼기도 전에 또 다시 성재가 말을 이었다.

"단순히 방송을 찍어내는 거 말고, 어떤 누군가의 정서를 만져주고 추억을 만들고, 행복을 주는 거. 그게 우리가 먹방을 하는 이유, 아닙니까?"

성재는 이숙이 기억해주길 바랐다. 처음 만났던 날, 이숙이 그에게 했던 말들을. 그때의 초심을. 그 반짝반짝 빛나던 그녀의 마음을.

“이래서 초짜가 싫어. 열정은 앞서는데 요령이 없다니까!”

이숙이 팔짱을 낀 채 성재를 바라봤다.

“차 키 주세요.”

“…왜요?”

“잔말 말고 따라와요.”

이숙은 말없이 차를 몰았다. 시끌벅적한 항구를 지나 차는 한적한 바닷가 마을로 방향을 틀었다. 쓰러지기 일보 직전, 간판도 없는 구멍가게 앞에서 차는 멈췄다. 꾸덕꾸덕 처마 끝에 꼬치처럼 엮여 있는 명태순대가 그들을 반겼다.

“할머니!”

“아이구, 이게 누구야?”

이숙이 가게 문을 열고 들어가자, 명태순대 한 접시에 막걸리를 마시던 노파 한 명이 맨발로 뛰어 나왔다. 성재는 그 둘을 바라보며 머리를 긁적였다.

“아휴, 술 냄새. 할머니, 또 혼자 술 마셨어?”

노파를 끌어안던 이숙이 넉살좋게 웃으며 할머니의 볼을 쓰다듬었다.

“고롬 날래 셋이 먹으면 되겠다야!”

노파는 술상이 차려진 평상을 향해 이숙의 손을 잡아끌었다.

“누구신가?”

“안녕하세요!”

“애인인가?”

빙그레, 성재를 보며 미소 짓는 노파가 이숙을 흘겨봤다.

“할머니, 나 눈 높아! 우리 새로 온 피디님.”

"으응… 피가(家) 양반이시구만."

"아니, 성이 피씨가 아니고! 같이 일하는 사람. 남자 말구 그냥 사람이라고."

"남자도 맞고, 사람도 맞는데, 거 말 이상하게 하네."

이숙의 소개에 성재가 혼자 중얼거렸다. 이숙은 애써 못 들은 척했다.

"나 할머니 순대 먹고 싶어서 왔는데. 저거!"

성재는 이숙이 가리키는 곳을 쳐다봤다. 입을 쫘악 벌린 채 마당 가득 널려 있는 명태순대. 보통 돼지 창자에 선지를 넣어 만든 순대가 아닌, 제철 명태에 각종 버무린 양념을 넣어 바닷바람에 말린 전통 함경도식 명태순대였다.

"앉으라. 다리 아이 아프니? 먼 길 오느라 고생했지비?"

할머니가 내어준 오래된 방석에 엉덩이를 붙이며 성재는 처음 보는 진짜 오리지널 명태순대에 압도당해 눈을 뗄 수 없었다.

"친할머님?"

"아니요. 단골집 할머니!"

"아, 난 또…."

"그래서, 어때요? 진짜 보물을 본 소감이."

"이런 델 알고 있었으면서 왜 진작 얘기 안 했습니까?"

막걸리 한 잔을 들이키며 이숙이 웃었다.

"그러니까 보물이지!"

"…!"

노파는 간만에 찾아온 손님들을 맞이하기 위해 분주하게 움직였다. 새 화롯불을 내오느라 둥글게 휜 허리를 펼 새도 없이 부뚜막과

마당을 쉴 새 없이 왔다 갔다 했다.

이숙이 안 되겠는지 쪼르르 달려갔다.

노파와 함께 화롯불에 명태순대를 굽는 이숙의 뒷모습이 꽤나 익숙하고도 진지했다.

타타닥, 소리를 내며 화롯불에 익고 있는 명태의 정겹고 구수한 내가 온 마당에 진동했다. 성재는 저도 모르게 들고 있던 카메라의 녹화 버튼을 눌렀다. 카메라 뷰 파인더에선 잘 익은 명태순대를 한 입 베어 먹던 이숙이 뜨거운지 코를 찡긋거리며 활짝 웃는 보습이 보였다.

"할머니! 홍게살 많이 넣었네?"

"고롬! 홍게살이 많아야 맛있지비. 옛날엔 다 그렇게 먹었어."

"이북에 계신 할머니, 할마이가 가르쳐줬나?"

"고롬. 우리 할마이가 하던 식 그대로지."

"그래, 이게 할마이 맛이지! 요 맛난 걸 두고 왜 이제 왔냐고 막 뭐라 한다 얘가…. 음, 고소해, 아우 쫄깃해! 명태살이, 지금 여기 입에서 막 헤엄치잖아, 봐봐요, 보여?"

이숙이 오물거리는 입술을 가리키며 애교를 부리자, 자글자글하던 노파의 눈가가 어느새 웃음으로 밝아졌다.

진심이었다. 온 마음을 다해 이숙은 온몸으로 맛을 표현하고 있었다. 늙은 노파를 향한 존경과 사랑을 담아서. 그 오랜 세월 닿을 수 없는 이북의 고향을 그리워하며 매일 만들었을 추억의 명태순대는 그냥 순대 이상의 맛과 의미를 가지고 있으리라.

성재는 오물오물거리는 그녀의 입 모양과 노파를 향해 웃고 있는 그녀의 반짝이는 눈동자를 하나도 빠짐없이 영상에 담았다.

노파는 이가 나간 사발 가득, 찰랑거리는 막걸리를 이숙에게 건넸다.

"천천히 묵으라. 체한다."

"크아, 막걸리 시원타! 할머니도 아!"

입술을 훔치던 이숙이 서둘러 노파에게 막걸리 사발을 내밀었다. 꿀꺽꿀꺽 남은 막걸리를 들이켜던 노파가 다 빈 사발을 머리 위로 흔들었다.

"얼! 할머니 신식인데!"

"니가 알려줬지비."

"오, 할머니 기억해주는 거야? 이래서 내가, 할머니가 좋다니까."

두 사람은 마치 외조모와 손녀처럼 서로의 어깨를 감싸 안고 얼굴을 비볐다.

흥겨운 노랫소리가 바스락바스락 바닷바람을 따라 순대를 품은 명태들마저 춤추게 하는 밤이었다. 이숙과 노파는 막걸리 한 사발에 파도 소리를 안주삼아 철지난 옛 가요를 한참 동안이나 불렀다.

"할머니 오래 살아야 돼? 나 이거 내년에도 또 먹으러 올 거니까!"

"손이 얼마나 가는지, 이제 아이 한다."

"저기 사거리 막국수 집도 문 닫았더만? 옛날에 여기 오면 거기도 꼭 들렀다 갔었는데"

"모르지비. 할아바이 죽고 아들들이 한다 했는데, 닫았다 하대."

"거봐, 다 문 닫으면 난 어디로 가? 그러니까 할머니는 절대 문 닫으면 안 돼!"

"아이구, 지랄!"

"아니, 오래 살아 달라고 부탁하는데 왜 지랄이래?"

성재는 뷰 파인더 안에서 웃고 있는 그녀를 따라 저도 모르게 미소를 지었다.

"피디님, 뭐해요? 어서 와서 같이 먹어요!"

이숙이 부른다. 활짝 말려 올라간 제 입꼬리를 느낀 성재가 화들짝 놀라 서둘러 웃음기를 거뒀다. 성재는 누가 봤을까 서둘러 녹화 버튼을 껐다.

오물거리는 성재를 바라보며 이숙이 물었다.

"먹을 만해요?"

"맛이, 엄청 진하네요. 시중에서 파는 거랑은 확실히 달라요."

"여긴, 성지거든요!"

이숙이 가방에서 색이 바랜 검은색 수첩 하나를 꺼내 보였다.

"뭡니까, 그건?"

"막내 때 절 거둬주신 메인작가님께서 은퇴하시면서 물려주신, 보물지도요! 대한민국의 모든 맛집은 다 여기 있네요."

아, 이게 방송작가들한테 목숨보다 소중하다던 그 족보구나! 성재가 손을 뻗자 이숙이 얄밉게 수첩을 얼른 가방 안에 다시 집어넣는다.

"아무나 다 볼 수 있으면 그게 보물인가?"

"하여간 참 말 이쁘게 해."

이숙이 웃었다. 순대 하나를 입에 넣으며 다시 성재에게 물었다.

"근데 그거 알아요? 아까 갔던 곳들도, 다 이 보물지도에 있는 가게라는 거!"

"말도 안 돼…. 그런데 왜?"

"변한 거죠. 방송을 타고, 유명세를 타고. 시간이 흐르면서…."

"…!"

"저 집 변했네, 그러든가, 별로 맛도 없던데 무슨 맛집이래, 하든가. 아니면 와, 여기 이 집 아직도 있네, 맛도 그대로네, 그런 거…. 그것조차 누군가의 추억이 되지 않을까요? 제보한 사람들에겐 맛집 기억 그대로 추억이 될 테고. 새로 찾아간 사람들에겐 실망한 기억 그대로 추억이 될 테니까. 그냥 있는 그대로 보여주는 것도 좋잖아요! 결국 맛집은, 방송이 만들어주는 게 아니라 먹어본 사람들이 만드는 거니까. 그러니까 피디님, 힘 좀 빼세요. 우리가 세상의 모든 맛집을 진짜다 아니다 판단할 권리는 없잖아요."

이숙의 말이 옳았다. 매 방송마다 이렇게 맛집을 찾아 일일이 다 먹어보고 방송할 수는 없는 일이었다. 하지만 분명한 건 나에겐 맛집이 아닐지라도 누군가에겐 맛집이 될 수 있는 거고, 그 판단과 기억은 오롯이 먹어본 자들의 판단에 맡기면 되는 거다.

도대체 이 여자는 어떤 사람일까? 막걸리를 마시며 멀리 바닷가를 바라보고 있는 이숙을, 성재는 말없이 바라봤다. 경험일까, 연륜일까? 아니면 정말 맛집과 방송에 대한 애정인 걸까? 헷갈렸다.

"요 깔아뒀으니까니, 자고 가라."

노파는 강원도와 함경도 사투리가 섞인 드센 억양으로 민박이라 적힌 방문을 가리켰다.

"아니야, 할머니! 큰일 날 소리 하네 정말. 우리 그런 사이 아니라니까!"

"술 좀 깨게 잠깐 눈 붙이고 출발합시다."

어느새 일어난 성재가 성큼성큼 방문을 열고 들어갔다. 노파는 이숙을 향해 얼른 따라 들어가라 손짓을 했다.

“아니라고! 내가 저길 왜 들어가냐고!”

노파는 야릇한 웃음을 남기고 사라졌다. 이숙은 가게 앞에 주차해놓은 차로 다시 돌아갔다.

음악을 듣다가, 시간을 봤다가, 바닷가를 거닐다가, 다시 시간을 봤다. 한 시간이 이렇게 길었나, 운동화를 벗고 발을 주물렀다. 이유를 알 수 없는 초조함이 몰려왔다.

“아, 내일 촬영 어떻게 하려고 이래, 진짜!”

두 시간이 훌쩍 넘었을 즈음, 이숙은 하는 수 없이 민박이라 적힌 방문을 두드렸다. 아무런 기척도 느껴지지 않았다.

‘내가 진짜 다른 마음이 있어서 이러는 거, 절대 아니고요!’

누구를 향한 다짐인지, 기도인지, 알 수 없는 중얼거림을 뒤로하고 이숙이 살며시 문을 열었다.

어두운 방 한쪽엔, 한 팔로 두 눈을 가린 성재가 곤히 잠들어 있었다.

“피디님, 시간 됐는데요.”

“….”

“지금 출발해야 돼요. 하피디님, 일어나세요.”

“십 분만….”

아이처럼 웅얼거리는 그의 낮은 저음이 귓가에서 울려 퍼졌다. 피식 웃음이 새나왔다. 이숙은 시간을 다시 확인하곤 그 옆에 쪼그려 앉았다. 작은 기척에도 미간을 찡그리며 쌔근쌔근 숨을 달싹이는 그의 숨소리가 이상하게 듣기 좋았다.

카톡, 카톡, 카톡. 그러나 예고도 없이 갑자기 밀려오는 카톡 알림음만은 막을 수 없었다. 이숙은 호주머니에서 서둘러 핸드폰을 꺼냈다. 그럼 그렇지. 강옥과 보민이다.

"오늘 운동 나올 거지? 치맥이나 하자. 나 할 얘기 있어."

먼저 강옥이 물었다.

"아니, 나 오늘 못 가."

빛의 속도로 자판을 눌렀다. 핸드폰 빛이 새나가지 못하도록 한 손으로 스크린을 가리면서.

"왜? 회사 조퇴했다며?"

이번엔 보민이 물었다.

"음… 그런 게 있어."

"그런 게 뭔데? 너 혹시…."

보민의 대답을 다 읽기도 전이었다. 이번엔 아예 영상통화 벨이 울리기 시작했다.

사방이 꽉 막힌 적막 속에서 벨소리가 이렇게 클 줄 몰랐다. 이숙은 놀랐다. 허둥지둥 받자, 핸드폰 화면으로 강옥의 커다란 얼굴이 가득 들이찼다. 호기심에 가득 찬 두 눈은, 무언가를 확인하고 싶은지 시종일관 입을 달싹였다.

"너 하피디랑 같이 있지?"

"쉿! 야, 끊어. 나중에 얘기해."

"맞구나! 맞지? 너 거기 어디야? 방이 왜 깜깜해? 설마, 모텔이야?"

"이게 미쳤나, 끊으라고!"

이숙은 서둘러 통화 종료 버튼을 눌렀다. 하지만 쉽게 포기할 친구들이 아니었다. 이번엔 카톡과 영상통화음이 동시에 울렸다. 헬게이트가 따로 없었다. 행여 그가 깰까 콧등 위로 땀이 송글송글 맺히기 시작했다.

이숙은 먼저 핸드폰 종료음부터 눌러야 했다. 그러나 아뿔싸, 당황해서 미끄러진 손은 버튼을 누르면서 그만 핸드폰을 놓치고 말았다. 그나마 다행인 건 핸드폰 종료음이 들렸다는 것? 하지만 불행은 성재가 돌돌 말고 있는 이불 그 어딘가로 핸드폰이 떨어져 버렸다는 것이다. 이숙은 절규했다.

"안 돼!"

정말 못살아! 돌아버리겠네. 불을 켜면 성재가 깰 텐데…. 그럼 무슨 짓이냐고 물을 수도 있잖아! 결백한데, 아무 짓도 안 했고 진짜 결백한데. 왠지 상상만으로도 아찔한 양심의 가책이 느껴진다.

이숙은 서둘러 핸드폰을 찾기 위해 엎드렸다. 어두운 방바닥을 손으로 더듬기 시작했다. 그가 깨지 않기만을 기도하면서. 하지만 그때였다. 옆으로 돌아눕던 성재와 딱 두 눈이 마주친 건!

꿈을 꾸는 건지, 깬 건지… 멍하니 성재가 두 눈을 깜박였다. 이숙은 순간, 심장이 산산조각나는 줄 알았다. 심쿵, 뭐 이런 일차원적인 표현으로는 설명할 수 없는 쪼그라듦이었다! 이럴 땐 어떻게 해야 하지? 짱구를 굴릴 새도 없었다.

"해… 핸드폰이 떨어져서…."

바보처럼 말을 버벅거리는데, 성재가 웃었다. 나른한 눈으로, 이숙을 향해 미소 지었다. 그의 말린 입꼬리가, 아련하게 반짝이는 눈빛이, 슬로우 모션처럼 느리게 확대되어 보였다.

'나… 그냥 쇠, 쇠고랑… 찰까?'

이숙은 저도 모르게 성재의 옆에 모로 누웠다. 꼼짝없이 얼어서 한참을 가만히 바라봤다.

유행가 가사처럼 너의 눈, 코, 입… 널 만지던 내 손…. 아니, 만지면 안 돼!

그를 향해 뻗으려던 손을 간신히 부여잡았다. 코… 코피가 쏟아질 것 같았다. 현기증으로 머리가 핑 돌았다. 백팔번뇌라는 말은 바로 이 순간을 두고 존재하는 말 같았다.

"깨… 깼어요?"

이숙이 중얼거리자 성재는 다시 갓난아이처럼 천진한 미소를 입가에 머금은 채 눈을 감았다.

아, 다행이다. 잠버릇인가? 이숙은 곤히 잠든 그를 다시 한 번 바라봤다.

"무슨 꿈을 꾸길래… 그렇게 웃는 건데?"

이숙은 재빨리 핸드폰을 쥔 채 휘청휘청 방문을 닫고 나왔다. 힘이 풀린 다리는 그대로 평상에 주저앉고 말았다.

'아이고… 하나님!'

이숙은 엄마가 왜 하나님을 찾는지 이제야 알 것 같았다. 가슴과 머리에선 무슨 말이라도 해야겠는데 어이없고, 답답하고, 복잡하고, 말로 형언할 수 없을 때! 내 의지가 아닌 우주의 힘에 의해 멘탈이 산산이 조각났을 때 바로 '아이고, 하나님!' 그 단어가 튀어나오는 거였다.

하지만 하나님이 정말 존재한다면 왜 자꾸 이 남자로 하여금 나를 시험에 들게 하는지 정녕 이해가 가지 않아 괴로웠다. 만약, 내가 심장마비로 사망한다면 비만으로 인한 고혈압이나 심혈관 질병보다는 하피디 저 인간 때문일 것이다. 이숙은 확신했다.

거하게 밥을 먹어서 한 입만 더 먹었다간 토할 것 같은 기분. 지금 이 순간, 이숙이 딱 그랬다. 행복한데 부담스러워. 거북한데 딱 한 입만 더 먹고도 싶어! 오늘 밤은 감정 과식으로 인한 소화불량이 분명했다.

한 번만 더 들어가 볼까, 말까? 이숙은 성재가 잠들어 있는 방 고리를 붙들고 동이 틀 때까지 신음하고 또 신음했다.

다섯

식탐미인!

"푹 주무셨나 봐요?"

판다처럼 눈 주위에 시커먼 다크 서클이 가득한 이숙이 멍하게 성재를 바라봤다.

운전을 하는 성재는 꽤 컨디션이 좋아 보였다.

"완전 꿀잠! 왜요, 김작가는 못 잤어요?"

"악몽을 꿨거든요. 살다 살다 이런 악몽은 처음이라, 끔찍했네요."

"아, 나는 꿈같은 거 잘 안 꾸는 편이라서."

웃기시네. 이숙이 속으로 콧방귀를 꼈다. 비몽사몽으로 사람 홀리는 미소까지 지어 보이던 사람이 누구더라? 이숙은 네 시간 동안 밖에서 덜덜 떨었던 생각만 해도 속이 메슥거릴 지경이었다.

"그러고 보니까, 꿈 꾼 것 같기도 하고! 왜 그런 거 있잖아요. 꿈속에서 나는 열심히 말을 하는데 실제는 입이 하나도 안 움직이는 거!"

"아… 네네, 그러셨구나…."

"키스하지 말라고!"

"케켁… 뭐, 뭐라구요?"

이숙은 마시던 커피를 뿜을 뻔했다.

"김작가랑 똑같이 생긴 사람이 나를 이렇게 쳐다보고 있더라구. 아우, 난 가위 눌리는 줄 알고… 얼마나 놀랐던지."

"…!"

뒤통수를 얻어맞은 기분이었다. 이 남자, 지금 일부러 나한테 이 얘길 하는 거지? 키스도, 어제의 일도 모두 알고 있다고, 티내고 있는 거다. 아, 소름! 이숙은 충격에 한동안 말을 잇지 못했다.

자, 이럴 때 필요한 건 뭐? 나는 기억이 나지 않습니다. 연습했지? 나는… 아무것도….

"말은 해야겠는데 입이 안 움직이는 거야. 얼마나 황당했던지 막 웃었다니까!"

"마… 많이 피… 피곤하셨나 보네… 요."

이숙은 천연덕스럽게 시치미를 뗐다.

"그래서 내가 마지막에 그 여자한테 뭐라 그랬는지 알아요?"

"…뭐 …뭐라 그랬는데요?"

또각또각. 라디오에서 흘러나오는 음악에 맞춰, 성재는 핸들에 손가락을 두드렸다.

확 짜증이 솟구쳤다. 이게 지금 뭐하는 짓거리야? 그래서 뭐라고 그랬는데? 말하라고! 이숙은 이 불필요한 뜸 들이기가 자신을 놀리는 거라는 걸 본능적으로 알 것 같았다.

"에이씨, 알았어요. 내가 미안해요, 미안하다구요!"

"뭐가요? 난 지금 내 꿈 얘기하는데."

"화났겠지! 그래요, 당연히 언짢았을 거예요. 내가 일부러 그런 것도 아니고."

"생각 좀 해봅시다."

"네?"

"그렇게 말했어요. 기분 안 나빴다고. 특별히 화가 나지도, 기분이 언짢지도 않았다고."

"…!"

잠깐만, 이건 무슨 뜻일까? 그러니까 내가 술 먹고 한 키스도, 어제 자는 모습을 뚫어져라 훔쳐본 것도 전부 좋지도 싫지도 않았다. 뭐, 그런 얘긴가?

아니, 차라리 O, X로 선명하게 갈리는 대답이 쉽지 않아? 이러니까 더 헷갈려! 지금까지 복잡했던 마음의 짐을 덜고자 그간의 일들을 고백하고 사죄할 생각이었는데 이젠, 더 어렵고 무거워졌다. 이런 게 바로 말로만 듣던 희망 고문이잖아! 이숙은 땅이 꺼져라 한숨을 쉬었다.

"그… 그래서 그 여자는, 그 여자는 뭐라고 했는데요?"

"그게, 그때 하필 딱 꿈에서 깼네!"

성재는 핸들을 탁 내리치며 이숙을 돌아봤다.

"거기까지 들었어야 했는데. 아이, 아쉬워라. 김작가가 생각할 땐 이게 무슨 꿈인 거 같아요? 나 진짜 궁금해서 묻는 건데. 진지하게."

"…개꿈이요."

"개꿈이라고? 그게 지금 나한테 할 소립니까?"

"그러니까 잠 깼으면 운전이나 똑바로 하시죠."

"와, 나 진짜 실망했어. 개꿈이라고, 그게?"

방송국에 도착할 때까지 이숙과 성재는 한 마디도 하지 않았다. 그래도 미안했던지라, 차 문을 닫고 내릴 땐 조심히 가라, 인사 정도는 할 생각이었는데 그가 먼저 눈을 피했다.

사람을 뭘로 보고 진짜! 내가 지금 자기를 좋아한다고 유세 떠는 거야, 뭐야? 내 마음을 받아줄지 안 받아줄지는 생각 좀 해보고 즉, 나 하는 거 보고 결정하겠다는 거잖아! 아니, 그렇게 생각해 봤는데 결론이 NO면? 그땐 어떡할 건데? 누굴 바보로 알고! 이숙은 생각할수록 괘씸했다.

"너어! 아이큐 검사해봐."

"아이큐? 그건 왜?"

"너, 좀 많이 모자란 거 같아. 심각하게!"

그날 밤, 평소처럼 공원에서 만난 강옥과 보민은 오리 떼처럼 이숙의 뒤를 졸졸 따라 걸었다. 이숙이 멈추자, 그녀들 역시 곧 따라 멈췄다.

"내가 왜, 내가 뭘?"

"바보야, 그거 썸 예고잖아! 근데 니가 그 타이밍에 모르쇠로 일관하면 뭘 어쩌자는 건데?"

강옥도 아닌, 보민에게 이런 말을 듣게 될 줄은 정말 꿈에도 몰랐다. 이숙은 인상을 찌푸리며 다시 걸었다. 이번엔 그녀들에게조차 여지를 주지 않기 위해 좀 더 빠르게 걸었다.

"그니까, 사람 마음 가지고 노는 것도 아니고 서른 다 넘어서 무슨 썸이야! 좋으면 좋고, 싫으면 싫은 거지, 유치하게시리!"

"진짜 한심해서 못 들어주겠네."

씩씩거리며 뒤따라오던 강옥이 멈춰 섰다. 숨을 헐떡이면서도 이숙을 향해 삿대질을 멈추지 않던 그녀는 허겁지겁 물을 들이키고서야 속사포처럼 말을 이었다.

"첫째, 서른 넘어도 썸은 타고요. 둘째, 썸을 타봐야 좋은지 싫은지, 사귈 수 있는지 없는지, 견적 나오고요. 셋째, 유치한 건 너고요! 니가 지금 재고 따질 때야?"

"민강옥, 너 진짜!"

"왜, 내 말이 틀렸냐? 이 연애 고자야! 뭘 해봤어야 이게 똥인지 된장인지 구분을 하지. 밥만 먹지 말고, 썸도 좀 먹어보고, 연애도 좀 먹어보고! 아, 그러다가 그 하피디도 좀 먹어보고! 얼마나 맛있어!"

"야!"

이숙이 소리 지르자, '으, 저 저질…' 보민도 고개를 저었다.

"너나 많이 드세요. 현호인지 뭔지 그 나사 빠진 어린놈이나!"

이숙이 비아냥거리자, 웬일인지 얼굴에서 웃음기를 걷어낸 강옥이 정색하고 말했다.

"불량식품, 오래 먹는 거 아니야."

몽글하게 튀어나온 배 위에 양손을 얹고 고해성사하듯 차분하게 강옥은 이숙과 보민을 차례대로 바라봤다.

"뭐래…."

보민이 콧방귀 꼈다. 하지만 이 말인즉슨? 뭔가 나쁜 예감이 들었다. 이숙이 물었다.

"너 혹시 현호랑 헤어졌어?"

"당연하지. 탈나기 전에 쫑! 해버렸지."

"왜?"

심각한 표정으로 이숙과 보민이 동시에 묻자, 다시 장난기 어린 목소리로 돌아온 강옥이 우렁찬 웃음소리와 함께 또박또박 대꾸했다.

"애새끼가 배가 나왔잖아. 꼴 보기 싫게!"

"얘 미쳤나봐. 야! 니 배를 봐, 이 돼지야. 어떻게 니가 그딴 말을 하냐?"

보민의 격한 추임새가 뒤따랐다.

"어머, 그쪽도 만만치 않으세요!"

실실 쪼개며 강옥이 대답했다. 동급 취급이라니! 화난 보민이 입술을 꽉 물자, 눈치 빠른 강옥이 그제야 점잖게 정리했다.

"어쨌든, 그렇게 됐습니다. 보고 끝!"

너무나 밝은 표정으로 끝이라 말하는 강옥이 이상하게 마음에 걸렸다. 이숙이 조심스레 다가가 물었다.

"너, 진짜 괜찮아?"

"야스!"

이숙의 질문에 강옥은 어깨를 들썩이며 여유를 잃지 않았다. '야스(YES)!' 그 해괴망측한 단어를 읊조리면서. 하지만 이숙은 알고 있었다. 강옥의 저 표정을. 강옥은 괜찮지 않을 때 괜찮은 척했고, 괜찮을 때 괜찮지 않다고 말하는 여자였다. 아무리 강해 보여도 그녀 또한 사람이다. 특히 정에 약한 사람. 아마도 누군가에게 모진 말을 해야 했던 그 순간만큼은 그 누구보다 힘겨웠을 거다.

"술 한 잔 같이 해줘? 그래, 저번에 너 치맥하자며."

"야, 괜찮다는 애한테 넌 뭘 또 자꾸 먹재? 우리 방금 운동했거든!"

이숙의 제안에 얼른 보민이 끼어들었다. 기가 차다는 듯 이숙을 툭 치며 무섭게 노려보기까지 했다. 가끔은 이런 보민의 바른 말이 너무 인정머리 없다고 느껴질 때가 있었다.

"재 안 괜찮아. 계속 말끝마다 야스야스 하는 거 못 들었어? 저거 현호 걔가 쓰던 말투잖아. 아직 못 잊은 거라고!"

"아니, 본인이 괜찮다잖아. 그리고 딱 봐도, 상태 멀쩡하구먼! 민강옥, 너 정말 괜찮지?"

"야… 쓰… 벌! 에이 씨, 빨리 튀어, 빨리!"

보민에게 속삭이던 이숙의 뒷덜미를 잡고, 강옥이 외치기 시작했다. 느닷없는 강옥의 불호령에 이숙과 보민은 영문도 모른 채 운동장을 뛰기 시작했다.

학창시절 체력장에서조차 100m를 3분 안에 뛰어본 적 없는 강옥이, 단거리 선수처럼 내달리고 있는 모습을 바라보며 이숙이 외쳤다.

"왜? 뭔데?"

"현호, 그 자식이라고!"

강옥의 말이 끝나자마자 달리던 이숙과 보민은 동시에 뒤를 돌아봤다.

좀비처럼 한쪽 방향으로 원을 그리며 걷고 있는 사람들 사이로 길쭉하고 휘황찬란한 모델남, 현호가 강옥을 찾기 위에 눈을 희번덕, 두리번거리는 모습이 눈에 띄었다.

"잠깐, 그런데 왜 도망가는데?"

여전히 의문은 풀리지 않았다. 이숙은 헤어진 연인이 그리워 이곳까지 찾아온 현호의 어린 순정이 안쓰러웠다. 강옥을 잡아 세웠다.

"아니, 그렇다고 우리가 도망갈 필요가 있어?"

"어! 아까 카드 정지시켰거든!"

“너 걔한테 카드도 줬었어?”

“…차도 줬는데?”

강옥의 대답에 놀란 이숙은 그대로 얼어붙었다.

“집은 안 줬니? 왜, 아예 애도 낳아서 주지?”

보민이 빈정대자, 강옥이 마른침을 삼켰다. 찔려서인지 기어들어가는 목소리로 대답했다.

“애는 아직. 근데 집은 준 거 같아.”

“미친! 생긴 거 답지 않게 이거 완전 순정 호구네!”

“그래서 아까 다 정리했다고! 버… 법의 힘으로….”

“애새끼 빡칠 만하네. 야, 니가 싼 똥 니가 치워!”

“싫어. 나 쟤 무서워. 바지 잡고 울고불고하면 또 마음 약해진다고!”

“난 니가 더 무서워! 아주 연애 한 번만 더 하면 나라도 팔아먹을 년이야, 니가.”

“둘 다 그만! 내가 타이르고 올게.”

보민과 강옥의 언쟁을 도저히 들어줄 수가 없었다. 이숙이 소리쳤다. 상처받은 애 하나 어르고 타이르는 게 뭐가 그렇게 어렵다고! 현호가 아무리 어디로 튈지 모르는 탁구공 같은 정서를 타고난 아이지만 그래도, 여덟 살이나 어린 애잖아!

“칼 들고 왔으면 어떡해?”

“영화 찍냐?”

보민의 예리한 질문에 웃음이 터지기도 전이었다. 그 순간 미친 듯이 강옥의 핸드폰이 울리기 시작했다. 현호였다. 그의 이름이 뜨자 무슨 이유 때문인지 강옥, 이숙, 보민은 숨소리조차 죽인 채 얼어

붙었다. 일제히 현호를 뒤돌아봤다.

보민이 이숙의 등을 툭 밀었다. 하지만 발이 떨어지지 않았다. 이숙은 요지부동 한 걸음도 내디딜 수 없었다.

"니가 타이른다며?"

보민이 낮게 속삭였다. 이숙은 얼른 강옥의 뒤로 숨었다.

"아니야. 남 연애사에 제삼자가 끼어드는 건 아닌 거 같아."

비겁하게 이숙이 쪼그라들자, 머리가 지끈거린 강옥이 땅이 꺼져라 한숨을 내쉬었다.

그때, 강옥과 딱 눈이 마주친 현호가 세 여자를 보곤, 입술을 뒤틀었다.

"민강옥!"

그야말로 꼭지가 돌아버린 현호였다. 누나라는 애칭이 민강옥, 이름으로 바뀌어 있다는 것은 이별을 했다는 일종의 확인사살이었다. 하지만 그 평범한 이름 석 자가 오늘따라 이토록 섬뜩하게 들리는 건 왜일까? 다른 건 몰라도 이것만은 확실했다. 정지된 카드와 집 키 그리고 자가용을 다시 내주거나 민강옥을 내주거나. 그것도 이것도 아니면 도망쳐! 그렇지 않으면 다 같이 죽는다. 현호의 저 이글거리는 눈이 그렇게 말하고 있었다.

누가 먼저랄 것도 없었다. 뒷걸음질 치던 강옥이 다시 미친 듯이 뛰기 시작했다.

"나… 나 먼저 간다!"

"야, 가… 같이 가!"

이숙이 내달렸다. 그리고 당연하다는 듯 보민이 그 뒤를 따라 달렸다. 전속력으로. 돌고래 같은 비명과 함께.

"아악, 민강옥! 나 진짜 너 정말 싫어!"

***

그날은 유독 서울의 야경이 무척 예쁘게 빛나는 밤이었다. 남산타워가 저렇게 잘 보였나, 집보다도 더 자주 들르는 호텔인데 새삼 모든 게 새로웠다. 치즈와 와인, 건포도가 들어 있는 견과류 접시를 끌어안고 강옥은 침대에 비스듬히 누워 멍하니 남산타워를 바라봤다.

그때, 연기가 폴폴 나는 욕실 문을 열고 현호가 외쳤다.

"누나, 벗고 나갈까, 입고 나갈까?"

"그냥… 빨리 나… 와…."

아무런 의욕도, 흥미도 없는 목소리로 강옥이 대답했다.

몇 분 후, 강옥과 커플 템으로 맞춘 검은색 베르사체 배스로브를 두른 현호가 젖은 머리를 뒤로 바짝 눌러 넘기며 욕실에서 나왔다. 테이블 위로 기념일 선물로 사둔 까르띠에 손목시계와 페라가모 구두를 보더니 아주 입이 찢어진다. 진짜인지 가짜인지 브랜드 보증서부터 확인하는 센스까지, 이런 쪽으로만 녀석은 확실히 야무졌다. 쓸데없이.

"신상이네? 나 이거 진짜 갖고 싶었던 건데!"

현호는 얼른 손목에 시계를 두르고, 맨발 그대로 구두 속에 발을 집어넣었다.

"야스!"

한껏 흥이 오른 현호는 음악을 틀었다. 보란 듯이 강옥 앞에서 손목을 흔들고, 발을 들어 올리며 춤으로 애교를 떨기 시작했다.

예전 같았으면 '하하호호' 박수까지 쳐대며 웃었을 강옥이지만, 그날은 피식 입꼬리만 올라갔다. 그도 그럴 것이 화려한 베르사체 배스로브를 부끄럽게 하는 클래식하고 점잖은 페라가모 구두라니! 그것도 로브 안은 홀딱 벗은 몸일 텐데…. 저 발가벗은 몸에 덜컹, 저 찰랑이는 까르띠에는 무슨 죄람!

베르사체에게 사과해야 할까 아니면 페라가모한테 사과해야 하나? 바쁜 사람 불러놓고 이렇게 기다리게 한 나한테 먼저 사과해라, 이놈! 강옥은 벽시계를 보며 싸늘하게 입꼬리를 내렸다.

하지만 그 정도로 눈치 없는 현호가 아니다. 평소와 다른 이 온도차를 뭐라 설명할 수 있을까? 현호의 머리는 빠르게 돌아가고 있었다.

"나도 누나한테 줄 거 있는데…."

"…!"

오호라, 진짜? 기념일 선물 같은 건 기대하지도 않았지만 또 사람 마음이란 게 그렇지 않나! 준다는데 싫을 리 없다. 편의점 케이크나 샴페인이어도 상관없다. 어차피 돈 쓰는 건 내가 하니까 넌 날 기쁘게만 해주면 돼! 강옥은 얼른 자세를 고쳐 앉아 그를 바라봤다.

"짜자잔! 내가 바로 누나 선물이지!"

배스로브를 풀어헤치자, 빨간색 리본을 허리에 두른 현호가 침대 위로 폴짝 뛰어들었다. 순간, 강옥의 얼굴이 무너져 내렸다. 제 아무리 포커페이스를 유지하고 궁딩이를 팡팡 해주자, 머릿속에서 정정하고 또 정정해도, 마음의 북소리는 멈출 줄 몰랐다.

둥- 둥둥- 둥둥둥--- 지금, 장난해?

북소리에 맞춰 펄펄 끓고 있던 이성의 뚜껑이 열리는 순간, 저도 모르게 벌떡 일어났다.

강옥은 있는 힘껏 자신을 향해 침대 위로 점핑하고 있는 현호를 배치기로 밀어내 버렸다.

발라당, 침대 아래로 나뒹구는 현호가 깜짝 놀라 강옥을 쳐다봤다.

"미쳤어? 죽을 뻔 했잖아!"

"…."

배트맨 망토처럼 검은색 베르사체 배스로브를 펄럭이는 강옥의 거대한 그림자가 호텔 한 벽면을 가득 채웠다. 기가 차서… 뭐? '내가 바로 누나 선물이지?' 뭐라 할 말도 없어서 아니, 말하는 것조차 가치가 느껴지지 않아 강옥 역시 경멸의 눈으로 현호를 내려다봤다.

"배 나온 남자, 딱 질색이야. 꺼져!"

"뭐어?"

황당한 표정의 현호는 자신의 찰랑거리는 빨간 리본 아래 살짝 접힌 배를 내려다봤다.

"그 몸으로 옷 입어서 뭘 얼마나 팔겠어? 열정도 없고, 직업도 없고, 나한테 붙어서 니 배때기나 늘려보고 싶나 본데…. 사람 잘못 골랐어! 너, 아웃이야!"

"뭔가 착각하나 본데, 그 얼굴에 그 몸매에… 참나, 나나 되니까 누나하고 놀아준 거야. 누나야말로 주제 파악 좀 해!"

빈정 상한 현호가 이를 갈며 일어섰다. 쥐도 몰아붙이면 고양이를 무는 법이다. 평소 동태눈처럼 반쯤 풀려 있던 그의 눈이 살기를 머금고 꿈틀거리기 시작했다.

"그럼, 정산만 남았네. 내가 준 선물들 고대로 다 다시 보내라."

원래 그렇게까지 할 생각은 없었다. 지금까지 즐거웠으니 선물들은 이별 선물로 잘 간직하라고 말할 생각이었다. 하지만 그의 눈빛을 마주한 순간 지고 싶지 않았다. 어차피 돌려달라고 해도 돌려주지 않을 거라는 걸 잘 알고 있으니까. 그냥 그의 알량한 자존심만 뭉개면 되는 거였다.

강옥은 그의 옷과 짐을 문밖으로 던졌다.

"뭐하는 짓이야?"

"잘 가라고 배웅하잖아. 꺼지라고!"

"씨발!"

성질을 이기지 못한 현호가 발악하듯 욕을 내뱉었다. 강옥은 문을 닫았다. 닫힌 문 뒤로 고래고래 소리 지르는 갈라진 그의 목소리가 점점 멀어졌다.

'정말 끝났구나.'

강옥은 침대에 털썩 주저앉았다.

모든 헤어지는 연인들이 그렇듯이 이별에도 단계가 있다고 믿고 있는 강옥에게 이별 예고는 엄연한 매너였다. 현호와의 이별은 그런 면에서 꽤 오랫동안 미루고 미뤄왔던 숙제 같은 거였다.

만나자는 말에 '됐어, 나 오늘 바빠. 오지 마.'라든가, 기다린다는 말에 일방적으로 연락을 두절해버린다든지, 겨우 만나 얼굴을 맞대면 하루 종일 인상을 쓰고 틱틱 댄다든가….

대부분의 남자들은 그럴 경우, 관계에 문제가 있음을 감지했다. 몇 날 며칠을 싸우고 싸우다가 지쳐 헤어지는 경우도 있었고, 허무하게도 문자 한 통으로 정리되는 경우도 있었다. 하지만 현호는 좀 달랐다.

"이 잔을 마지막으로, 이제 우리 헤어지는 거다?"

쿨 한 척 술 한 잔 하다가 어렵게 꺼낸 말들을 현호는 늘 가볍게 넘겼다. 다음 날이면 어김없이 술김에 한 말 아니냐며 관계를 다시 원점으로 돌려놓곤 했다.

"내가 더 잘할게."

현호의 그 말은 이상한 힘이 있었다. 강옥의 양심에 늘 큰 죄책감을 안겼다. 그렇게 다시 하루 이틀이 한 달 두 달이 되고, 민강옥 연애사 중 가장 롱런한 불가사의한 만남이 되었다.

하지만 문제는 연애가 오래되면서 시작됐다. 유통기한이 지난 음식처럼 더 새로울 것도 없고, 질리도록 익숙한 '내가 더 잘할게'라는 말은 그의 폭력성과 거짓말 뒤에 따라붙는 말버릇이라는 걸 알았을 때, 강옥은 좌절했다.

강옥에게 이별 징후가 나타날 때면 그는 어김없이 집 앞에서, 직장 앞에서 수백 통이 넘는 전화와 문자를 했다. 받을 때까지. 만나줄 때까지. 그리고 강옥이 그 외의 다른 남자에게 관심을 보일 경우, 그 상대가 누가 되었든 주먹부터 나갔다.

처음엔 내가 그렇게까지 가치 있는 여자였나? 얘가 정말 진심으로 날 좋아하나? 이렇게까지 나를 사랑해주는 남자가 또 있을까? 참아보려 했다. 그게 함정이었다. 이숙이 술에 취해 하피디와 키스하던 날. 현호 역시 다른 여자와 키스하고 있는 걸, 강옥은 모른 척했다.

인조이도 아니고, 사랑도 아닌 이 만남은 무얼까? 강옥은 끝없이 생각했다. 나이가 어려서 철이 없다고 하기엔 현호는 일찍 사회생활을 한 탓에 무자비할 만큼 교활했다. 싸가지가 없다고 하기엔 '내가 더 잘할게'라는 그의 말은 또 신비하리만큼 진정성이 느껴졌다.

하지만 그가 다른 여자와 키스했던 바로 그 입으로 '내가 더 잘할게'라 말하던 순간, 깨달았다.

'상했네….'

남녀 관계에서는 사람이 이렇다 저렇다 복잡하게 생각하는 것 자체가 무의미하다. 남녀 관계의 핵심은 바로 '관계'니까!

유통기한이 지난 음식처럼 상해버린 관계.

강옥과 현호의 관계를 한 마디로 정리해본다면 딱 그랬다. 어디가 어떻게 왜 상했는지 역시 별로 중요하지 않았다. 상한 음식을 먹으면 반드시 탈이 나듯, 상해버린 관계를 꾸역꾸역 지속할 경우 결국, 둘 다 탈이 나기 마련이다. 강옥은 그 '탈나다'란 말을 다른 말로 '상처받는다'라고 정정하곤 했다.

더 이상 미련을 가질 필요가 없었다. 그의 말처럼 더 잘하고 말 것도 없었다. 상한 음식에다가 세상 최고의 산해진미와 향신료를 제아무리 들이붓는다 한들 상한 음식은 상한 거다. 남녀 관계 역시 그렇다. 되돌릴 수 없는 관계는 끝까지 되돌릴 수 없다. 아니, 되돌려서도 안 된다.

강옥은 그날의 기억을 애써 눌렀다. 현호가 따라오는지 아닌지 망을 보던 이숙은 창 너머로 아무도 보이지 않자, 그제야 가슴을 쓸어내렸다. 기진맥진해 있던 보민은 헐떡이던 숨을 진정시키며 널브러져 있던 소파가 '치킨&호프' 집의 것이란 걸 깨닫곤 이내 인상을 찌푸렸다.

"아무래도 이거 치맥하고 싶은 민강옥 빅픽처인 거 같아."

"천잰데? 이모, 여기 오백 세 잔이랑 윙세트 주세요."

"야, 그냥 한 마리 시켜. 왜 날개만 시켜?"

보민이 투덜거리자 이숙이 생각났다는 듯 끼어들었다.

"맞아, 너 가만 보면 맨날 날개만 먹더라?"

"이그그, 이 순진한 것들아 날개를 많이 먹어야 남자를 많이 만난다는 말도 모르더냐?"

"바람난다겠지. 날개 달고 딴 사람한테 후드득 날아간다고."

이숙이 먼저 나온 무를 와그작 씹으며 정정했다.

"진짜? 난 먹은 날개 수만큼 남자랑 잘 수 있는 줄 알았지!"

강옥의 천연덕스러운 섹드립에 웬일인지 보민이 가만히 미소만 지었다.

"그냥 욕해. 그렇게 웃으니까 더 짜증나!"

"유전자 변형으로 날개 없는 닭을 만들어보려고. 다 니 거야, 민강옥!"

"가만히 보면 보민이 얘가 제일 변태라니까! 어쨌든 난 오늘 이 집 날개 솔드아웃 시킬 때까지 집에 안 간다. 말리지 마라!"

그때, 하얀 거품이 출렁이는 탄산 가득한 맥주 세 잔이 나왔다. 이숙, 강옥, 보민은 누가 먼저랄 것도 없이 잔을 부딪쳤다. 평소 운동량의 몇 배가 넘는 칼로리 소비에 세 여자 모두 목이 말랐다. 꿀꺽꿀꺽 맥주의 쌉살한 맛이 유독 시원하게 느껴졌다.

"야, 니네 잘 기억해둬. 구 남친 보내야 새 남친 오는 거 아니다! 새 남친이 와야, 구 남친을 밀어내는 거야! 무슨 말인지 알지? 날개야, 부디 새 남친을 부탁해!"

그땐 미처 몰랐다. 강옥의 입으로 들어가는 그 무한대의 닭날개를 입맛 다시며 바라보던 보민이도, 혹시 하피디에게 연락이라도 오지 않았을까 남몰래 계속 핸드폰을 들여다보던 이숙도 친구의 '잘못된 이별'을 눈치챌 리 없었다.

"함경도식 명태순대는 처음 먹어보는데요! 정말 신기한 맛이네요."

"컷!"

식탐미인 편집실에선 순대편 편집이 한참이었다. 성재는 무표정하게 앉아 인영의 먹는 모습을 보고, 다시 또 돌려봤다.

"미인은 맞는데, 식탐이 없네!"

화면 속에 멈춰 있는 인영의 모습을 보며 고개를 절레절레 젓는 그의 표정이 한없이 진지했다. 시간에 쫓겨 촬영한 영상을 편집하고, 자막을 입히고, 음악을 추가하고…. 24시간 동안 꼼짝없이 앉아 있던 성재가 마른세수를 했다.

"저걸 어떻게 살려야 돼…."

도저히 영상만으로는 자신이 없었다. 하는 수 없이 편집용 자막 대본을 들여다보던 성재의 입에서 저도 모르게 미소가 어렸다.

"통일의 맛이라…."

정지된 화면 속 인영의 얼굴 아래 적힐 자막은 '남과 북이 순대로 대동단결! 이게 바로 통일의 맛'이었다. 순대 하나로 통일의 염원을 이뤄내는 이 표현력이란! 대본에 적혀 있는 글 하나하나가 이숙을 닮아 있었다.

"하여간 말은 잘해. 아오, 얄미워."

'개꿈!'이라 말하던 이숙의 얼굴이 떠올랐다. 성재는 다시 한 번 고개를 절레절레 저었다. 아니, 가만히 있는 사람 먼저 들쑤셔놓고,

개꿈이라고? 이건 해도 해도 너무한다. 아무리 생각해도 보통 여자가 아니다.

가만히 생각에 잠겨 있던 성재는 누가 볼까 조용히 핸드폰을 꺼내들었다. 강원도에서 노파와 명태순대를 먹던 이숙의 동영상 플레이 버튼을 거침없이 눌렀다.

순대를 먹고 코를 찡긋거리며 웃는 반짝이는 눈도, 노파와 함께 구성지게 불러대는 트로트도, 막걸리를 마시곤 손으로 입을 훔쳐내는 모습도 인영과는 참 대조적이었다. 얼굴도 몸매도 뭐 하나 눈길 줄 곳이 없는데 이숙은 먹을 때만큼은 그 누구보다 매력적이었다. 참 신기했다.

성재는 편집실 화면 속 인영과 핸드폰 화면 속 이숙을 번갈아 뚫어져라 바라봤다. 얼굴은 예쁜데 식탐이 없는 미인을 식탐미인이라고 해야 하는 걸까? 아니면 외모는 미인과 거리가 멀지만 식탐 자체가 어여쁜 사람을 식탐미인이라고 불러야 하는 걸까? 인영일까, 이숙일까? 누가 더 식탐미인이라는 이름에 적합한 사람일까, 성재는 한참을 생각했다.

"피디님, 식사 안 하세요?"

그때 지영이 편집실 문을 열었다. 놀란 성재는 저도 모르게 얼른 핸드폰을 호주머니 안에 숨겼다.

"뭐 사다 드릴까요?"

"아, 아니. 나가자."

평소와 달리 허둥지둥 윗옷을 챙기는 성재를 보며 지영은 고개를 갸웃거렸다.

'분명히 혼자 실실 웃고 있었는데….'

지영은 화면 속에 멈춰 있는 인영의 얼굴을 보며 얼른 입을 틀어 막았다.

'이건 또 뭔가요? 느낌, 수상한데?'

성큼성큼 걷다가 엘리베이터 앞에 멈춰 선 성재가 지영을 보더니 빨리 오라 고갯짓을 했다.

"네, 가요!"

지영은 간질거리는 입을 헤죽거리며 얼른 달려갔다.

"왜 고기 없어…."

테이블에 혼자 앉은 이숙은 식판의 애꿎은 된장국을 수저로 휘저었다. 그때 구내식당 입구에서 지영 씨와 성재가 걸어오는 게 보였다. 이숙은 얼른 몸을 틀어 앉았다.

"어? 작가님!"

"아, 지영 씨?"

식판을 들고 두리번거리던 지영 씨가 이숙을 향해 반갑게 다가왔다. 그 뒤로 무뚝뚝한 성재가 식판을 들고 따라왔다.

"왜 안 드세요?"

"딱히 입맛이…."

그때 성재가 입을 열었다. 표정 하나 없이 된장국에 밥을 말며. 눈길 한 번 주지 않고 얄밉게 말한다.

"된장국에 호박나물, 청포묵…. 아유, 고기 같은 기름진 반찬 없으니까 입맛이 확 도네."

"…!"

"이 참에 메뉴를 아예 베지 라인으로 싹 리뉴얼하면 안 되나?"

저 양반이 뭘 잘못 먹었나, 왜 저래? 이숙이 노려보자 성재는 약이라도 올리고 싶은지 이숙이 찜 해둔 소시지 반찬을 날름 빼앗아 가져갔다.

"그… 그건!"

"입맛 없다며."

"…!"

보자 보자 하니까, 정말! 이숙은 보란 듯이 양볼 가득 소시지를 오물거리는 성재가 얄미워 죽을 것 같았다. 지영 씨도 있고 보는 눈이 많으니 참자. 고기 없고, 소시지마저 빼앗겼으니 그나마 먹고 싶은 건 으깨진 바다고기, 어묵 무침밖에 없었다. 이숙은 반드시 어묵을 사수하기 위해 식판을 손으로 가렸다.

"어묵이 그렇게 나트륨 함유량이 많다던데…."

"진짜요?"

지영 씨는 성재의 말을 듣자마자, 식판 위에 있던 어묵을 징그럽다는 듯 쳐다봤다.

네가 아무리 그래도 난 어묵을 사수한다. 이숙은 아무것도 못 들었다는 표정으로 어묵을 향해 젓가락을 뻗었다.

"작가님도 어묵 드시지 마세요."

"응?"

지영 씨는 어묵 대신 이숙의 밥 위에 새 하얀 청포묵을 놓아주었다.

"이게 칼로리는 낮은데 포만감은 높아서, 다이어트에 그렇게 좋대요."

'어묵도… 묵인데. 생선묵!'

"그래, 김작가 맨날 다이어트한다고 뻥튀기만 먹잖아. 그러지 말고 청포묵 먹으면 되겠네."

저 인간 면상을 묵사발로 만들어버리면 좋을 텐데. 뭐가 그렇게 재밌는지 자꾸 묵을 먹으라며 자기 식판에 있는 묵까지 덜어주는 성재는 진심으로 악마였다.

이숙이 쏘아보자, 눈이 마주친 성재가 눈으로 웃으며 이숙을 빤히 쳐다봤다. 지영 씨의 성의를 봐서 그 먹기 싫은, 아무 맛도 안 나는 청포묵을 꾸역꾸역 입에 밀어넣고 있을 즈음이었다.

"잠깐! 지난번에 촬영했던 요 앞 곱창전골집 있잖아. 사장님이 고맙다고, 한 번 오라 하셨는데…. 지영이 너, 곱창 좋아하냐?"

"피디님, 저 곱창 엄청 좋아합니다!"

"가자! 작가님은 다이어트하셔야 되니까, 둘이 얼른 먹고 오자."

"…!"

고… 곱창전골? 나의 소울 푸드 곱창전골이라고 했니, 지금? 내가 언제 다이어트 한다고 했어, 언제? 세상에서 제일 서러운 게 먹는 걸로 차별하는 건데, 나한테 왜 이래? 내가 뭘 그렇게 잘못했다고? 분노를 담아 이숙은 젓가락으로 청포묵을 쿡 찔렀다.

성재와 지영 씨는 사이좋게 식판을 들고 일어섰다.

"작가님, 진짜 안 가세요? 그러지 말고 같이 가요!"

"아니야, 다녀와. 난 외부 미팅 있어서 금방 나가야 돼."

이 말은 사실이었다. 이숙은 슬픈 표정으로 고개를 떨궜다.

"그래요, 김작가는 오늘 '꿈'에서 먹으면 되겠네. 곱창 먹는 개꿈!"

'저 인간이 진짜!'

성재는 '개꿈'이라는 단어에 유독 악센트를 넣어 말했다.

저 속 좁은 거 좀 보라지. 더럽고 치사해서 내 돈 주고 내가 사먹고 만다! 다녀오든지 말든지. 이숙은 온화하게 웃으며 속으로 욕지거리를 퍼부었다.

베지 라인이 어쩌구 하더니만 뭐, 곱창? 그래, 하피디야. 그렇다쳐. 어차피 날 노리고 하는 짓이니까. 하지만 어묵이 나트륨 함유량이 많아서 안 먹겠다더니 전골이 웬 말이냐? 지영 씨 그렇게 안 봤는데 진짜 실망이다.

홀로 남은 이숙은 남은 청포묵을 와그작와그작 씹었다.

아이템 섭외 문제로 외부 미팅을 마치고 돌아오는 길이었다. 점심이 시원찮아서인지 하늘이 노랬다. 이숙은 핸드폰으로 시계를 확인하며 걸음을 재촉했다.

저녁 시간이 다 되어서인지 방송국 근처 편의점의 도시락은 거의 빠져 있었다. 하는 수 없이 샌드위치와 우유를 가방 속에 품고, 사무실 문을 열었다.

역시나 모두가 퇴근한 텅 빈 사무실은 쓸쓸했다. 세상에 야근을 좋아할 사람이 누가 있으랴. 터벅터벅 책상으로 걸어가던 그녀는 깜짝 놀랐다. 책상 위에는 예상치 못한 거대한 비닐봉지 하나가 놓여 있었기 때문이다.

"황… 제 곱창… 전골?"

'지영 씨구나. 혼자 먹었던 게 어지간히 걸렸나 보네.'

저도 모르게 미소가 이렀다. 이숙은 지영에게 문자를 보내기 위해 서둘러 핸드폰을 들었다. 하지만 미팅 때문에 무음으로 해뒀던 핸드폰엔 뜻밖의 문자가 와 있었다.

"따뜻할 때 먹어요."

'하… 피디? 그 인간이 사둔 거라고?'

사람 놀라게 하는 재주라면 아주 타고나셨다. 이숙은 포장 그릇을 만져봤다. 아직 따뜻하다. 그렇다는 건 분명 가져다 놓은 지 얼마 안 되었다는 말인데…. 편집실에서 밤새는 양반이 날 위해 시간을 내서 사가지고 왔단 말… 인가? 이숙은 망설이다가 결국 통화 버튼을 눌렀다.

"어… 디세요?"

"…편집실입니다."

"문자, 봤어요."

"아, 점심 시원찮았잖아요. 맛있게 먹어요. 배고프겠다."

배고프겠다…. 무뚝뚝하지만 다정한 그 단어에, 어투에, 그 어감에 상냥함이 느껴졌다.

"같이 먹어요. 같이 먹고 싶어요!"

"…!"

전화를 끊자마자 이숙은 곱창전골이 담긴 비닐봉지를 가슴에 끌어안고 편집실로 내달렸다. 그냥 그래야 할 것 같았다. 성재에겐 생각할 여유가 있을지 몰라도 나는 아니다. 자존심이고 뭐고, 썸이니 밀당이니 그런 건 잘 모르겠다. 분명한 건 아직 따뜻하게 남아 있는 이 전골의 온기가 바로 그의 마음 같아서, 이숙의 심장이 다시 한 번 뜨겁게 요동쳤다.

'겁먹지 말고, 부딪치자!'

그의 마음이 정확히 어디쯤인지, 나와 같은지, 그 좌표를 정식으로 확인하고 싶었다.

힘차게 편집실 문을 열어젖혔다. 성재가 야구 모자를 고쳐 쓰며 놀란 눈으로 바라봤다.

"뛰어왔어요?"

"네!"

"…엄청 배고팠나 보네."

"…식을… 까봐서!"

봉지를 들어 보이는 이숙을 바라보며 성재, 그가 웃었다.

야무지게, 꽉 다물어 오물거리는 입술. 터질 듯이 빵빵한 핑크빛 볼. 맛있어서 행복한 눈빛…. 절대 입안에 있는 음식이 밖으로 드러난 적이 없다. 쩝쩝 소리도 없이 그녀는 올곧게 음식을 향해 놀라운 집중력을 보였다.

성재는 이숙이 먹는 모습 하나 하나를 놓치지 않으려 뚫어져라 바라봤다.

정신없이 밥을 먹던 이숙은 성재의 시선을 느끼곤 자세를 고쳐 앉았다. 천천히, 우아하게 밥알을 세기 시작했다.

"왜… 왜 그렇게 봐요?"

"예뻐서."

"아니, 그런 말을 무슨, 곱창전골 먹으면서 해요오."

몸 둘 바를 몰라 어떻게 반응해야 할지… 이숙은 저도 모르게 몸을 배배 꼬았다.

"먹는 게, 예쁘네."

"그럼 그렇지. 난 또. 그거 실례예요! 특히 나처럼 통통한 여자한텐!"

시큰둥한 표정으로 이숙이 다시 밥 수저를 입안에 쑤셔 넣었다.

성재는 씨익 웃으며 그녀의 이마를 손바닥으로 꾹 눌렀다.

"뭐, 뭐하는 거예요?"

"식탐미인 인증도장!"

"지금 욕하는 거예요?"

"아니, 팩트! 얼마나 확신했으면 도장까지 찍었겠어. 그것도 이마에 꾹. 기분 나빠요?"

"음… 그런 말 많이 들어서 기분 별로 안 나빴구요. 화낸다고 못 먹으면 나만 손해니까 감정보단 이성적 판단이 앞서는 합리적인 여자로서 그냥 먹겠습니다."

"으이그…."

못 말린다. 입가에 한껏 웃음을 머금은 성재가 그 큰 손으로 이숙의 앞머리를 흩뜨렸다.

쿵쾅쿵쾅, 그 순간 이숙의 심장이 요동쳤다.

'뭐지, 이 심장이 간질간질한 느낌은?'

너무 떨린 나머지 갑자기 사래가 걸린 듯 기침이 나왔다.

후두두두둑, 어찌 막을 도리도 없이 수많은 밥풀들이 순식간에 성재의 얼굴에 들러붙었다. 그의 얼굴이 일그러졌다.

'헉! 이… 이게 무슨 일이야! 내가 먹을 걸로 이런 짓을 할 사람이 아닌데….'

이숙은 허둥지둥 성재의 얼굴을 감싸 쥐었다. 밥알을 떼어내기 위해 부랴부랴 손가락으로 그의 볼을 쓸어내렸다.

"어떡해! 죄, 죄송해요."

"괜찮으니까, 그냥 먹어요."

이숙보다 더 당황한 성재가 양 볼을 감싸 쥔 이숙의 손을 움켜잡았다. 따뜻하고 부드러운 그의 손바닥에서 촉촉한 땀이 느껴졌다. 성재와 눈이 마주치는 순간, 이숙은 술에 취해 그의 옷깃을 잡아 키스했던 기억이 떠올랐다. 그의 볼과 맞닿아 있던 이숙의 손에도 덩달아 땀이 묻어나기 시작했다.

"좋아… 해요."

"…크흡."

이번엔 성재가 양 볼을 강탈당한 채 이상야릇한 딸꾹질을 내뱉었다.

"어때요, 나?"

딸꾹!

"…?"

"드… 들… 깻가루."

떨려서 덜덜 부딪치고 있는 이숙의 앞니를 가리키며 성재가 말했다.

'그럴 리가!'

이숙이 얼른 입을 가렸다.

이숙의 손으로부터 양 볼이 해방되자 성재 역시 아찔했던 순간을 잘 모면했다고 생각하며 긴 숨을 내쉬었다.

째깍째깍, 이 무거운 침묵을 방해하는 건 눈치 없는 아날로그 벽시계와 성재의 딸꾹질뿐이었다. 하지만 이대로 물러설 순 없었다. 대답을 추궁하듯 이숙은 손으로 입을 가린 채 뚫어져라 그의 대답만을 기다렸다.

'그래서 대답은? 어서 말을 해, 내가 좋다고!'

"아… 아니, 그런 말을 무, 무슨 딸꾹, 곱… 창전골 먹으면서 합니까?"

하지만 이숙에겐 통하지 않았다. 엄마가 아들을 다그치듯, 이숙은 무섭게 성재를 몰아 붙였다.

"말 돌리지 말고!"

숨이 턱까지 막혀왔다. 질식사할 것 같은 이 압박감! 성재는 뒷목에서 땀이 나기 시작했다.

"그, 그러니까 생각… 생각 좀 해보자고… 말했잖아요."

"아니, 무슨 생각을 그렇게 하는 건데요? 왜 쓸데없이 그런데 시간 낭비를 하냐고요. 좋다. 사귀자! 남자가 돼서 그 말이 그렇게 어려워요?"

딸국!

당황한 기색이 역력하던 성재의 눈이 한순간에 싸늘하게 식었다. 그 찰나의 변화를 이숙이 놓칠 리 없었다. 두 사람은 서로가 서로를 팽팽하게 응시했다. 한 치의 양보도 없이. 어느새 성재의 딸꾹질도 진정이 되고 있었다.

"이렇게 일방적으로 감정을 강요하는 게, 좋아하는 겁니까?"

"싫지 않다면서요. 그럼 좋아한다는 거잖아요. 왜 사람 헷갈리게 해요, 자꾸?"

"이렇게 자꾸 몰아붙이듯이 부담주면… 있던 호감도 사라져요."

부… 담? 내가, 부담스럽다고? 이건 예상 답안지에 없던 대답이었다. 이숙은 방금 그가 매만져주었던 이마 한가운데 벼락을 맞은 기분이었다. 철저하게 농락당한 심정이었다. 전골 위에 둥둥 떠 있는 쭈굴쭈굴한 곱창들을 보고 있자니 오장육부가 뒤집히는 것 같았다. 벌떡 일어섰다. 먹던 수저도 요란한 소리를 내며 함께 떨어졌다.

"아, 내가 부담스럽구나…. 무슨 말인지 알았어요. 제가 경솔했네요. 먼저 일어설게요."

성재가 이숙의 손목을 잡았다. 쪽팔려 미칠 것 같은데 가만히 올려다보는 그의 눈빛이 그 어느 때보다 차분해서 더 화가 났다. 이숙은 소리쳤다.

"그쪽 마음 잘 알았다고요!"

"그래서 생각할 시간이 필요하다고 했어요. 이 호감이 사랑이 될 수 있게… 기다려 달라고."

아니, 군대 간 남친이라면 몇 년이든 기다릴 수 있다. 피부색이 다른 남친이라면 제 아무리 멀리 떨어져 있어도 기다릴 수 있다. 하지만 내가 부담스럽다는 남자를 내가 왜 기다려야 하는데?

"나는 이숙 씨처럼 그렇게 금방 달궈지고 돌진하는 연애는 해본 적도 없고, 할 수도 없어요. 하지만 지금 이 감정을 속이거나 과장하고 싶지 않으니까, 그러니까…."

"그러니까 하피디님의 이기적인 마음을 이해해 달라는 거네요?"

"…?"

"나는 그 기다려달라는 말이 웃겨요, 아, 이숙 씨, 오래 기다렸죠? 그런데 미안해요. 아무리 생각해도 호감은 있지만 사귀는 건 아닌 것 같아요 그럴 거 같거든요. 진짜 편하다. 무슨 마음이 편의점 같아. 잔뜩 기대하게 해놓고, 돈 안 갖고 왔으니까 다음에 올게요. 꼭 그런 말 같아요, 나는!"

"…!"

"내가 조금 더 예뻤더라면, 내가 다른 여자들처럼 조금 더 날씬했다면 그때도 생각할 시간이 필요했을까요? 그때도 나한테 이런 식으로 말 했을 거냐구요! 그냥, 결국은 사람 마음 간 본 거잖아. 비겁하게!"

"내 마음이 그렇다는데 나보고 뭘 더 어떻게 하라는 말입니까?"

"…."

이숙은 대답하지 않았다. 영화나 드라마 속 여주인공처럼 카베동(일본 애니메이션 속에서 남자가 여자를 벽으로 밀어붙이고 하는 드라마틱한 키스)이나 격정적인 사랑 고백을 원했던 건 아니다. 그저 나와 같기를 바랐을 뿐이다. 같다고 믿었다. 이숙은 그 길로 문을 열고 뛰쳐나갔다.

성재는 그녀가 사라진 문을 씁쓸하게 바라봤다. 왜 진심이 통하지 않는지 이해할 수 없었다. 이숙을 마주보는 순간 떨리는 느낌, 온몸의 혈관이 팽창되고 피가 거꾸로 솟는 그런 격정적인 감정은 미안하지만 정말 느낀 적이 없다. 그저 싫지 않다. 이것도 사랑인지 아닌지 묻는다면 잘 모르겠다. 그래서 시간이 필요하다, 생각해보자는 거였다.

이숙이 떨어뜨리고 간 수저를 주우며 성재는 지금껏 느껴보지 못한 답답함에 짜증이 치밀어 올랐다. 성재는 싸늘하게 식어버린 차가운 전골 그릇을 치우며 이게 뭐하는 짓인가, 쓸데없는 감정 소모처럼 느껴져 전부 하찮게 느껴졌다.

"조금만 빼면 진짜 귀여운 얼굴인데!"

앞에서 턱을 괴고 앉아 있던 명훈이는 하나마나한 말로 이숙의 기분을 풀어주려 애썼다.

같은 자리에서 맴도는 이 마음을 누구에게도 들키고 싶지 않았다. 특히, 강옥이나 보민이에게는 더더욱 그랬다.

"아무 생각 말고 일단 자빠뜨려! 자보면 그냥 다 안다니까!"
"굳이 그런 말을 들으면서까지 그 남자 좋아해야 돼?"

강옥과 보민이 해줄 말은 뻔했다. 돌고 도는 도돌이표처럼. 결론 없는 푸념과 똑같은 해답을 주고받을 거다.

이 사랑엔, 새로운 관점이 필요했다. 또 이 상처받은 마음엔, 새로운 기분 전환도 필요했다. 그 수많은 연락처 목록에서 그나마 새로운 대화가 가능한 사람은 명훈뿐이라고 생각했다. 지난 번 아이스크림 쿠폰을 보내준 이후, 제대로 된 인사도 못 했다. 이숙은 겸사겸사 전화를 했고 신기하게도 명훈은 한걸음에 달려와 지금 이렇게 눈앞에 앉아 있었다.

지난번에 먹지 못한 스트로베리와 망고 맛, 이단 아이스크림을 먹으며 이숙은 시니컬하게 대답했다.

"내가 장담하는데, 뚱뚱한 사람치고 살 빼면 괜찮을 거라는 말 안 들어본 사람 없을 걸?"

"안 통하네."

명훈이 팔짱을 끼며 끄덕거린다.

"그래도 뭐가 됐든 핸드폰에 누나 이름 뜨니까 엄청 좋더라. 간만에 설렜네."

"현호 친구 아니랄까 봐 너, 너무 선수 멘트 날린다?"

"개랑은 급이 다르죠. 걘 그냥 선수고 난 진짜 나쁜 남자거든!"

"풉…."

이 짜증나고 괴로운 상황에서도 태어나 진짜 가장 크게 웃었다. 중2병에 걸린 사춘기 소년들이나 떠벌릴 것 같은 이 허세는 뭐지?

이숙은 명훈의 머리를 쓰다듬었다.

"아이구 그랬어요!"

"애 취급 하지 마요. 몇 살이나 차이난다고."

"강산이 반쯤 변했을 만큼?"

"야, 김이숙!"

"어쭈!"

당돌한 도발에 이숙이 땡굴, 있는 힘껏 두 눈을 크게 뜨고 그를 노려봤다.

명훈은 내친김에 이숙의 옆으로 아예 자리를 옮겨 앉았다.

"이제부터, 누나라고 안 한다."

그 순간, '누나'에서 '민강옥'으로, 이별과 동시에 호칭으로 공과 사를 구별하던 현호가 떠올라 이숙은 미간을 찌푸렸다.

"죽을라고."

주먹을 쥐자, 덥석 그녀의 손을 낚아 쥐며 명훈이 물었다.

"그래서, 기분이 이렇게 땅을 치는 이유가 뭔데?"

"그냥. 이유는 무슨…."

"남자 문제구나?"

"…."

속내를 들킨 것 같아 이숙은 명훈에게 잡혀 있던 손을 얼른 뺐다.

"성재 형?"

성재의 이름을 듣자마자, 입으로 가져가던 아이스크림이 뚝 갈 길을 멈췄다. 보통은 단 걸 먹으면 행복해져야 하는데, 왜 그의 이름 석 자 하나에 이다지도 입맛이 뚝 떨어지는 걸까?

"아직도 좋아해요, 왜? 형이 누나한테 관심 없다며!"

"그러게. 그런데도 왜 이렇게 앞뒤 구분 못하고 좋아하는지, 그 이유를 나도 좀 알고 싶다."

"음… 내가 성재형 비밀 하나 알려줄까?"

"…?"

명훈은 이숙에게 닿을 만큼 가까이 얼굴을 들이밀더니 장난기 가득 미소 지었다. 이상하게 성재와 닮은 듯 닮지 않은 그의 눈이 그윽하게 이숙의 눈을 훑었다.

"성재 형 마음속에, 다른 사람 있어. 누나가 제 아무리 성형을 하고, 살을 빼고, 대한민국에서 제일 예쁜 여자가 돼도 안 돼. 아마 형은 죽을 때까지 그 사람 아니면, 절대 그 누구도 사랑하지 못할걸?"

"…!"

"그러니까 시간 낭비하지 말고 그 마음 그냥 나한테 올인해버려! 난 외모 같은 거 안 보거든."

키스할 듯 다가오던 명훈이 장난스럽게 이숙의 이마에 머리를 콩, 박았다.

순간, 진짜 순간적으로 움찔했던 이숙은 그럼 그렇지! 명훈의 머리를 신경질적으로 밀어냈다.

"내가 민강옥인 줄 알아? 까불지 마라!"

급격한 피로가 몰려왔다. 더 이상은 무리였다. 이숙은 모든 신경을 옥죄고 있는 성재바이러스로부터 빨리 벗어나야 했다. 자야 돼. 잠뿐이야. 이숙은 천근만근 무거운 몸을 일으켰다.

검은색 고급 세단이 이숙의 집 앞에 멈췄다. 차 문을 열고 이숙이 내리자, 운전석에서 명훈이 얼른 따라 내렸다.

"누나! 김작가야! 아니, 이숙아!"

"조용히 해! 지금 시간이 몇 신데, 미쳤어?"
"또 연락해라!"
"안 한다!"
저 어린놈한테 위로를 기대한 내가 잘못이다. 이숙은 고개를 저었다. 진짜 민강옥 대단하다. 어떻게 저리 어린애들을 사귈 수 있지? 남자가 아니라, 아들이다. 정말 저렇게 막무가내로 돌진하는 놈은 처음이다. 그도 그럴 것이 백퍼센트 장난이란 걸 알기에, 더 기가 막혔다.
"아니, 연락하게 될 거야, 내 생각하게 될 거야! 내가 그렇게 만들 거야!"
'저 새끼가…. 아주 동네 사람들 다 깨우겠네.'
이숙이 홱 돌아보자, 명훈이 얼른 차 뒤로 숨었다.
"쥐콩만 한 게! 안 그래도 심란해 죽겠는데."
이숙은 씩씩거리며 도어록을 열어젖혔다.

"밥은?"
문을 열고 들어서자 텔레비전을 보고 웃고 있던 엄마가 영혼 없이 물었다.
"먹었어."
"하하하하."
그럴 줄 알았다는 듯, 엄마는 땅콩을 까먹으며 텔레비전을 보느라 딸의 침울한 인상 따위는 신경 쓸 여력이 없는 듯 보였다.
이숙은 그대로 쓰러지듯 침대에 누웠다. 성재의 말을 가만히 곱씹어 생각해보았다.

'내가 부담스럽다고? 뭐, 있던 호감도 사라져?'

아무리 생각해도 도저히 납득이 되지 않았다. 감정이라는 게 제 아무리 같은 선상에서 요이땅 시작하는 게 아니라고 하지만, 섭섭했다. 여자로서 자존심이 상했다.

거기에 명훈의 말은 또 뭐람.

"성재형 마음속에, 다른 사람 있어. 누나가 제 아무리 성형을 하고, 살을 빼고, 대한민국에서 제일 예쁜 여자가 돼도 안 돼. 아마 형은 죽을 때까지 그 사람 아니면, 절대 그 누구도 사랑하지 못할걸?"

아, 몰라몰라. 생각하지 않을 거야. 그 인간에 대해서는 이제 아무것도 생각하지 않을 거야! 이불을 끌어안고 발광하고 있을 때, 어디서 들어왔는지 나방 한 마리가 타타탁 형광등 주위에서 요란한 소리를 내며 이숙의 시선을 끌었다.

성재가 저 불빛이라면 난 뜨거운지도 모르고 달려든 한낱 나방일테지. 그런 생각이 들었다. 이숙은 벌떡 일어나 모기약을 뿌렸다. 힘없이 축 처진 나방이 매가리 없이 바닥으로 추락했다.

"꼴좋다! 못생긴 게 허락도 없이 함부로 나대더니."

"밥은?"

"안 먹어."

"웬일로?"

"오늘부터 다이어트할 거야."

"조만간 생리하겠구만."

또 또 시작이다. 한 번 속지 두 번 속을까. 30여 년 동안 툭하면 다이어트를 하겠다는 딸을 위해 쏟아 부은 돈을 생각했다. 오 여사는 딸의 이 변덕스런 다이어트 선언에 콧방귀를 꼈다.

"근데 엄마는 나한테 물어볼게 '밥은?'밖에 없어?"

"시끄럽고 빨리 시집이나 가버려."

오여사는 매정하게 문을 닫았다. 운동복 차림의 이숙이 심술 가득한 얼굴로 집을 나섰다. 몇 년 만에 다시 찾아간 헬스장은 여전히 참 낯설었다.

"오, 김이숙 씨 또 왔네요?"

40대 중반의 집 앞 헬스장 관장이자 트레이너는 이숙을 보며 심드렁한 얼굴로 반겼다.

"이번엔 또 며칠이나 나오다 마시려고?"

"…!"

양심에 찔렸다. 연례행사처럼 일 년에 한두 번 이상하게 운동을 해야겠다는 강박관념에 사로잡힐 때가 있다. 그럴 때마다 매번 제일 만만한 헬스장을 찾았다. 하지만 이상하게 헬스장은 돈이 아까웠다.

매일 반복되는 웨이트 트레이닝은 왜 그리 지루한지…. 반복되는 그 힘든 동작들은 딱 1주일이면 질려버렸다. 안 그래도 뚱뚱한 허벅지만 더 굵게 만드는 근력운동 따위는 내 맘대로 패스!

텔레비전 보는 재미로 러닝머신만 40분씩 뛰다 보면 '헬스장=러닝머신'이라는 공식이 확립되는데 그러다가 홈쇼핑에서 러닝머신이라도 파는 날이면 문득, 헬스장 등록비와 러닝머신의 가격을 비교하고 있는 자신을 깨닫게 된다.

'헬스장 가지 말고, 그냥 러닝머신을 살까? 어차피 가봤자 러닝밖에 안 하는데….'

그뿐인가 조금만 관심 갖고 찾아보면 유튜브에, 인스타그램에, 페이스북까지 홈 트레이닝 콘텐츠가 넘쳐나는 세상이다. 헬스장 오고 가는 시간에 집에서 운동하면 시간 절약돼, 시간에 구애 안 받아, 얼마나 편해!

이런 간사한 생각이 잔꾀인 줄 모르고 슬금슬금 초심과 타협하게 되면 일 때문에, 친구들과 약속 때문에 등록해둔 헬스장이 슬슬 귀찮아졌다. 그럴 즈음이면 은근슬쩍 헬스장 연장 등록은 하지 않게 된다. 그게 바로 운동과 멀어지는 '악순환 메커니즘'이다.

그래서 홈 트레이닝은 해봤냐고? 글쎄… 집은 쉬는 곳이지! 집에 들어가자마자 화장 지우고, 옷 갈아입는 것도 일인데 운동이라니!

어쩌다가 양심에 찔리면 공원을 좀 걷기도 한다만, 비가 오면 비가 와서, 눈이 오면 눈이 와서, 바람 불면 바람이 불어서, 미세먼지가 심하면 미세먼지 때문에 그마저도 쉽지 않다. 천재지변과 맞서면서까지 운동을 한다는 건 중국 무협 고수들이 하는 일종의 '수련'이지, 운동은 아니잖아?

인간이 이렇게 어리석고 어리석다. 떨어지는 바위를 계속 굴려 올리는 신화 속 시지프스처럼. 다른 대안이 없으니 더 늦기 전에 출발선상으로 다시 돌아갈 뿐이다. 그래서 다시 헬스장이다! 이숙은 대답 대신 카드를 내밀었다.

'지금 불타고 있는 날씬한 여자를 향한 나의 이 뜨거운 욕망을 증

명해 보이겠어!'

등록기간 1년. 결제도 12개월 할부로 꽉 채워 긁었다. 왜? 나는 반드시 이번엔 다이어트에 성공할 거니까!

'뭐? 살을 빼고 예뻐져도 마음에 다른 여자가 있어? 개소리하고 앉아 있네. 하성재, 니가 아주 깜짝 놀라 나자빠질 만큼 살 빼서, 땅치고 후회하게 만들어주마!'

좋아, 시작은 가볍게 공복 유산소다.

45, 50, 52 이숙은 천천히 걷던 러닝머신의 스피드 업 버튼을 계속 눌렀다. 이렇게 더디게 걸어서야 어디 살 빠지겠어? 성에 안 찬다. 지금 내 욕망의 발끝만큼도 충족시켜주지 못한다고!

그래서 속도를 올리고 또 올렸다. 68, 69, 70…. 좋아, 바짝 긴장한 종아리 뒤가 운동하고 있다고 신호를 보낸다. 좋아! 이 쾌감! 나는 여전히 목마르다! 71. 72, 73… 더! 더 빨리! 더 많이! 이숙의 손가락은 멈출 줄 몰랐다.

'비만세포들에게 고한다. 오늘 나는 너희들과 결별을 선언한 드… 아… 악!'

러닝머신의 속도 판이 80이 되었을 때 이숙의 다리는 꼬였다. 무빙판은 거대한 이숙을 뱉어내듯 퉁 튕겨내 버렸다.

"엄마앗!"

공중에서 파닥거리는 손! 빙글빙글 도는 천장! 이숙은 그대로 뒤로 굴렀다. 정확히 3초 후 우당탕, 이숙이 뒹굴면서 밀어낸 운동기구들이 도미노처럼 넘어지기 시작했다.

부리나케 뛰어온 관장이 쓰러져 있는 이숙을 내려다봤다.

"괜찮습니까?"

이숙은 손가락 발가락부터 움직여 보았다. 아무런 감각도 느껴지지 않는다!

'혹시 나, 전신 마비가 되는 걸까?'

"온몸에… 감각이 없… 어요."

"아니, 회원님 말고 바다악! 이게 얼마짜린 줄 아십니까!"

'이런, 시베리아크레파스로족까후려갈겨쳐맞을놈의새끼를 봤나!'

사람이 다쳤다는데 지금 이깟 바닥이 문제야? 이숙은 누구한테 화풀이할 수도 없어서 그저 119, 119를 외쳤다.

전신타박상, 발목 인대가 '놀랐다'는 정형외과 전문의의 짧은 소견과 함께, 파스와 간단한 반깁스 처방을 받고 이숙은 병원을 나섰다. 당분간 운동 금지란 말에 풀이 죽은 이숙은 다음날 어쩔 수 없이 다시 헬스장을 찾았다.

"…환불… 해주세요."

이숙의 요구에 관장은 웬일인지 말없이 고개를 끄덕였다. 평소라면 그래도 살은 빼야 하지 않겠냐며, 환불은 원칙상 불가하다는 말로 꼬셨을 터인데, 이상했다. 관장은 발목이 다 나을 때까지 기간 연장을 해주겠다 실랑이조차 하지 않고 외의로 너무 쉽게 환불해주었다.

"김이숙 회원님, 근처에 좋은 헬스장 많으니까 꼭 굳이 여기 다시 안 와도 되세요."

Would you please 꺼져줄래? 관장은 철 지난 유행어를 떠올리게 하는 표정으로 환불 영수증을 내밀었다.

의지박약! 트러블 메이커! 그 어떤 수식어를 붙인다 해도 할 말이 없었다.

탱크톱과 몸에 딱 달라붙는 운동복을 입고, 한 치의 흐트러짐 없이 운동하고 있는 다른 근육질 여성 회원들을 바라보며 이숙은 주눅이 들어 얼른 환불 영수증을 받아 챙겼다.

세상엔 이숙, 강옥, 보민처럼 선천성 비만이 있는가 하면, 갑상선 기능 저하나 출산, 장기 입원 등이 원인인 후천성 비만이 있다. 그렇다면 날씬함에도 반드시 선천성과 후천성이 있는 것이다.

저만큼 날씬한 여자들은 저렇게 될 때까지 얼마나 피나는 노력을 했을까.

'이번 생엔 글렀어.'

쩔뚝쩔뚝, 안 그래도 무거운 체중이 한쪽으로만 실리자 멀쩡한 무릎마저 시큰거리는 느낌이었다. 남들처럼 똑바로 걷지 못하는 부끄러움. 평범하게 생겨먹지 못하고 허둥지둥하는 모든 것들이 그저 한심했다. 이숙은 패잔병처럼 서둘러 집으로 향했다.

여섯

숨기고 싶은 맛

"하성재도 별거 없네."

"개라고 별거 있냐? 원래 그것밖에 안 되는 놈인 거지."

"근데 식탐미인은 왜 폐지 안 하는 거야?"

"안 하는 거야, 못하는 거야?"

"방송국 개국공신인데, 조강지처를 어떻게 몰아내냐? 그놈의 정이 원수지."

"죽어가는 본처 살리려다 하성재가 훅 가는구나, 크하하."

시청률 표가 나오자 데스크 사람들은 일제히 수군거렸다. 누군가는 그런 그의 등을 두드리기도 했고, 누군가는 키득키득 웃으며 그런 그를 힐끗거리기도 했다.

평균 시청률 0.35%. 식탐미인에 합류한 지 한 달. 방송 중 분 단위, 초 단위 할 것 없이 바닥을 기는 그래프가 인쇄된 종이가 떡하니 책상에 놓여 있었다. 지금까지의 시청률 그래프를 바라보는 성재는 의외로 무표정했다. 아니, 무표정한 척했다.

"김작가님, 이번 주 중화요리 편 섭외는 어떻게 진행되고 있습니까?"

"…."

성재의 질문에 회의실엔 적막감이 감돌았다. 문득 정신을 차리고 보니 성재를 바라보고 있는 스태프들 중 이숙만 보이지 않았다.

"어디 갔습니까, 김작가님?"

"편찮으시다고…. 며칠 못 나오실 것 같던데요?"

"어디가 아픈데?"

"그것까진 저희도 잘…."

새끼작가들은 하나 같이 난처한 표정으로 성재의 눈치를 봤다. 그때 그나마 팀에 합류한 지 가장 오래된 서브작가가 볼펜을 굴리며 말을 이었다.

"전화로 계속 업무 지시하고 계십… 니다."

"전화로 한다고? 이 사람이 정말…."

까칠하게 같은 말만 되뇌는 성재를 바라보며 방 안의 모두가 숨을 죽였다. 순대대첩을 기억하고 있는 그들은 또 다시 성재와 이숙이 한바탕 싸워대겠구나, 무서운 예감부터 들었다. 하지만 성재는 이런 분위기를 눈치채지 못했다. 그의 머릿속은 온통 그날 일로 이숙이 일부러 자기를 피하는 건지, 진짜 아픈 건지 궁금해 터지기 직전이었기 때문이다.

"섭외는 가게 사장님께서 꼭 김작가님하고 미팅하셔야 한다고 하셔서 지난번에 직접 미팅하고 오셨다고, 합의된 대로 진행하시면 된다고 하셨습니다."

"게스트들은?"

"컨펌 받았습니다. 일정 때문에 촬영 날짜 조율 중입니다."

"오케이."

오케이라 짧게 대답했지만 성재는 이상하게 괜찮지 않았다. 평소 앉아 있던 자리에 이숙이 없자 이상하게 허전했다. 더군다나 시청률 표로 전의를 상실한 성재에게 그녀의 빈자리는 더 크게 다가왔다.

'어머, 피디님 오시기 전엔 0.2도 찍었는데! 많이 올랐네요? 우리 피디님 능력잔데?'

아니다. 이숙이라면 그렇게 살갑게 말하지 않았을 거다.

'시청률이란 건 오르라고 있는 거예요. 그깟 걸로 풀 죽긴!'

아니다. 이것도 아니다. 그녀라면 뭐라고 위로해줄까? 성재는 회의 내내 그녀의 빈자리를 힐끗거렸다. 이상하게도 귀에서 그녀의 목소리가 들리는 것 같아 다른 이들의 목소리에 도통 집중할 수 없었다.

"그래서 할 만하냐?"

식탐미인 팀의 담당 CP 종규는 소주잔에 술을 따르며 성재를 바라봤다.

"…재밌어요."

잘 숙성된 뽀얀 사시미 하나를 오물거리던 성재가 교과서처럼 반듯한 대답을 내놨다. 재미없는 새끼. 종규는 콧소리를 내며 웃었다.

"자식아, 그냥 너 재밌으라고 모셔온 줄 알아? 실적이 있어야 쉴드를 쳐도 쳐줄 거 아니야."

"아직 개편 때까지 시간 많잖아요."

"그러게 애초에 〈맛의 진미〉로 가라니까 그렇게 김이숙, 김이숙 노래 부르더니. 너 새끼야, 시청률 어떡할 거야? 내 체면은 쌈 싸 먹었지, 그냥!"

"…."

이숙의 이름이 언급되자, 성재의 마음은 더욱 무거웠다. 그날 이후 몸이 좋지 않다는 핑계로 방송국에서 사라진 이숙은 벌써 일주일째 제 앞에 나타나지 않았다. 아무리 문자를 보내고 전화를 해봐도 전화기는 꺼져 있었고, 작정이라도 한 듯 메시지 대답은 늘 새끼 작가들을 통해 전해 듣게 했다.

'피하는 거 맞네….'

성재는 투명하게 찰랑이는 소주잔을 한 번에 들이켰다.

"주목 받을 때 터뜨려야지, 시기 놓치면 그냥 넌 한물간 놈으로 평생 낙인찍힌다."

"다 갈아엎을 거니까 걱정 마세요."

"김이숙이가 그렇게 하겠대?"

"…."

"걔 가만 안 있을 텐데. 지가 만든 포맷을 다 엎겠다는데 그러자 하겠어? 아예 새 프로 파서 나가라고 하겠지."

"얘기… 해봐야죠."

"걔가 몸만 뚱한 게 아니에요. 성격도 뚱하고, 말도 뚱하고, 어디 하나 고분고분한 맛이 없다니까! 포기하고 그냥 니 판 새로 짜. 내 팍팍 밀어줄게. 세상에 널린 게 작가인데, 시발. 내 더 좋은 작가 붙여줄게!"

그 순간, 네가 김작가에 대해 뭘 알아? 대받아치고 싶은 욕구를 억지로 참아야 했다. 성재는 한 입에 털어 넣은 술잔을 탁, 신경질적으로 테이블에 내려놓으며 종규를 불렀다.

"선배."

대학을 졸업하고는 사석이든 공석이든 꼬박꼬박 존대하던 녀석이었다. 갑자기 선배라 부르는 성재는 차디찼다. 종규는 저 굳게 다문 입에서 어떤 말이 나올지 바짝 쫄았다.

"다시 말하지만 김작가가 있어서 왔고, 김작가가 없으면 여기 있을 이유가 없어, 난."

"왜 그렇게 집착하는데? 설마 너 걔 좋아하냐?"

"아씨, 진짜!"

"새끼야, 내 충고하는데 여자 보는 감은 잃어도 방송 감 잃으면 끝이야, 끝!"

종규는 꼰대처럼 끝없는 잔소리를 엮으며 성재의 빈 잔에 술을 따랐다.

…싫지 않다면서요. 그럼 좋아한다는 거잖아요. 왜 사람 헷갈리게 해요, 자꾸?

…그냥, 결국은 사람 마음 간 본 거잖아. 비겁하게!

금방이라도 울 것처럼 성재에게 내지르던 이숙의 말들이 떠오를 때면 역류성 식도염처럼 속이 쓰리고 답답했다. 성재는 그날의 기억을 되뇌고 싶지 않았음에도 계속 되뇌고 있는 자신이 너무 어색했다.

"왜 남녀의 모든 감정을 좋다, 아니면 싫다로 이분화하는 건데?"

성재는 연거푸 잔을 들이키며 인상을 썼다. 종규는 그런 그의 모습이 평소 성재답지 않다고 느꼈다.

'하늘에서 내려온 성인군자의 재림'의 줄임말. 말끔한 얼굴만큼 깨끗한 매너와 애티튜드, 일 안 해본 사람은 있어도 한 번만 일 해본 사람은 없다는 모두가 존경해 마지않는 하보살, 그 하성재 아닌가! 하지만 그는 이상하게 김이숙이라는 말에 유독 예민하게 반응했다.

"뭘 또 그렇게 정색하고 그러냐… 무안하게. 알았어, 너 김작가 안 좋아해! 됐냐?"

종규는 잔뜩 찌푸린 성재의 얼굴을 곁눈질하며 조심스레 입을 열었다.

"그리고 또 좋아하면 어쩔 건데?"

중얼거리던 성재는 괴로운 듯 한손으로 마른세수를 했다.

그리고 그때부터였다. 우럭 한 점을 집던 성재가 집어던지듯 젓가락을 내려놨다. 초고추장에 회를 적셔 먹는 종규의 얼굴이 어느새 이숙으로 보이기 시작했다.

"나 회 진짜 좋아하는데…."

'기… 김… 작가?'

환영 속 이숙이 드디어 말까지 한다. 핑크빛 혀 위에 도톰한 하얀 우럭 살점을 올리던 이숙은 입가에 묻은 새빨간 초고추장을 입술로 훔쳐내며, 유혹하듯 성재를 바라봤다. 음식을 먹을 때 그녀 특유의 눈웃음을 지으며 코까지 찡긋거렸다.

'난 그 표정 진짜 좋아하는데….'

아니야! 그게 아니야! 성재는 미친 듯이 고개를 저었다. 빠르게 눈을 깜박이자 이숙이 다시 종규의 얼굴로 되돌아왔다.

휴, 안도의 한숨을 쉬며 소주병을 들자, 얼른 병을 낚아채는 종규가 또다시 이숙으로 돌아와 있었다.

그녀는 성재의 잔에 소주를 채우더니, '시청률 같은 거에 기죽지 말고' 하며, 혀 짧은 목소리로 잔을 부딪쳤다. 꿀꺽꿀꺽 소주잔을 비워내는 그녀의 입술이 새빨간 젤리처럼 탐스럽게 물컹거렸다.

아아… 취했나? 내가 왜 이러지? 꿀꺽, 성재는 마른침을 삼키며 셔츠의 목 단추를 풀었다. 너무나도 어이가 없어서 헛웃음이 나올 정도였다.

"진짜 돌아버리겠네…."

어느 장단에 맞춰야 할지. 취한 건지, 날 우습게 보는 건지 낮게 중얼거리는 그의 혼잣말을 들으며 종규는 이놈의 진심이 무얼까 궁금해지기 시작했다.

"그래, 내 김작가랑 다 같이 조만간 자리 한 번 만들게. 개편 전까지 잘들 얘기해보든지."

"택배입니다!"

이숙은 현관 벨이 울릴 때마다 머리까지 뒤집어쓴 후드 티에, 잠옷 바지 차림으로 쩔뚝쩔뚝 뛰어나와 다시 쩔뚝쩔뚝 방으로 들어갔다. 그리곤 얼마 뒤 문만 빼꼼 열고 속이 텅 빈 박스만 툭 거실로 집어던졌는데, 그 택배 포장박스가 벌써 거실의 삼 분의 일은 차지할 정도였다.

오 여사는 화가 났다. 저 안에서 재가 뭘 하고 있는 걸까? 이숙의 방문을 벌컥 열어젖히자 이숙은 발목 다친 걸 핑계 삼아 다이어트용 음식들을 쌓아 놓고 먹고 있었다.

"니가 인간이냐? 진짜 너 왜 그래!"

오여사는 이숙의 손에 들려 있는 그릇을 빼앗아 바닥에 집어던지며 소리 질렀다.

"엄마, 이거 진짜 살 안 쪄. 이건 곤약국수라서 칼로리도 104칼로리밖에 안 되고. 어, 이건 오가닉 과일 야채칩이라서 몸에도 좋아. 나 진짜 신경 써서 먹고 있다니까!"

"시끄러! 곤약국수라고 앉은 자리에서 서너 개씩 처먹는데 그게 어떻게 살이 안 쪄!"

"먹고 곧장 칼로리 커트 한다니까. 아침엔 디톡스도 했어. 아, 좀 나가! 내가 알아서 해!"

"알아서 하긴! 회사도 안 가고 앉아서 처먹기만 하더니 거울 좀 봐봐. 너 요새 얼굴이 터질 거 같단 말이야! 진짜 애가 왜 이래. 속상하게 정말…."

"…!"

그럴 리가. 다리 때문에 운동량은 줄었지만 그래도 확실히 저칼로리 식단을 위해 노력했다. 세상 좋아졌다며 후기 알찬 것만 골라서 먹었는데 어째서….

체중계에 올라선 이숙은 기계가 고장 난 게 아닐까, 몇 번이고 다시 올라가 확인했다. 이럴 리가 없는데, 이럴 수가 없는 건데…. 5kg다. 장작 5킬로그램이나 쪘다! 이대로 가다간 정말 강옥이랑 같은 사이즈를 입게 될지도 모르겠다. 이숙은 바닥에 널브러진 온갖 다이어트 식품들을 바라보며 배신감에 온몸을 부들부들 떨었다.

이숙은 그날로 온갖 다이어트 식품들을 엄마에게 넘겼다.

엄마는 기가 차다며 씽크대, 냉장고 가득 들이찬 이숙의 다이어트 식품들을 보며 혀를 찼다. 하여간 살 뺀다고 돈 갖다 버리는 데 선수라며, 그 돈을 엄마에게 주면 확실히 살을 빼주겠다고 오히려 이숙에게 딜을 하기 시작했다.

하지만 이숙은 믿지 않았다. 차라리 그냥 생활비를 더 달라고 당당하게 요구하라고! 왜 뚱뚱한 것도 서러운데 이 서러운 마음을 사람들은 이용하려고만 하냐고! 그것도 남도 아닌 엄마까지! 이숙은 서글펐다.

'그래, 차라리 굶자! 누군가에게 돈을 퍼다 바치는 어리석은 호갱이 되느니 차라리 굶겠어.'

단지 한 끼를 안 먹었을 뿐인데, 공복은 어마 무시한 기분 저하를 불러왔다. 밑도 끝도 없이 우울했다. 이건 그냥 호르몬 때문이다! 그렇게 마음을 다스렸지만 한 끼가 두 끼가 되자 세상이 미워졌다. 눈에 띄는 모든 게 밉고, 슬펐다.

누가 내게 밀가루 좀 줘요…. 빵, 라면, 떡볶이라면 내 영혼이라도 팔겠어! 밤새 뒤척이던 이숙의 배는 꼬르륵 요상한 소리를 내며 요동쳤다.

배고파서 잠도 안 오는 그런 밤. 좀비처럼 벌떡 일어나 냉장고 앞을 배회하던 그 밤. 이숙은 텔레비전 채널을 돌리다 '뚱뚱한 외모를 가진 30대 노처녀의 사랑 이야기'라는 줄거리에 이끌려 철 지난 옛 드라마를 정주행했다.

그냥 나 좋다는 남자 만나서 가슴 안 다치게 내 이 마음 안 다치게,

그냥 그렇게 살고 싶었는데, 근데 이게 뭐야 끔찍해.

심장이 딱딱해졌으면 좋겠어. 아부지….

아, 갓띵작! 이게 바로 민강옥이 그렇게 목이 터져라 외치던 드라마, 〈내 이름은 김삼순〉이었던가!

"나도 심장이 딱딱해졌으면 좋겠어. 쪽팔리고 더럽고 치사한데 배는 고프고, 살은 빠질 생각도 안 하고…. 나 왜 이러니 정말! 나도 내가 존나 예쁘고 날씬했으면 좋겠어! 그래서 그놈한테 보란 듯이 복수하고 싶다고!"

이숙은 삼순이에게 질쏘냐, 더 큰 소리로 가슴을 부여잡고 엉엉 울었다. 왜 십여 년 전 드라마 속 뚱녀와 지금의 뚱녀는 한 치도 달라지지 않는 걸까? 먹기만 해도 부족한 시간에 왜 그 흔한 남자 때문에 앉아 처울고 있어야 하는가? 분했다.

비염 때문에 눈물과 함께 끊임없이 뭉쳐 흘러내리는 콧물이 말해주고 있지 않나! 지금 이 순간만큼은 내가 곧 삼순이고, 삼순이가 곧 나다.

그렇다면 삼식이는 하피디? 아니다. 절대 그럴 리가 없다! 적어도 드라마 속 삼식이는 삼순이한테 진심이었잖아! 하피디는 나한테 간만 보고 내뺐어. 적어도 나한테 부담스럽다는 그 말만은 하지 말았어야 했어. 천하의 죽일 놈! 너 천벌 받을 거다. 이 나쁜 새끼야, 엉엉….

이숙은 하도 울어 머리가 띵했다. 전화가 울리고 있는 줄도 모르고 그렇게 얼마간을 울고 또 울었다.

"김작가님은?"

"전화 안 받으세요!"

같은 시각, 촬영장에선 촬영에 협조하지 않겠다며 촬영 장비를 집어던진 중화요리집 가게 주인과 촬영팀 간의 몸싸움이 한창이었다.

어렵게 섭외한 아이돌들은 다음 방송 스케줄 때문에 어쩔 수 없다며 하나 둘 차를 돌렸고, 지영과 작가팀은 전화를 받지 않는 이숙 때문에 피가 말랐다.

"여보세요? 작가님!"

"어, 지영 씨. 왜 이렇게 전화를 많이 했어? 무슨 일 있어?"

"큰일 났어요. 지금 짬뽕집 사장님이 갑자기 촬영하지 말라고 카메라를 던지고 난리라고요!"

"뭐? 왜? 그럴 분이 아니신데…. 미팅 땐 분명히 협조하시겠다고…."

그때였다. 성재가 지영의 전화를 낚아챈 건.

"무슨 일을 이따위로 합니까!"

"…!"

정신이 번쩍 들었다. 카메라를 지키지 못했다니! 성재의 고함은 차후의 일이었다. 방송에서 카메라는 목숨이었다. 그런데 그 목숨을 지키지 못했다. 이숙은 방금 전까지 울고불고했던 모든 감정으로부터 완벽한 현실타격을 느꼈다. 이러고 있을 때가 아니었다. 그대로 현장으로 내달렸다.

저수지를 끼고 있는 경기도 외곽에 위치한 이 중화요리 전문점은 중국식 마라탕에 한국식 짬뽕을 크로스 오버한 퓨전 중화요리로 유명한 맛집이었는데, 가게 주인은 이상하리만큼 가게가 언론에 노출

되는 걸 꺼려하는 사람이었다. 가게 사진이나 음식 사진 역시 SNS에 공유되는 걸 극히 싫어했지만 입맛은 만민 공통이라고, 그 맛은 제대로 입소문을 탔다.

다른 방송보다 먼저 이 가게를 취재하기 위해 이숙은 몇 개월간 직접 가게를 들락거리며 엄청난 공을 들였다. 그 정성을 받아준 주인은 어렵게 마음을 열었다. 이숙에게만 취재를 허락한다고 했다.

이게 어떻게 잡은 기회인데!

미친 속도로 올라가는 택시미터기에 신경 쓸 여력도 남아 있지 않았다. 이숙은 이 기회를 놓칠까 심장이 타 들어갔다.

"아, 그쪽하곤 더 할 말 없다니까!"

"사장님, 저희 쪽 작가한테 분명히 촬영 협조공문 받으셨고, 협의하셨잖습니까?"

"근게 내 그때 그 뚱뚱한 작가 냥반한테 분명히 얘기했자네요. 가게 내부 찍으면 안 된다. 손님들 얼굴 나오면 안 된다! 그런데 떡하니 손님들 붙잡고 인터뷰를 하고 있으면 어떡해? 약속이랑 틀리자네. 더는 못 찍으니까 긴 말 말고 돌아가요잉!"

억양으로만 남아 있는 전라도 사투리를 억누르며 불만을 쏟아내던 주인은 매정하게 뒤돌아섰다.

성재는 필사적으로 그를 붙들고 늘어졌다. 부서진 카메라도 카메라지만 영업방해와 피해보상을 요구하며 방송국에 항의라도 하는 날엔 팀 전체가 박살날 수도 있는 상황이었다.

보통 업체 취재 때 가장 위험한 게 방송이라는 점을 역이용하는 아주 극소수의 악덕 업주들인데, 그들의 수법이 보통 이랬다. 촬영 중 아주 작은 꼬투리를 잡고 방송국에 항의를 해 역으로 업무 방해 등으로 고소하는 경우, 100퍼센트 방송국은 그 책임을 지고 피해 보상을 해야 한다.

그러니 현장을 벗어나기 전에 어떻게든 주인과 오해를 풀어야 했다. 성재는 평소 피지도 않는 비즈니스용 담배를 내밀며 사장에게 고개를 숙였다.

"저희는, 이왕 방송에 나오는 거 가게 더 잘되시라고, 홍보차원에서 그랬던 겁니다. 당연히 그게 예의라 생각했습니다. 기분 나쁘셨다면 죄송합니다. 인터뷰 장면은 얼마든지 편집에서 잘라낼 수 있으니까…."

"담배 안 펴요. 음식 만지는 손을 뭘로 보고. 홍보고 뭐고 다 필요 없고, 싸게싸게 가란게!"

더는 수가 없었다. 성재는 무안하게 들고 있던 담배를 얼른 호주머니에 도로 집어넣었다. 이젠 방송국 법무팀에 맡길 수밖에 없게 생겼다. 시말서야 쓰면 그만이지만, 시청률도 그렇고 보는 눈이 많은데 또 얼마나 많은 말이 나올까 벌써부터 걱정이었다.

"애들아, 뭐하니? 양파 안 까고!"

"…!"

그때였다. 택시에서 내린 이숙이 쩔뚝쩔뚝거리는 발로 뛰어오며 한쪽에서 수군거리고 있는 스태프들을 향해 호통을 쳐댄 건.

이숙은 중화요리점의 꽃이라고 할 수 있는 양파 더미를 가리키며 빨리 움직이라 손짓했다. 스태프들은 이숙의 한 마디에 일사불란하게 양파 더미를 들어 나르기 시작했다.

"영업 방해하지 말고 얼른 도와드려, 빨리!"

"시방 왜들 이러요, 정신 사납게 진짜. 그냥 가요, 제발!"

"갈 때 가더라도 도와드릴 건 도와드리고 가야죠! 왜요, 도대체 왜 화나셨는데? 그러지 말고 나랑 얘기해요, 사장니임!"

이숙은 노련하게 가게 주인의 손을 덥석 잡고 사람들이 보지 않는 곳으로 끌고 갔다.

얼른 따라오라는 이숙의 눈짓에 정신이 든 성재가 엉겁결에 그 뒤를 따랐다.

담배를 피며 한참 동안 이숙과 얘기를 나누던 고집 센 주인은 열심히 일손을 돕고 있는 스태프들을 바라보며 조용히 입을 열었다.

"여기가 외지잖아요. 있는 거라곤 호수랑 죄다 펜션, 모텔뿐인데…."

모텔이란 단어에 이숙과 성재는 아차 싶어 서로 눈을 맞췄다.

"저 앞전 집도 방송 나가고 손님들이 뚝 끊겼다고 하더라고."

그랬다. 연인들, 특히 불륜 커플들의 성지였던 이곳의 가게들에게 손님들의 프라이버시를 지켜주는 것은 암묵적인 약속이고, 일종의 예의였다.

숨기고 싶은 맛! 바로 그거다. 맛에도 숨기고 싶은 맛이 있는 거다. 비밀 레시피라든가 마법의 재료, 이런 것 외에도 맛집들은 지역적, 주변 환경적 특징 그리고 손님들의 요구와 변화에 민감하게 반응해야만 한다.

"그런데 왜 저한테 미리 말씀 안 해주셨어요?"

이숙은 미안한 듯 잡고 있던 사장의 손을 꽉 움켜쥐며 다시 물었다.

"에이 씨, 쪽팔리자네. 뭐더러 좋은 얘기라고!"

"…!"

"나라고 내 손맛 자랑하고 싶지 않겠어? 쯧, 그래도 손님은 손님인게…."

그는 한숨을 내쉬며 필터까지 타들어간 담배꽁초를 발로 꾹 밟아 껐다.

이숙은 그에게 더 이상 아무것도 묻지 않았다. 예전에 이숙도 그러했듯 핸드폰 하나만 있으면 수저에 비치는 실루엣만으로 가게 위치와 상호명까지 다 알아낼 수 있는 세상이었다. 그렇다고 왜 이런 데서 장사하느냐, 불륜 커플의 프라이버시가 뭐가 그리 대단하냐 나무랄 권리는 그 누구에게도 없었다.

"그만 철수합시다!"

성재는 이숙의 어깨를 두 번 두드리며 먼저 일어섰다. 이숙은 미안하다는 듯 바라보는 사장에게 눈인사를 하며 따라 일어섰다. 변수를 계산 못한 내 실수다. 이숙은 그렇게 한 발 물러날 수밖에 없었다.

하지만 그때, 성재가 다시 입을 열었다. 이숙이 보기에 매우 의뭉스런 표정과 함께.

"근데 저희들 새벽부터 촬영 때문에 대기하느라 너무 배고픈데…. 촬영은 못 해도 짬뽕 맛은 보게 해주세요, 형님!"

'형님?'

넉살좋게 형님이라 부르며 카드를 내미는 성재를, 이숙은 놀라 다시 바라봤다. 지금 짬뽕이 들어가니? 이 인간이 분위기 파악 못하고 왜 이래? 뭐, 이판사판 다 글러먹었으니 먹기라도 하겠다는 거야? 정말 생각지도 못한 위대한 정신 승리다.

"아유, 돈 안 받아요. 몬 받아요. 카메라도 그렇고 나도 양심은 있은게. 근데 어떡하나, 가게가 좁아서 앉을 자리가…."

기어들어가는 목소리로 카메라를 언급하는 사장의 마음은 몇 시간 전에 비하면 훨씬 부드러워져 있었다. 성재는 이 타이밍을 놓치지 않았다.

"먹는데 장소가 뭐가 그렇게 중요하다고, 형님 손맛이 젤 중요하죠. 저희는 그냥 밖에서 먹어도 되니까 부탁 좀 드리겠습니다."

성재가 이숙을 곁눈질하며 무언의 눈짓을 보냈다. 그랬다. 성재는 포기하지 않은 거다. 가게 주인의 마음을 열고, 미안함까지 빚을 안겼다. 문제를 알았으니, 성재는 그 문제를 해결할 수 있다는 걸 어필하고 싶었던 거다.

"내… 내 말이! 우리가 사장님 짬뽕 맛보려고 온 거지, 어디 가게 찍으러 왔겠어요? 솔직히 저어기 호숫가에 돗자리 깔아놓고 먹어도 방송 분량 다 뽑을 수 있지. 그죠, 피디님?"

"맞다! 아까 돌아간 방탄소녀단도 스케줄 끝나고 다시 오겠다고. 이 집 짬뽕 꼭! 먹고 싶다고 그렇게 연락을 하던데!"

"그래요? 촬영 접었다고 오지 말라고 그렇게 말했는데도?"

성재와 이숙이 마치 짠 것처럼 동시에 불쌍한 표정으로 주인을 바라봤다.

"어떡하지? 그 바쁜 애들이 여기 짬뽕이 그렇게 먹고 싶었다고, 빨리 먹고 공항 가면 안 되냐고 통사정을 하는데 내가 뭐 어떻게 해. 요리는 사장님이 하시는 건데. 그렇죠, 형님?"

성재가 슬슬 시동을 걸자, 이숙이 끝내기 지원사격을 망설이지 않았다.

"맞다. 걔들 내일부터 월드 투어래요. 미국, 유럽, 칠레 세계 다 돌고 오려면 한국에 몇 개월 있다 들어온대요."

"아, 그래요? 그렇게나 오래한다고? 그럼 꼭 짬뽕 먹여서 보내고 싶은데…."

뻔뻔하게 거짓말하는 성재를 보며 이숙은 실소가 나오는 걸 참아야 했다. 맞장구를 쳐주자 아주 입에 참기름이라도 바른 것처럼 능청스러움이 끝도 없이 미끄러져 나왔다.

"아따, 참말로. 요래 듣고 있은 게 맴이 영 불편하구만."

완벽하게 흥분을 가라앉힌 가게 주인이 그제야 성재의 사정에 귀를 기울이기 시작했다.

"형님한테 실례되면 안 되니까 우리는 그냥 밖에서, 밖에서 먹고! 철수하면 되죠. 나야 시말서 좀 쓰고, 카메라 값 물어주고, 감봉 좀 되면 되지만. 그 짬뽕 한 그릇 먹겠다고 굳이 여기까지 오는 애들, 밥은 먹이고 보내도 되잖아요. 해외로 국위 선양하러 간다는데, 그게 사람 도리고. 또 내 할 일이고. 마음이 참 그렇습니다. 형님, 어떻게 좀 안 되겠습니까?"

성재의 간곡한 부탁에 가게 주인은 잠깐만 기다리라며 서둘러 주방으로 뛰어 들어갔다. 부리나케 재료를 확인하고 돌아온 그는 숨이 넘어가는 목소리로 그 유명한 아이돌이 언제쯤 도착 하냐며, 최대한 도착시간에 맞춰보겠다며 오히려 몸이 달았다.

이쯤 되면 주인은 거의 넘어온 것 같고, 이제 이숙 차례였다. 돌아가 버린 그 글로벌 아이돌을 무슨 수로 이 먼 곳까지 다시 돌아오게 한단 말인가! 이숙은 분주하게 주방을 드나드는 주인을 바라보며 조용히 말했다.

"나 죽는 꼴 보고 싶어요! 왜 거짓말을 해요? 뒷수습 어떻게 하려고?"

"그럼 이번 주 방송 펑크에 법무팀 부르고, 시말서 쓰는 게 뒷수습인가?"

"아니, 아무리 까라면 까라 명령을 해도 그렇지…. 이건 아니잖아요!"

"선촬영 후수습! 촬영도 못 했는데 수습만 하는 거, 자존심 상해서 난 못 해요"

"아, 이렇게 자존심이 센 사람이라 남의 자존심을 그렇게 묵사발로 만들었구나."

성재를 째려보며 비아냥거리던 이숙은 방탄소녀단의 매니저에게 통화 버튼을 누르며 서둘러 자리를 떠났다.

그러고 보니 절뚝거리는 다리, 헬쓱한 얼굴, 쩍쩍 갈라져서 창백한 입술에 다크 서클까지…. '정말 아팠던 걸까?' 성재는 비굴하게 전화기를 향해 고개를 숙이고 있는 이숙에게서 시선을 뗄 수 없었다.

긴급회의를 막 마친 작가팀은 급하게 바뀐 대본을 성재에게 넘겼다. 그의 전략은 맞아 떨어졌다. 인맥을 총동원하여 재섭외한 방탄소녀단이 가게 앞에서 벤 문을 열고 다시 나타나자, 가게 주인은 수타면을 치던, 밀가루가 가득 묻은 하얀 손을 내밀며 수줍게 인사했다. 가게 안이 아닌 짬뽕만 취재한다면 기꺼이 야외촬영에 협조한다고 드디어 한 발 물러난 거다!

완벽한 성재의 승리였다. 지혜롭게 고비를 넘긴 성재가 이제야 희미하게 웃는 걸 보며 인정! 이숙은 포기하지 않는 그의 근성에 쌍

엄지를 세워야 했다.

재빠르게 현장 상황에 맞게 컨셉을 바꾼 식탐미인 팀은 '짬뽕, 라면, 우동, 잔치국수' 야식으로 사랑받는 네 개의 면을 야외에서 촬영하기 위해 분주하게 움직였다.

"깊은 밤, 어느 날 갑자기! 식탐이 아름다운 그녀들, 방탄소녀단과 함께 하는 사대면왕(四代面王) 특집! 어서들 와요!"

"야식잼, 탕진잼, 안녕하세요, 방탄소녀단입니다!"

리포터 인영의 안정적인 리드와 방탄소녀단의 재치와 애교가 버무려져 야외촬영은 순조롭게 진행되고 있었다.

한쪽에서 이를 지켜보던 이숙은 아무도 모르게 주방으로 발걸음을 옮겼다. 물 한 모금 못 마시고 쫄쫄 굶은 지 벌써 50시간째! 이숙은 이대로 뭐라도 먹지 않으면 당장 쓰러질 것만 같았다.

비틀비틀 걸어 들어간 주방에는 촬영용 손님맞이로 분주했던 여운이 아직 그대로 남아 있었다. 이숙은 본능적으로 중화식 고온의 불길을 온몸으로 받아낸 시꺼먼 웍 쪽으로 발을 옮겼다. 새빨간 고추기름을 온몸에 휘감고 있는 신선한 해산물과 맛깔스런 마라 국물이 따뜻하게 그녀를 맞이했다. 한 치의 망설임도 필요 없다. 이숙은 마라짬뽕 국물부터 들이켰다.

…후르릅, 꿀꺽꿀꺽….

Wake up! 알싸하게 톡 쏘는 매운 마라향이 어서 빨리 일어나라고, 이제 그만 너의 꼭꼭 숨겨왔던 식욕을 깨워 보라고 레프트, 라이트 양 싸다구를 날리는 기분이었다. 잊고 있던 혀의 모든 감각들이 순간적으로 일제히 되살아났다. 이숙은 저도 모르게 이상야릇한 신음을 내뱉었다.

"크으… 이거지!"

온몸으로 얼큰한 국물을 느꼈다면 이번엔 면치기다. 마라 향이 잔뜩 벤 오동통한 수타면을 젓가락으로 휘감았다. 진공청소기가 머리카락을 빨아들이듯이 원 호흡 손목 스킬! 한꺼번에 흡입했다.

'먹고 싶은 음식을, 먹고 싶을 때, 먹을 수 있는 사람이 되고 싶다.'

순간, 일본 드라마 「고독한 미식가」에서 나왔던 한 대사가 떠올랐다. 촬영 내내 코를 자극하던 이 맛있는 짬뽕을 바로 지금 이 순간 먹을 수 있어서, 먹을 수 있는 사람이라 다행이었다.

이숙은 혈관을 타고 온몸 구석구석까지 번져가는 포도당을 느끼며 부르르 몸을 떨었다. 이 행복에 전율했다. 정신을 차렸을 땐 이미 남아 있는 마라짬뽕을 바닥까지 초토화시키고 난 후였다.

도둑고양이처럼 현장으로 다시 돌아오자 방탄소녀단의 마지막 멘트를 끝으로 촬영 종료를 알리는 슬레이트가 맞부딪쳤다.

"수고하셨습니다!"

스태프들과 출연자들은 무사히 마친 방송 녹화에 안도하며 가게 주인과 기분 좋은 악수를 나눴다.

옷에 튄 마라국물을 들킬까 이숙이 서둘러 뒷정리를 자처했다. 때마침 그녀 주위를 머뭇거리던 성재가 다가왔다. 쩔뚝거리는 발로 쓰레기들을 들고 움직이는 그녀를 향해 종량제 분리수거 봉투를 내밀었다.

"많이… 아팠어요?"

"마음 1도 없으면서 걱정하는 척, 그거 죄인데 모르셨구나!"

"말 한 번 잘못했다고 이젠 아예 죄인 취급입니까?"

"당연하죠. 어장관리, 그거 아주 큰 죄거든요."

"내 어장은, 스몰 사이즌데."

"스… 스몰 사이즈! 어머, 지금 나 디스 한 거예요? 뚱뚱해서 애초에 자격미달이었다고?"

"내 어장은 작아서, 딱 한 사람밖에 못 들어간다고. 그 말인데. 끝까지 들어요, 좀."

'뭐야, 이 남자 지금 뭐라는 거야?'

이숙은 예상치 못한 성재의 대답에 움찔했다.

"어디 봐요, 온몸이 다 파스네…. 어쩌다 다친 겁니까?"

진심을 담아 걱정 어린 눈으로 이숙을 바라보던 성재는 그녀의 머리카락 속에 숨겨진 목에 붙은 파스를 가리켰다.

"다친 거 아니거든요. 문신 했어요. '하성재 죽어!'라고."

"아주 아프단 핑계로 누워서 주구장창 내 욕만 하고 있었구만."

"그럼 칭찬했겠어요?"

"누구 덕에 아주 벽에 똥칠할 때까지 살겠네. 고맙다고 해야 됩니까?"

"당연하죠. 어떤 불행한 여자가 그 뒤처리를 하게 될지, 진심으로 축복하려고요!"

이숙은 오여사가 교회에서 축복송을 부를 때 했던 모습 그대로 양 손바닥을 성재를 향해 들어 올리며 썩소를 지어 보였다.

"다리는 왜 그랬어요?"

지난번과 다른 이 온도차를 뭐라 설명해야 할까…. 성재는 곱창을 먹었던 그날과 아주 미묘하게 달랐다. 조금 더 말랑거리고 이상하게 촉촉했다. 이숙은 헷갈렸다. 하지만 50시간을 굶었다가 마신 마라탕이 꿀렁꿀렁 이숙의 위에서 요동치고 있었다. 빈속에 밀가루

와 자극적인 마라 국물부터 때려 넣어서는 안 되는 거였다.

"아씨…. 진짜… 왜 이래."

이숙은 배를 움켜쥐며 한껏 인상을 썼다.

순간, 한껏 누그러진 이숙의 대화에 안도하려던 성재의 표정이 굳었다.

'지금, 나한테 하는 말? 아직도 화가 나 있는 건가….'

도대체 어디서부터 어떻게 해명해야 이 오해가 제대로 풀릴까 성재는 애꿎은 코끝만 만지작거렸다.

"지난번엔 내가 경솔했던 거 알아요. 김작가한테 그렇게 말해서는 안 되는 거였는데…. 아니, 그러니까 내 말은 그렇게 말하려던 게 아니었단 걸 말하고 싶은 겁니다."

'아, 어떡해. 이젠 속까지 메슥거리잖아!'

이숙은 등에서 식은땀이 흘렀다. 100% 좋지 않은 징조다.

'위염인가? 장염인가? 급해 죽겠는데 이 남자는 자꾸 뭐라는 거야.'

그러나 아무것도 모르는 성재는 그날의 오해를 풀기 위해 분명히 진심을 전해야 했다.

"좋아… 하는 여자가 있었어요."

"…!"

순간, 이숙과 성재의 두 눈이 마주쳤다.

'워워! 이 타이밍 아니야…. 난 지금 급하다고!'

이숙은 저도 모르게 미간을 팍 구겼다.

눈치를 보던 성재 역시 험악해진 이숙을 보며 재빨리 말을 이었다.

"물론 아주 오래전 일이고, 다 잊었어요. 그런데도 내가 이 얘길 꺼내는 건… 그러니까…."

'그러니까 뭐? 죽을 것 같으니까 말 좀 더듬지 말고 빨리 말해줄래?'

이미 명훈에게 들어 알고 있었다. 하성재의 마음속에 들어찬 그 위대하신 전 여친의 존재!

이숙에겐 뭐 그리 새삼스러울 것도 없었다. 다만, 끊어질 것처럼 아픈 명치에 온 신경이 쏠려서 거슬렸을 뿐. 성재의 조심스럽고도 간절한 표정이 눈에 들어올 리가 없었다.

"그러니까… 좋은 기억이 아니었어요. 그땐 나도 100키로가 넘었으니까…. 김작가가 생각하는 것처럼 그쪽이 뚱뚱해서 무시하거나 밀어내는 게 아니란 거예요. 그러니까 내 말은…."

하지만 그때였다. 이숙의 배 속 상태는 최악으로 치닫고 있었다. 이숙은 온 얼굴 근육을 찌푸리며 고개를 저었다. 이미 한계였다. 지금 당장 인류가 멸망한다 해도 얼른 화장실로 내달리지 않는다면 멸망 전에 이 자리에서 죽어버릴 터였다.

"그만! 더는 못 참아요. 미안해요."

"…!"

싸늘한 표정으로 그렇게 말하던 이숙은 그대로 뒤도 돌아보지 않고 도망가듯 자리를 피했다. 성재는 당황했다. 지금껏 살면서 그 누구에게도 얘기한 적 없던 속내였다. 성재의 유일한 콤플렉스이자 숨기고 싶던 과거였다. 이 트라우마를 극복하지 못한다면 그 어떤 여자와도 앞으로 단 한 발짝도 나갈 수 없다.

밤새 준비하고 연습했던 말들이었다. 이숙은, 그녀라면 반드시 들어줄 줄 알았다. 성재는 마음속에서 한껏 부풀었던 풍선 하나가 쓔웅, 바람이 빠지는 기분에 사로잡혔다.

일자로 굳게 다문 입술은 섭섭함에 덜덜 떨렸다. 그가 할 수 있는 일이라곤 음식물로 가득 찬 쓰레기봉투를 그저 꽁꽁 동여매는 것뿐이었다. 기억 저 너머에서 어렵게 꺼냈던 기억들을 다시 동여매는 것처럼.

일곱

너도 안 되는 연애

"기막혀. 죽 하나 먹자고 나를 불러내?"

"아침부터 삼겹살을 먹을 수는 없잖아."

"아침에는 삼겹살이지! 왜 이래, 촌스럽게!"

모닝 삼겹살을 이해 못 하는 사람과 말도 섞기 싫다며 일어서는 강옥을 잡고 이숙이 말했다.

"나 빈속에 짬뽕 먹고 배탈 났어. 속 좀 달래자."

"진짜 갈수록 실망인걸. 헤어져, 이제."

"계속 말꼬리 잡고! 너까지 나 화나게 하지 마라!"

"오호라, 너 하성재 때문에 열 받았구나? 맞지?"

"…."

"옳거니. 날 부른 이유가 요거였네."

그제야 강옥은 의자를 당겨 앉았다. 급할 거 없다는 듯 메뉴판을 훑던 강옥이 스페셜 쇠고기 한우 죽을 주문하더니 이숙의 앞에 계산서를 밀어놓았다.

"세상에 공짜 없다. 챙겨두고."

"난 니 고민 공짜로 다 들어줬거든!"

"연애 상담은 예외지. 너 남의 연애 고민 들어주는 게 얼마나 재미없고 피곤한 줄 알아? 어차피 조언해 줘도 안 들어 처먹을 거고, 그렇다고 안 들어주면 또 삐질 거잖아. 이게 얼마나 기 빨리는 노동인데. 절대 공짜 안 돼."

그렇게 강옥은 먹고 싶지 않다던 모닝 죽을 세 그릇이나 비우고 나서야 이숙의 얘기를 듣기 시작했다. 육식동물답게 당연히 죽 안에 촘촘히 새겨진 야채는 오롯이 이숙의 죽에 퍼 나르면서!

그간 있었던 이야기를 듣던 강옥의 표정은 뻔하디 뻔한 지루한 영화를 보는 것처럼 중간중간 콧방귀 가득한 추임새로 들어찼다.

"자, 이제 말해봐. 어떻게 생각해?"

"내 생각엔… 보민이 같은데?"

웬 보민이? 이숙이 띵굴 눈을 뜬 채 바라보자 강옥이 벌떡 일어난다. 눌러 붙은 껌처럼 창가에 손바닥을 대고 밖을 살피던 강옥이 놀란 눈으로 이숙을 돌아봤다.

"맞지? 쟤 보민이 맞지?"

이숙도 강옥이 가리키는 방향을 따라 고개를 돌렸다.

"어머, 쟤 지금 저기서 뭐한데?"

보민이다. 정말 그녀가 맞다! 앞치마를 두른 보민은 'COFFEE & SANDWICH'라 적힌 가게 앞을 부지런히 쓸더니 안으로 들어갔다.

오늘 아침 문자를 보냈을 때만 해도 분명히 도서관이라고 했다. 그런데 이게 무슨 시츄에이션? 이숙과 강옥은 누가 먼저랄 것도 없이 동시에 뛰어나갔다.

가게 밖에서 훔쳐보는 그녀는 평소에 알던 보민과는 너무나도 다른 모습이었다. 까칠하고 예민하게 굴던 성깔머리는 어디에 뒀는지 한참 나이가 어려보이는 아르바이트생의 지시에 따라 테이블을 닦고 대량의 샌드위치를 박스에 담아 배달원에게 전달하기도 했다.

"너, 재 저기서 알바 하는 거 알고 있었어?"

"아니, 그런 말 없었는데…."

뭔지 알겠다. 강옥은 팔짱을 낀 채 벽에 기대더니 고개를 끄덕였다.

"쪽팔려서 숨겼네. 하여간 저년은 꾸준히 의뭉스러워."

"기집애, 아무리 쪽팔려도 그렇지 우리한테까지 얘기 안 하냐?"

이숙이 섭섭한 마음에 투덜거리자 강옥이 툭 팔을 쳤다.

"야, 잰 약 먹고 살 빼도 그냥 빠진 거라고 숨길 년이야."

"…그럼 이제 취업 준비는 아예 포기하는 건가?"

"취업 못 한다에 몰표! 나이 많아, 뚱뚱해, 스펙도 평범하잖아. 재만 한 젊고 예쁘고 똑똑한 애들 넘치고 많아! 같은 값인데 어느 회사가 재를 뽑겠냐? 나 같아도 안 뽑아."

그 말을 들으니 이숙은 갑자기 슬퍼졌다. 그래도 우리 중에 제일 공부도 잘했고, 제일 날씬한 보민이가 아닌가. 그런데도 취업이라는 절대평가 앞에 뚱뚱함까지 장애물이 된다 하니 가슴 한구석이 짠해졌다. 비만이 자기 관리의 척도라는 잣대가 매우 억울했다.

아침에 일어나 모닝 담배로 하루를 시작하는 것과 모닝 삼겹살로 배터지게 시작하는 것이 뭐가 그렇게 차이가 날까? 니코틴이 잔뜩 낀 이빨로 '자기 관리 안 하시나 봐요?'라고 묻는 상사, 혹은 면접관의 주둥아리는 과연 문제가 없는 걸까? 회사에 다니면서 스트레스로 담배를 피는 것과 취업 스트레스를 먹는 걸로 푸는 게 뭐가 그렇게 다른가?

'비만으로 죽나 폐병으로 죽나 일찍 죽는 건 똑같으니, 너나 잘하세요! 우리 배가 나왔든 말든, 당신 폐나 신경 쓰라고!' 꽥 소리를 내지르고 싶을 때가 한두 번이 아니었다.

"들어가자."

강옥이 앞장섰다. 하지만 이숙이 그녀를 잡아 세웠다. 보민의 비밀을 지켜주고 싶었다.

"아니, 그냥 가자. 보민이가 먼저 말할 때까지 모른 척해주고 싶어."

평소의 강옥이라면 '그걸 내가 왜 모른 척해야 하냐'며 돌진했겠지만, 웬일로 이숙의 손을 쳐내지 않았다. 검은색 아이라인이 뒤덮인 두툼한 눈을 껌뻑껌뻑…. 강옥은 망설였다.

그날 집으로 돌아온 이숙은 멍하니 책상 앞에 앉았다. 책상 서랍에서 통장을 꺼낸 이숙은 적지만 꾸준하게 찍혀 있는 그간의 월급 내역을 눈으로 좇았다.

월급날을 기다리며 설렜던 그 순간순간들(물론 카드 값 한 번 갚고 나면 끝! 눈 빠지게 기다렸건만 금방 녹아 사라지는 첫눈처럼 허무한 순간들)이 쌓이고 쌓이다 보니 이만큼 긴 시간이 되었다. 그 말인즉슨 거꾸로 생각해보면 내 통장의 개수가 늘어날 동안 보민이는 여전히 텅 빈 잔액을 바라보며 사고 싶은 거, 먹고 싶은 걸 꾹 참아냈겠지. 서른 살이 넘도록 용돈을 타 쓰며 얼마나 속앓이했을지 안 봐도 뻔했다.

학창시절엔 성적이, 대학교 땐 학교 간판이 한 인간의 프라이드였다면 졸업 후엔 취업이 인간구실의 됨됨이를 결정하는 마침표라는 사실이 씁쓸할 뿐이었다.

매번 도대체 그 잘난 취업은 언제 할 거냐고 놀렸던 시간들이 미안해졌다. 도서관에서 혼자 책을 보고 도시락을 먹었을 보민이는 항상 떽떽거렸지만 그렇게라도 하지 않으면 강옥과 이숙 사이에서 초라해지고 작아지고 끝없이 비교하다가 바닥까지 떨어지는 자존감에 기가 죽었을 거다. 그래, 그렇게라도 하지 않으면 존재의 가치 자체가 부정당하는 기분이었을 거다.

그런 생각에 이르자 이숙은 어처구니없게도 보민의 처지가 내가 아니어서, 직장이 있어서, 작은 돈이지만 꾸준한 수입이 있어서 다행이라고 안도하고 있는 자신이 조금 부끄러웠다. 한심하고 얄미웠다.

'남자한테 미쳐서 친구가 어떻게 사는지도 모르고…. 진짜 이렇게는 살지 말자!'

이숙은 사죄하는 마음으로 핸드폰을 들었다. 카톡 프로필엔 성형어플로 얼굴과 몸매 보정을 한 보민이 미스코리아 뺨치는 아름다운 얼굴로 웃고 있었다. 평소라면 '누구세요?' 비웃기부터 했을 텐데 오늘만큼은 이해할 수 있을 것 같았다.

이숙은 조심스레 채팅창을 열었다.

"보민! 아직도 도서관? 내가 쏜다, 고기 먹즈아!"

봐야 할 책이 많다며 튕기던 보민은 약속 시간 15분 정도 지나서야 나타났다.

"장염이라며, 무슨 고기야? 이거나 먹어."

보민은 편의점 죽을 내밀었다.

"나 아침에도 죽 먹었는데…."

이숙은 캔 맥주를 따 마시는 보민의 옆모습을 말없이 바라봤다. 평소처럼 요즘 어떤 책을 보는지, 이력서는 어디 어디 냈는지, 면접 일정을 묻는 대신 '오늘따라 니 생각이 나더라'란 인사로 말문을 열었다.

보민은 맨날 보는데 지겹지도 않냐며 정색했지만, 어쩐지 입은 웃고 있는 듯도 했다.

"너 요새 고민 있지?"

"내가?"

"너 요새 카톡 프로필 자주 바꾸더라. 왜 마음 심란할 때 많이들 그러잖아."

'돈 필요해? 그래서 알바 하는 거야?'라고 물을 작정이었다. 하지만 그새 보민은 당황한 얼굴로 말을 낚아챘다.

"아우, 기집애. 눈치는 빨라가지고! 그래, 나 연애한다."

'WHAT?'

뭐라고? 여… 연애라고 했니, 지금? 이숙은 순간 잘못 들은 게 아닐까 두 귀를 의심했다.

취업할 때까지 내가 도와줄 테니 알바 하지 말고 취업에 집중해 보는 게 어떻겠냐고 말하고 싶었다. 그런데 이건 뭐, 연애?

대박 사건! 강옥이를 데리고 나왔어야 했는데…. 이건 내 수준에서 감당할 스캔들이 아니다. 이숙은 내적 비명을 내지르며 다시 보민을 쳐다봤다. 알바도 아니고, 돈도 아니고, 연애?

뜨아…. 강옥이 말대로 친구라지만 정말 밑도 끝도 알 수 없는 의뭉스런 기집애다.

"잘생겼지?"

한 남정네의 카톡 프로필 사진을 보여주며 보민은 활짝 웃었다.

"언제부터?"

"음… 만난 건 한 달 정도 됐고, 사귄 건 일주일 됐나?"

이런, 제길! 삼 주 만에 남자를 정복하다니! 이숙은 몇 달이 지나도록 제자리를 뱅뱅 도는 성재와의 관계를 생각하며 두 번째 헤드킥, 아니 자존감이 뭉개지도록 심한 열등감을 느꼈다.

"어디서, 어떻게 만났는데? 진도는? 너 어디까지 갔어?"

"전쟁 났니? 하나씩 물어! 왜 이래, 유부녀한테 홀아비 뺏긴 과부처럼?"

약 올리는 것도 아니고, 보민은 소중한 보물을 다루듯 남자의 사진을 쓰다듬으며 온몸을 베베 꼬았다.

"인연은 있다더니… 이런 게 운명인가?"

오글오글, 두 손이 다 쪼그라드는 것 같았다. 하지만 그 순간 진지한 보민의 두 눈은 사랑에 빠진 게 분명한 보통의 여자들처럼 반짝반짝 빛이 나기 시작했다.

***

"창신빌딩 11층입니다. 아이스 아메리카노 5잔, 아이스 라떼 둘 뜨거운 거 둘, 카라멜 마끼아또 하나, 연유 시럽 추가한 돌체 라떼 하나. 휘핑크림 뺀 카페모카 두 잔도 주시고요. 아, 그리고 혹시 플랫 화이트도 되나요? 과장님이 찾으셔서…."

"…."

"여보… 세요? 거기 커피 앤 샌드위치 아닙니까?"

"잠… 시만요, 손님. 제가 오늘 첫 출근이라서 아직 주문 받는 게 많이 미숙해서요. 죄송하지만 카라멜 마끼아또, 다음에 뭐라고 하셨죠?"

"와… 목소리 되게 이쁘시다."

그게 보민과 그 남자의 첫 만남이라고 했다. 방송국과 증권가가 밀집되어 있는 여의도에서 보민의 남자, 민혁은 커피 없이 단 하루도 살 수 없는 선배들의 야근 서포팅을 맡고 있는 신입 증권맨이었다. 그날도 야근이었고, 늘 하던 대로 커피를 주문하기 위해 전화를 걸었다가 보민이의 목소리에 반했다고 했다.

참 이상도 하다. 우리는 맨날 그 한 톤 높은, 애니메이션 주인공 같은 보민의 목소리를 놀리곤 했는데 어떤 누군가에겐 운명처럼 예쁘게 들리기도 하나 보다. 이숙은 거기까지는 그럴 수 있다고 생각했다.

"그런데 문제는 자꾸 만나자고 하는데 너도 알다시피, 내가 카톡 프로필처럼 안 생겼잖아?"

응? 이건 또 뉘 집 개가 멍멍 짖는 소릴까? 맥락이 이상한데. 이숙은 뭔가 정확히는 모르겠지만 이 연애가 정상적인 만남은 아니라는 나쁜 촉이 팍 왔다.

"야, 사귄다며…. 설마 아직 얼굴 한 번 안 보고 사귄다고 하는 건 아니겠지?"

"그 사람은 너무 바쁘고 또… 나는 살 좀 빼고 만나고 싶어서."

"너 약 먹었어? 야, 유보민 정신 차려!"

아, 강옥이 내 얘기를 들을 때 바로 이런 심정인 걸까? 왜 내 연애가 아닌 남의 얘기는 이토록 객관적이고 거시적으로 보이는 걸까! 이건 보나마나 끝이 보이는 판이다. 안 될 판!

"매일 전화하고, 문자하고, SNS로 일상을 공유하니까 딱히 만나지 않아도 불편한 건 없어. 오히려 매일 얼굴 맞대고 있는 것보다 각자 자기 영역 지키면서 하는 이런 랜선 연애가 더 나랑 맞는 것도 같고…. 또 전화로 하는 섹스도 은근히 짜릿하고 스릴 있고…."

"뭐라고? 전화로 뭐를 해?"

"섹! 스!"

보민은 아주 당연하다는 듯, 당당하게 섹스라 말했다. 이건 또 강옥과 결 자체가 아주 다른 새로운 차원의 변태 등장이었다.

상상해봤다. 야한 속옷을 입고 셀카를 찍어서 성형 어플로 전신을 날씬하게 보정한 다음 민혁이라는 남자에게 그 사진을 보내는 보민이를. 그리고 핸드폰으로 전송된 보민과 닮은 듯 전혀 닮지 않은 어떤 '미지의 여성'을 보며 그 남자는 잠들기 직전까지 숨넘어가는 전화통화로 젊은 수컷의 욕정을 하얗게 불태우겠지!

삐- 우엑! 이숙은 명치에 죽이 얹히는 것 같았다.

"보민아, 진짜 내가 목숨을 걸고 장담하는데 이건 아니야. 당장 때려 쳐!"

"넌 몰라. 절대 죽었다 깨도 이해 못 해! 그리고 이해 안 받아도 괜찮아. 어차피 사랑은 당사자 둘이 하는 거고, 난 지금에 만족하니까!"

"좋아, 그렇게 사귄다고 쳐. 너 언제까지 속일 수 있다고 생각하는데? 막말로 전신 성형이라도 하게?"

"어."

"무… 뭐?"

"성형할 거야. 머리부터 발끝까지! 예전에 다이어트 마스터가 하는 프로그램 봤지? 거기 나온 여자들을 봐. 수술 한 번으로 인생이 달라지잖아. 아무리 있는 그대로의 모습을 사랑하라 어쩌네 해도, 이 세상은 결국 외모야! 내가 지금까지 왜 취업이 안 되는데! 왜 이 젊은 나이에 떳떳하게 연애도 못 하고 살아야 하는데!"

"그래서 쌍꺼풀 했잖아!"

"아니! 머리부터 발끝까지 다 수술할 거야. 누구보다 예뻐져서 보란 듯이 취직도 하고, 사랑도 쟁취할 거야. 지금까지 병신 같은 내 모습은 다 지워버릴 거야!"

조금 무섭기까지 했다. 그녀의 열등감이 이토록 잔인하게 마음의 병을 가져올지 몰랐다. 이숙은 더 이상 아무 말도 해줄 수가 없었다. 만약에… 만약에 그녀의 말이 정답이면 어떡하지? 덜컥 겁이 났기 때문이다.

"어쩌면 지금 내 모습은 진짜 내가 아닐지도 몰라! 이 성형 어플로 보정한 이 모습이 진짜 나일 수도 있잖아! 늬들도 그랬잖아. 내가 정말 이렇게 생겼으면 인생이 달라졌을 거라며!"

얘를 어떻게 하면 좋지? 이숙은 성형 어플로 다른 사람이 된 자기 모습을 진짜 자신이라 믿는 보민을 바라보며 이젠 두렵기까지 했다.

그 수술비를 벌기 위해 아르바이트를 하고 있단다. 낮에는 커피 앤 샌드위치 가게에서, 주말에는 분식집에서 김밥을 말며…. 그녀는 일생일대 변신의 순간을 꿈꾸고 있었다.

하루아침에 온몸이 곤충으로 변하는 카프카의 소설 속 '변신' 같은 부작용은 그녀의 계획 속 어디에도 없었다. 그녀는 수술만 하면 취업도, 사랑도, 미래도 해피엔딩일 거라 생각하는 철없는 10대 소녀 같은 표정을 짓고 있었다.

"내비둬. 지인지조야."

"지인지조라니, 그게 뭔데?"

"지 인생 지가 조진다고!"

전화로 보민이 이야길 전해들은 강옥이는 그렇게 말했다.

"그리고 또 폰섹스가 그렇게까지 나쁜 건 아니잖아? 나도 종종 하는데 뭐."

아… 역시 민강옥은 강했다. 나만, 역시 나만 안 하는 거였어. 아니, 못 하는 거였어!

"다만, 보민이의 문제는 그 남자한테 거짓말을 했다는 거지."

수술에 성공한다고 해도 자기를 속였다는 사실에 남자는 분명히 배신감을 느낄 거라 했다. 강옥은 남녀 사이에 가장 중요한 건 외모보단 신뢰가 아니겠냐며… 그렇게 생각하면 보민의 연애는 이미 시작점부터 잘못된 거라 딱 잘라 말했다.

노련하다. 연애도 많이 해본 사람이 잘한다더니 확실히 강옥이는 그 수많은 남자를 그냥 만난 건 아니었다.

"아, 그리고 아침에 말하려다 못 했는데, 너 말이야…."

"그래, 내 얘기 하다 말았잖아!"

"난 하피디, 좋은 사람 같아. 너한테 어쨌든 솔직하게 자기 얘기를 하려고 했다는 것 자체가 너희 두 사람 사이에 MSG를 넣지 않겠다는 걸로 보여. 나 이런 놈인데 그래도 좋아할래? 그런 느낌이거든. 일단 뭐라 하는지 들어보지 그래?"

"하지만 자기 과거 얘길 묻지도 않았는데 먼저 꺼낸다는 게 왠지 병신 같지 않아? 왜 인터넷 댓글 같은 거 보면, 첫사랑 드립 하는 놈들 치고 멀쩡한 놈 못 봤다고들 하잖아."

"이숙아… 애야…. 이 등신아… 내 친구야…."

"또 뭐가 그렇게 맘에 안 드니! 왜?"

"얘기 들어주는 데 세금 내니? 연봉 깎여? 그냥 일단 들어. 그리고 판단은 천천히 해. 너 네티즌이랑 연애하는 거 아니잖아!"

"…!"

"상대방 진심이고 뭐고 내 감정에 취해서 마음부터 접으려는 게 더 병맛이라고 봐, 난."

강옥과 폭풍 같은 통화를 마치고 나니 다시 배가 고파졌다. 역시 죽은 속을 금방 허하게 한다. 마치 어설픈 연애처럼.

하지만 죽도 결국은 쌀이다. 텍스처와 포만감만 다를 뿐!

밥과 죽. '쌀'이라는 한 뿌리에서 나왔지만 각각 천차만별의 레시피로 갈리는 것처럼 사랑에 있어서도 본질과 변주를 이해 못 하고 있는 건 어쩌면 내가 아닐까?

왜 나만 이런 거지같은 사랑을 하는 걸까 늘 자책했지만, 똘똘한 보민이는 보민이 나름대로 연애박사 강옥이는 강옥이 나름대로 각자의 사랑에 고민하고, 또 그놈의 사랑 때문에 웃고 우는 건 다 똑같다.

"따라오지 마, 너!"

이숙은 아까부터 계속 뒤 따라오는 커다란 보름달을 째려보며 발을 멈췄다.

"너까지 자꾸 재촉해대는데 나라고 남자한테 매번 먼저 들이대는 게 그렇게 쉬운 일은 아니거든? 이렇게 생겼어도, 나도 자존심 있어!"

아니다. 강옥의 말이 맞다. 성재의 진심에 무턱대고 귀부터 닫을 필요는 없다. 이숙은 가방에서 핸드폰을 꺼내들었다.

'아, 막상 전화하려니까 은근히 떨리네 이거….'

핸드폰 목록에 있는 성재의 전화번호를 바라보며 그날, 그가 하려 했던 말들을 다시 곱씹어보았다.

좋아하는 여자가 있었어요.

물론 아주 오래전 일이고, 다 잊었어요.

그런데도 내가 이 얘길 꺼내는 건… 그러니까… 좋은 기억이 아니었어요.

'그런 얘기를 꼭 그 순간에 했어야 해? 눈치 없이! 그리고 전화도 그래. 꼭 내가 먼저 전화해야 해? 그렇게 비 맞은 강아지처럼 불쌍한 눈으로 졸졸 따라다니면서 할 얘기라면, 지가 먼저 전화해서 남자답게 마무리하면 좋잖아! 아우, 쪼잔한 새끼…. 그래, 내가 그런 놈을 좋아한다. 다 내 탓인 걸 어떡하냐, 내가 잘못했네, 했어!'

누를까 말까 이숙은 통화 버튼 앞에서 한참을 망설였다. 정답을 고민하는 수험생처럼.

'까짓거 어디까지 갈지 모르겠지만, 일단 갈 데까지 가보자고!'

하나, 둘, 셋!

짧은 호흡과 함께 눌러진 통화 버튼 위로 '하성재' 그의 이름 석 자가 선명하게 떠올랐다.

"…여보세요?"

"저예요. 옛날에, 100키로 넘었다는 거, 진짜예요? 그때 저한테 그랬잖아요."

"겨우 그거 물으려고 이 시간에 전화한 겁니까?"

"어엇? 이 남자 반응 보소! 그럼 끊어요. 끊을까요?"

"또 자기 맘대로 그런다. 도대체 어딥니까?"

"…."

참 신기하게도 그의 그 한 마디에 이숙의 입에선 미소가 일었다.

여덟

줄탁동시 : 연인의 타이밍

어두운 극장 안. 침묵을 깨고 밝은 핀 조명 하나가 무대 위를 비추었다.

객석을 등지고 앉은 거대한 체구의 남자 앞에, 긴 생머리에 하얀 피부가 눈이 부시도록 아름다운 여인이 마주 서 있었다.

44 사이즈 정도 돼 보이는 한 줌 허리, 툭 치면 톡 부러질 것 같은 가냘픈 손목, 발목! 꿈에서라도 입고 싶었던 여자들의 로망, 새 하얀 원피스를 입은 모습이 하늘하늘 그렇게 아름다울 수 없었다.

객석에 앉아 있던 이숙은 흥건하게 땀이 배어나는 손바닥을 손수건에 비벼대며 단 한순간도 그들에게서 눈을 뗄 수 없었다.

"그럼, 지금까지 우리는 뭐야? 너랑 내가 함께했던 그 시간들은 다 뭐냐고?"

"재능 기부? 그래, 일종의 자선활동 정도로 해두자. 설마 너, 내가 널 정말로 좋아한다고 생각한 건 아니지?"
"했어! 그렇게 생각했어. 당연하잖아!"
"너 같은 남자를, 내가? 아니, 난 아니야. 불쌍해서… 나를 좋아하는 니가 불쌍해서 기회를 줬던 거뿐이야!"

남자는 충격을 받은 듯 휘청거렸다. 거대한 덩치가 어린애처럼 웅크리고 주저앉아 흐느꼈다. 도저히 눈뜨고 못 봐주겠다. 유치하고, 통속적이고, 작가가 누구일까, 완전 삼류에 노잼이다!

게다가 오드리 햅번처럼 예쁜데 마음은 더 예쁜 사람이 이 지구에 널리고 깔렸다. 그런데 그 수많은 여자 중에 하필 왜! 저 남자는 저런 여자를 좋아했을까? 어디가, 뭐가 그렇게 끌려서? 그냥, 단순히 예뻐서? 그렇다면 진짜 실망인데…. 이숙은 답답한 마음에 엉덩이를 들썩였다.

"나 뚱뚱해서 싫지? 뚱뚱해서 나 창피하지. 살 못 빼서 미안해…."
"그런 말 듣는 거 짜증나! 그렇게 미안하면 빼! 그렇게 내 눈치 볼 거면 빼라고. 넌 맨날 말뿐이잖아!"
"미안… 해."
"미안하다고 말 하는 게 더 미안하지 않아? 이렇게 찌질한 널 보고 있으면 있던 정도 떨어져, 난!"

아무리 내 얘기가 아니라지만 분개할 만한 일이었다. 같은 비만족으로서 동족애가 불끈불끈! 양손 가득 뜨거운 전의가 일었다.

살을 빼고 싶어도 내 맘대로 안 되고, 누군가에게 잘 보이고 싶은데 몸뚱어리는 뚱뚱하고, 이런 몸으로 그 사람한테 미움 받을까 봐 전전긍긍하는 우리 같은 사람들의 마음을 너 같은 여자가 알 리가 없지! 우리라고 이렇게 살고 싶어서 사는 줄 알아! 우린 그저, 남들보다 미각이 발달했을 뿐이야! 너희 같은 평범한 자들에겐 없는 플러스 미각이 더 발달했을 뿐이라고!

넌 오늘부터 우리 뚱땡이들의 공공의 적이다!

'오늘 내가 저년을 죽이고 이 자리에서 장렬히 전사하리….'

이숙은 중국 무협 드라마의 주인공처럼 파다다닥 객석의 수많은 정수리들을 발 돋음 삼아 힘껏 날아올랐다.

"네 이년, 그 주둥아리 다물지 못할까! 내 너를 능지처참할 것이야!"

순식간에 벌어진 일이었다. 그대로 무대에 난입한 이숙은 순식간에 여자의 주둥아리를 발로 걷어차며 공중을 가로질렀다.

하늘하늘, 바닥에 나뒹굴 때도 하늘거리는 그 가녀린 공공의 적을 향해 불을 내뿜는 공룡처럼 험악한 욕지거리도 내뿜었다.

"AC@!*jHona~~&^%#(이 한 주먹거리도 안 되는 개뼈다귀 같은 게 죽을라고, 어디 한 번 내 허벅지에 질식사 한 번 당해보시지!)"

단전에서부터 두성 발성으로 호통을 쳐대는 이숙의 격노에 극장은 아비규환이 따로 없었다.

"김작가, 릴렉스, 릴렉스."

그때였다. 폭주한 이숙의 허리를 꽉 끌어안는 손길을 느낀 건….

100kg이 넘는 거대한 체구와 어울리지 않게, 눈물범벅이 된 뿌연 안경 뒤로 겁에 질린 눈을 숨기고 있던 무대 위 남자는 이숙을 향해 이젠 괜찮다고 고개를 끄덕였다. 그만해도 된다고. 신경 쓰지 않아도 된다고. 다 잊었다고….

그와 눈이 마주친 순간, 이숙의 두 눈에도 눈물이 그렁 차올랐다.
못생겼다고, 뚱뚱하다고, 어릴 때부터 지금까지 늘 좋아했던 남자한테 고백하자마자 차였던 그 수많은 날들이 주마등처럼 스쳐 지나갔다.
이숙은 말없이 옷소매를 당겨 남자의 눈물을 닦아주었다. 말하지 않아도 그 마음 안다고, 나는 이해할 수 있다고, 남자를 끌어안고 등을 토닥였다.
"괜찮아, 이젠 내가 지켜줄 테니까."
이숙의 다정한 토닥거림에 남자는 그제야 미소를 지으며 끄덕끄덕 고개를 끄덕였다.
"뚝! 울지 마. 이제 다시는 울지 마…."
"…그니까. 알람 울린 지가 언젠데. 좀 끄든가, 일어나든가!"
오잉? 이 목소리는… 꿈인가? 낯선 남자의 목소리에 이숙이 번쩍 눈을 떴다.
비몽사몽 흐릿하던 시야가 또렷해질 즈음 저승사자처럼 이숙을 내려다보고 있는 싸늘한 눈동자와 두 눈이 딱!
"으아아아악!"
마주쳤다.
"…."
"니… 니가 왜 여기 있어?"
명훈이었다. 당황한 이숙에게 알림이 울리고 있는 핸드폰을 쥐어주며, 그가 말했다.
"그니까. 누나가 왜 여기 있는지 나도 알고 싶네."
그러고 보니 그제야 이 낯선 방의 인테리어가 눈에 들어오기 시작했다. 화이트 벽지와 핑크색 이불이 포근하게 깔려 있는 이숙의 방 대신 차가운 네이비와 그레이 색상으로 뒤덮인 침구와 벽지가 제일 먼저 눈에 띄었다. 내 방이 아닌 게 확실했다.

책들로 가득 찬 선반과 왜 모으는지 1도 모르겠는 리미티드 에디션 프라모델 장난감들 그리고 킁킁… 아주 익숙한 남자 향수까지. 그래, 그래서 여기가, 어디라고?

"일어났어요?"

'이 목소리는? 방금 꿈속에서 그… 뚱땡이?'

"늦겠다. 해장은 가면서 합시다."

샤워를 갓 마친 성재가 급하게 겉옷을 챙기며 이숙에게 말했다.

'뭐야, 나 설마!'

당황한 이숙이 얼른 이불 속을 들여다보자 보다 못한 명훈이 콧방귀를 끼어댔다.

"어제 성재 형 내 방에서 잤거든! 도대체 무슨 생각을 하는 거야, 이 누나."

"…!"

"왜? 성재 형이 누나 덮치기라도 했을까 봐? 아니면, 둘이 뭐…."

"내가 덮쳤을까 봐 그런다, 내가!"

이숙의 말이 채 끝나기도 전에 셔츠 단추를 채우고 있던 성재가 사레에 걸리기라도 한 듯 기침을 해대기 시작했다. 빨개진 그의 귀가 수상하기 그지없었다. 이숙은 덜컥 겁이 났다.

"왜요? 설마, 내가, 취해서 또 키스했어요?"

"그게…."

머뭇거리던 그가 이숙을 향해 돌아섰다. 따뜻하고 말랑한 그의 한 손이 이숙의 목을 감싸 쥐더니 가볍게 쪽, 그녀의 입술에 입술을 맞부딪쳤다. 샴푸 냄새인지 바디워시 향인지 머리가 띵하도록 아찔한 성재의 향이 코를 넘어 폐 안쪽까지 깊숙이 파고들었다. 그 향만으로도 이미 이숙은 정신이 반쯤 날아갈 것만 같았다.

"내가 했는데. 이렇게…."

"…?"

우우우웁스! 왓? 뭐라고? 누가 먼저 뭘 해? 잠깐만! 난 지금 양치질도 안 했다고! 타임 타임… 생긴 건 초식남처럼 생겨가지고 이 남자 자꾸 이렇게 훅 들어오네! 어이, 하성재 씨, 여기서 이러시면 제가 매우 곤란합니다! 나는, 기억이 하나도 나지 않는다고!

이숙은 0.1초도 안 되는 그 찰나의 순간 동안 어젯밤에 일어난 일들을 기억하려 모든 시간을 되돌리고 있었다.

"그래서 시간이 필요했어요. 내 감정이 연민인지, 사랑인지, 그것도 아니면 일시적인 호감인지 분명히 구분하고 싶었으니까. 어떤 형태로든 김작가한테 상처 주고 싶지 않았으니까…. 그게 얼마나 잔인하고, 아픈 건지 내가 제일 잘 아니까!"

그럼에도 불구하고 그동안 상처 줬다면 미안했다고 말하던 성재의 목소리를, 그날의 통화를 다시 더듬어보았다.

그래, 분명히 내가 먼저 전화를 걸었지. 그러자 이 남자가 어디냐고 물었고, 나를 데리러 왔고, 만나서 소주를 마셨고, 뚱뚱해서 여자한테 차였던 과거 얘기를 하다가?

'아우 씨, 빡쳐! 그년 데리고 와요, 빨리! 안 그럼 내가 방송에 그

여자 실명 공개해 버린다?'

팔짝팔짝 날뛰는 나를 달래주려 아… 어딜 갔었는데. 그 다음이… 기억이… 안 나는구나.

어째서, 맨날 이렇게 되는 거야? 하성재가 먼저 나한테 키스했다는데, 이 좋은 걸 내가 기억 못 한다고? 말이 돼? 이러면 억울해서 내가 내 명에 못 죽지. 꼭 기억할 거야! 기억해서 백만 번은 더 되새김질 할 거야, 내가!

이숙은 그때의 기억을 떠올리려 더욱 두 눈을 꼭 감았다.

"어쭈? 와… 진짜 눈 뜨고 못 봐주겠네!"

발갛게 물든 볼로 신음하는 이숙을 보며 명훈은 아예 쾅, 문을 닫고 나갔다.

그제야 눈을 뜬 이숙이 성재를 향해 '명훈이가 왜 여기?'라는 눈짓을 보냈다.

"나랑 닮았다는 소리 많이 듣는데, 몰랐어요? 이럴 땐 또 둔하네."

윽… 실명해버릴 것 같아! 동공이 뚫려 나갈 것처럼 뚫어져라 바라보는 성재의 시선을 느끼며 이숙은 부랴부랴 고개를 떨궜다. 수줍어서가 아니었다. 깨달았기 때문이다.

'누… 눈곱, 너만은 제발 들키지 말아줘!'

마지막 남은 자존심이 그… 그것만은 허락하지 않았다.

"눈곱은 떼고 가야겠다."

짓궂게 웃으며 성재가 먼저 방을 나섰다.

'너란 남자, 에이 씨…. 꼭 내 눈곱까지 그렇게 쳐다봐야만 했냐!'

쪽팔림에 고개를 돌렸다. 그리고 침대 테이블에 놓인 뚱뚱했던 시절의 사진 속 성재와 눈이 마주쳤다. 꿈속의 그 안경 쓴 뚱땡이와 정말 똑같이 생겼다. 지금의 모습과는 상상도 할 수 없을 만큼 다른 사람 같았다.

"그런데 이상하게 어디서 본 사람 같단 말이야…."

하긴, 뚱땡이들은 어느 정도의 선을 넘기면 여백 때문인지 왠지 모르게 다들 엇비슷한 느낌이 들곤 한다. 그래서 살집이 있는 성재 역시 낯이 익는 거라 생각했다. 이숙은 그가 방으로 다시 돌아오기 전에 얼른 핸드폰 카메라로 그를 담았다.

아… 그의 방에서, 그의 이불을 덮고, 그의 흑역사로 얼룩진 옛날 사진을 보면서, 아침을 맞이하는 기분이란.

좋아하는 아이돌의 음방 방청권에 당첨된 10대처럼 꺅꺅, 소리를 내지르고 싶은 걸 간신히 참아내며 이숙 역시 서둘러 방을 나섰다.

"오올! 그럼 우리 이숙이 이제 하성재랑 사귀는 거야?"

"그… 그런 거겠지? 아닌가? 맞나? 뭐지?"

보민의 가게에서 만난 강옥은 그럴 줄 알았다는 듯 고개를 끄덕이며 야릇한 미소를 지었다.

"왜 그렇게 웃어? 난 심각한데!"

"이숙아, 친구야? 내가 늘 얘기했잖니. 남자랑 진도를 뺀다. 그럼 오늘부터 우리 사귀는 거 맞죠? 물어보라고. 너 남자들 만만하게 보지 마라."

"그러다가 사귀는 거 아닌데요? 그러면 어떡해!"

"그럼 때려 쳐야지. 그래서 물어보라는 거야! 남자들은 콕 집어서 너는 내꺼. 우리는 사귀는 거. 머릿속에 명확한 영역 표시를 해줘야

딴 소리 안 한다고, 이 멍충아!"

"에이, 그래도 유치하게 무슨 어린애들처럼 오늘부터 1일 어떻게 그러냐?"

"원래 연애란 게 유치한 거다."

커피와 샌드위치를 내놓으며 옆에 앉은 보민이 끼어들었다. 이제 얘도 연애를 하고 있으니, 뭐 물론 괴상망측한 랜선 연애중이지만, 어쨌든 나보단 한 수 위니 귀담아 들을 필요는 있었다.

"너 빼고 다 그렇게 해, 이숙아."

또 내가 틀린 거야? 아, 답답해. 이숙은 속이 부글부글 끓어올랐다. 뜨거운 줄도 모르고 커피를 들이키다가 호들갑스레 잔까지 떨어뜨렸다.

"하는 짓마다 정말. 동굴에 가 있어. 마늘 좀 사서 보내게. 먹고 사람 좀 돼라, 이것아."

강옥은 휴지를 던져주며 혀를 찼다.

"근데 하성재하고 너 사이에 진짜 문제는 그 사촌동생 같은데?"

이번엔 보민이 테이블을 닦으며 이숙을 쳐다봤다.

"명훈이?"

"워워, 그 이름에 나는 빼주라. 말로라도 엮이고 싶지 않다!"

현호 친구였던 명훈이 얘기가 나오자 이번엔 강옥이 진절머리를 치며 손을 내저었다.

"이건 뭔가 결혼 전에 시동생이랑 양다리 걸치고 썸 탔던 거 같잖아."

덴 혀를 달래기 위해 와그작와그작 얼음을 씹던 이숙이 순간 모든 행동을 일시 정지했다.

"너, 걔랑 미묘했다며. 둘이 밤에 만나서 곧잘 비밀 얘기도 하고. 걔가 너한테 하성재 버리고 자기랑 만나자고 했다 하지 않았어?"

"에이, 걔 나한테 진심 아니야. 장난일걸?"

"그건 니 생각, 걔 생각?"

"생각 아니고 팩트!"

말은 그렇게 했지만 꿀꺽, 혀에 고여 있던 얼음 조각이 허둥지둥 목구멍을 타고 내렸다.

보민은 어깨를 으쓱하며 아니면 말고… 말을 거뒀다.

하지만 그날 하루 종일 이숙의 머릿속엔 이상하게도 오직 그 말만 남아 요동치기 시작했다.

'내가 정말 명훈이랑 썸을 탔던 건가?'

'하피디가 절대 명훈이랑은 연락하지 말라고 했는데…. 오해하면 어떡하지?'

'아니야. 무슨 그게 썸이냐! 썸 다 얼어 죽었냐? 그리고 아니 무슨 애들이 뭘 그렇게 남녀 사이를 썸이다, 사귄다, 아니다, 구분하는 걸 좋아해? 그냥 느낌대로 가면 되지. 안 그래?'

여자와 남자가 만나겠다는데 뭐가 이렇게 많고, 복잡하고, 어렵니? 이숙은 머리가 터질 것만 같았다. 고구마를 서너 개 꾸역꾸역 억지로 쑤셔 먹은 기분이었다. 그도 그럴 것이 당시 이숙은 전혀 알지 못했다. 남녀 사이엔 '느낌'만이 전부가 '아니라는 사실'을 말이다.

"좋은 아침입니다!"

평소보다 조금 더 설레는 마음으로 방송국 문을 열었다.

그날은 평소와 다르게 이숙의 우렁찬 인사에도 아는 척하는 사람 하나 없었다. 팀원들의 관심은 오직 한 남자에게 몰려 있을 뿐이었다.

"한국대학교 신문방송학과에 재학중인 하명훈입니다. 오늘부터 한 달간 현장 실습 겸 아르바이트생으로 합류하게 되었습니다. 잘 부탁드립니다!"

"…!"

명훈이가 우리 팀으로 현장 실습을 왔다고? 그 많고 많은 방송국, 방송 프로그램을 두고 왜 하필 우리 방송국, 우리 팀인데?

걷는 건지, 앉는 건지 철렁 내려앉는 심정으로 이숙이 의자에 몸을 기댔다.

성재 또한 모르고 있었는지 꽤 당황스런 얼굴로 애꿎은 머리만 긁적였다.

'도대체 뭐가 어떻게 돌아가는 거야? 누가 설명 좀….'

하지만 이숙의 물음에 되돌아오는 대답은 사무실이 떠나가라 들려오는 환호성뿐.

"잘 생겼다아!"

평소 감정 표현에 많이 서툰 지영 씨가 어인 일인지 입술 피리까지 불어댔다. 빨간 볼에 수줍은 미소, 둥글게 말린 눈은 그녀가 명훈에게 꽤나 호감을 갖고 있음을 증명했다. 연출부의 이런 적극적인 대시에 질세라 이번엔 작가팀 막내가 볼펜을 든 손을 번쩍 들더니 짓궂은 질문들을 퍼붓기 시작했다.

"여자 친구 있어요?"

"없습니다."

"그럼 마지막 썸은 언젠데?"

"현재 진행?"

"오, 역시 젊은 피, 신선한 걸. 어떤 스타일 좋아해요?"

"저기… 좋아합니다."

"…!"

명훈이 가리킨 손 방향을 따라 모두의 고개가 일제히 이숙을 향했다. 당황한 이숙이 양손을 휘저으며 자세를 고쳐 앉았다. 억지로 웃는 웃음에 양 볼이 다 빼근할 정도였다.

"어쩜, 나이도 어린 사람이 사… 회 생활 정말 잘하겠네. 맞아요, 내가 이 팀 메인작가예요. 자알… 부탁해요, 하명훈 씨?"

이게 농담인가 진담인가 헷갈려 하던 사람들은 그제야 웃기 시작했다. 그도 그럴 것이 딱 봐도 남 부러울 것 없는 이 젊고 잘생긴 훈남의 이상형이 죽었다 깨어나도 이숙은 아닐 것 같았기 때문이다.

'그렇게 나오시겠다?'

한쪽 눈썹을 치켜뜬 명훈이 뒤늦게 피식 웃으며 자리에 앉았다.

이숙은 순간적으로 성재의 표정을 살폈다. 이유는 없었다. 딱히 잘못한 것도 아닌데, 이상하게 눈치가 보였다.

명훈에게도, 자신에게도 그 누구에게도 눈길조차 주지 않는 그의 차가운 눈이 노트북을 바라보고 있는 그 순간에도, 이숙은 이 불편한 긴장감에 숨이 막힐 것만 같았다.

"작가님, 같이 가요!"

그날부터다. 학생 코스프레를 완벽하게 소화하고 있는 명훈은 시도 때도 없이 이숙의 뒤를 졸졸 따라다녔다.

회의할 때도, 밥을 먹을 때도, 외부 미팅이 있을 때도, 자료실을 드나들 때도 명훈은 '배우고 싶다'는 핑계를 대고 진드기처럼 들러

붙었다.

"도대체 나한테 왜 이래! 일부러 이러는 거 내가 모를 줄 알아?"

"알고 있었구나?"

"너 누구 빽이니, 누가 널 여기에 꽂았냐고! 솔직히 말해, 하피디야?"

"종규 형님인데."

아, 무슨 소린지 감이 온다. 종규, 성재, 명훈 이 세 사람 모두 한국대 신방과 출신이었다. 솔직히 방송국 피디의 대부분이 한국대 출신이 맞다. 그것조차 마음에 들지 않았다. 성재가 왜 그런 표정을 지었는지 알 것 같았다. 명훈이 종규에게 부탁했고, 종규가 나와 성재에게 상의 한 마디 없이 이놈을 그냥 우리 팀에 내리 꽂은 거다! 누구 마음대로…. 속에선 열불이 났지만 궁금증은 하나 해결됐다. 하지만 중요한 건 그게 아니었다.

"뭘 어쩌자구! 넌 날 놀리는 게 그렇게 재밌니?"

"내가 그랬잖아. 내 생각 하게 될 거라고. 내가 그렇게 만들 거라고!"

"야, 내가 지금 니네 형이랑…!"

"성재형 이랑 뭐?"

"…."

"봐, 아무 말도 못 할 거면서."

정말 그랬다. 순간 아무 말도 할 수 없었다. 분명히 성재와는 둘 사이에 관통하는 감정이 있었던 것만은 분명하다. 아주 커다란 바위를 뛰어넘어 그에게 바짝 다가간 느낌이 확실하다. 하지만 무슨 사이냐고 묻는다면 사귄다고 확신할 수 없었다. 아니, 정확히 사귀고 있는 건지 잘 모르겠다.

매일 방송국에서 만나고, 하루의 3분의 2를 함께 생활하다 보니

데이트다운 데이트를 했던 기억도 없다. 거기에 항상 퇴근하고 잠들 때까지 주고받는 대화도 보통 일 얘기 아니면 일과 관련된 사람들에 관한 이야기가 전부였다. 예전과 달라진 게 있다면 잘 자라는 인사 정도?

그것도 가수 성시경처럼 달콤하고 부드럽고 감미로운 속삭임 같은 '잘 자요'는 아니었다. 성재는 늘 '그럼 잘 자고, 내일 봅시다'였다. 그렇다. 연인이라고 하기엔 확실히 2% 부족하다.

"남자들은 콕 집어서 너는 내꺼. 우리는 사귀는 거. 머릿속에 명확한 영역표시를 해줘야 딴 소리 안 한다고…."

문득, 강옥과 보민이 했던 말들이 다시 떠올랐다. 이숙은 급격히 불안해지기 시작했다. 이럴 줄 알았으면 그때 그날 바로 확실하게 해뒀어야 하는데…. 이제 와서 우리 사귀는 거 맞죠? 하고 묻기엔 타이밍이 너무 애매했다.

"어쨌든 나한테 아는 척하지 마. 여긴 직장이잖아? 백번 들이대도 난 너, 남자로 안 봐!"

이 정도 말했으면 알아들었을 터, 이숙은 더 이상 얘기하고 싶지 않다는 듯 새침하게 돌아섰다. 세상 오래 살다 보니 참 별일이었다. 삼십여 년 동안 그렇게 외롭다고 허벅지를 찔러댈 때는 코빼기도 안 보이던 남자가, 이제 와 둘씩이나! 그것도 같은 핏줄이 쌍으로 내 인생에 들어오다니, 놀랄 노자다.

내가 강옥이처럼 잘나가는 것도 아니고, 보민이처럼 특이한 것도 아닌데! 이쯤 되면 진짜 팜므파탈은 민강옥이 아니라 나 김이숙 아닐까? 그래, 이 죽일 놈의 인기는 좀 소름 돋는다. 이숙은 '지금까지 나도 몰랐던 내 숨겨진 매력이 도대체 뭘까', 말도 안 되는 고민을 하며 종종 걸음으로 복도를 걸었다.

하지만 그녀의 뒷모습을 바라보는 명훈의 표정은 점점 굳어져갔다. 처음 이숙이 성재를 좋아한다는 걸 알았을 때부터, 아니 이숙의 말 한 마디에 클럽까지 한 걸음에 내달려온 성재를 봤을 때부터 사실, 명훈은 이숙이 싫었다. 더 구체적으로 이숙이 성재와 얽히는 게 죽기보다 싫었다. 그래서 계속 의도적으로 그녀 주위를 맴돌았다.

성재가 술에 취한 이숙을 업고 집으로 데려왔을 때, 명훈은 깨달았다.

'설마가 사람 잡았다! 결국은 저 여자가 이 말도 안 되는 걸 해내는구나….'

이숙의 멱살을 잡아 흔들고 싶을 정도였다.

명훈에게 성재는 하나밖에 없는 혈육이자 친구이자, 인생의 멘토였다. 롤 모델이기도 했다. 아버지의 오랜 주재원 생활 덕에 명훈은 어린 시절 쭉 외국에서 살았다. 학업 문제로 13살에 홀로 한국으로 돌아왔을 때 서울에서 자취를 하던 대학생 성재는 아빠처럼, 친형처럼, 친구처럼 사춘기 소년 명훈을 살뜰하게 키웠다.

늦은 밤 라면을 끓여 먹다가 엄마가 보고 싶어서 혼자 끄억끄억 눈물을 쏟아낼 때도, 도서관에서 밤을 새고 터벅터벅 집에 돌아올 때도 늘 혼자였던 명훈 곁엔 성재가 있었다. 그뿐인가! 보고 싶은 영화가 개봉했을 때, 시험이 끝나고 누군가에게 위로받고 싶을 때, 먹고 싶은 음식을 혼자 먹으러 갈 수 없을 때, 몸이 아플 때, 힘들 때, 기쁠 때, 외로울 땐 언제나 성재가 옆에 있어 주었다. 명훈에게 성재는 그런 존재였다. 마치 신앙처럼 맹목적이고 유일한.

그런 그가 딱 한 번, 사랑했던 여자한테 차이고 실의에 빠져 있을 때, 마치 세상이 무너진 것처럼 휘청거리는 모습을 옆에서 바라보면서 명훈 역시 자신의 세상 또한 붕괴되는 듯한 공포를 느꼈었다. 다시는 성재가 여자 때문에 힘들어 하는 모습을 볼 자신이 없었다.

명훈에게 성재는 곧 자신이었다. 명훈은 그렇게 생각했다. 그 누구보다 완벽하고 아름다운 꽃길만 그가 걷길 바랐다.

하지만 그날 밤, 성재는 좋은 사람이라는 한 마디로 이숙을 설명했다. 술에 취해 밑도 끝도 없이 '나만 꽉 믿어. 난 절대로 하성재 당신 아프게 안 해!'라 외쳐대는 저 돼지 같은 여자를 말이다. 도무지 그와 어디 한군데 어울릴 것 같지 않은 그녀를 그렇게 사랑스러운 눈빛으로 성재가 쳐다보고 있었던 거다! 이게 말이 돼?

화가 났다. 분명 이숙이 말하길 성재가 자길 좋아하지 않는다고 했었다. 그리고 명훈도 이숙에게 끊임없이 성재에게 여자가 있다고 바리케이드를 아주 잘 쌓아뒀다.

그런데 어쩌다가 다시 붙은 거야, 이 두 사람은?

이제 가만히 방관하고 있을 수만은 없다. 저 주제도 모르고 감히 우리 형에게 들러붙은 거대한 돼지 거머리를 퇴치할 사람은 나밖에 없다. 명훈은 그렇게 생각했다.

얘기 좀 해요. 아니다. 밥 먹었어요? 아니아니, 이것도 아니다. 이숙은 방송국이 아닌 곳에서 성재와 단 둘이 만날 수 있는 방법을 궁리하느라 벌써 한 시간 째 핸드폰만 노려보고 있었다.

"핸드폰 줘봐요. 구멍 안 났나 보게."

"엄마야, 깜짝이야!"

성재의 기척에 화들짝 놀란 이숙이 저도 모르게 핸드폰을 떨어뜨렸다. 그 소리에 더 놀란 성재가 핸드폰을 집어주며 되물었다.

"어? 더 수상하네. 뭘 그렇게 놀래?"

"아니, 그게, 방금 피디님한테 연락하려고 했는데 갑자기 눈앞에 나타나서…."

"나? 왜요?"

"배고파서요."

아 놔…. 뭐래. 이게 아닌데. 이숙은 이미 뱉어버린 말을 주워 담을 수 없어 입술을 깨물었다. 그저 실없이 웃었다. 나사 빠진 인형처럼.

눈을 깜박거리며 생각에 잠겨 있던 성재가 시계를 보더니 고개를 끄덕였다.

"갑시다."

오후 3시 21분. 점심이라고 하기엔 너무 늦고, 저녁이라고 하기엔 너무 어정쩡한 그 시간에 성재는 단골 국밥집이라며 차를 멈췄다.

수구레국밥. 졸깃한 식감이 일품인, 귀하기로 소문난 소 껍질 안쪽의 특수부위인 수구레는 낯설지만 정겨운 이름만큼 호기심을 자극했다. 특별히 배가 고팠던 건 아니었지만 한 번도 불이 꺼진 적 없는 가마솥에서 펄펄 끓고 있는 끈적끈적한 사골 향이 코끝을 간질였다.

달큰한 알배추가 잔뜩 들어 있는 수구레 국밥은 자극적인 맛은 아니었다. 그런데도 그 깊고 깔끔한 맛이란! 30년 동안 알코올에 절여진 간을 맑게 해독시켜 줄 것 같은 건강한 시원함이다. 닮았다. 성재의 담백함과 딱 닮은 그런 맛이었다.

가게 텔레비전으로 뉴스를 보며 국밥을 먹고 있는 성재를, 이숙은 가만히 바라봤다. 그에게 물어 보고 싶은 말들이 한 가득이었는데 이상하게 입이 떨어지지 않았다. 그렇게 한참을 머뭇거리고 있자 그가 텔레비전에서 이숙에게로 시선을 옮겼다.

"배고프다면서 왜 안 먹어요?"

"내가 생각보다 그렇게 많이 먹진 않아요. 응."

"내 앞에서까지 그럴 필요 없는데. 그냥 편하게 먹지?"

"피디님 앞이니까 더 편하게 못 먹죠! 뚱뚱한 여자 맘도 모르면서."

"뚱뚱한 여자 마음은 몰라도, 김이숙이란 사람 마음은 좀 알 것 같은데."

"뭔데요, 내가 지금 어떤 마음인데?"

"내숭!"

"아니거든요! 요즘 정말 다이어트 하느라 양 줄었거든요!"

"…."

어랏? 아무 말도 하지 않는다. 성재는 고개만 끄덕거리더니 다시 텔레비전으로 눈을 돌렸다. 어머, 이 남자 좀 보라지! '안 빼도 예뻐요'라는 말을 기대했던 건 아니지만 아니, 그래! 조금 기대했어. 그냥 그런 말 정도는 해줄 수 있잖아. 모닝 뽀뽀도 해줬으면서!

"살, 어떻게 뺐어요? 나도 가르쳐줘요."

조심스레 이숙이 묻자, 성재가 말없이 겉절이 하나를 들어 이숙의 수저 위에 얹어주었다.

"어? 진짜 치사하게 혼자만 살 빼고 이럴 거예요?"

"더 안 먹을 거면 일어납시다."

"세상에 얼마나 대단한 다이어트를 했기에…. 진짜 치사하다. 혼자만 알고…."

"갑자기 배고프다고 하고선 다이어트 얘기를 하는 이유가 뭡니까? 난 여자 언어 독해점수 빵점이니까, 하고 싶은 말 있으면 쉽게 해요."

"배고프다고 한 건, 둘만 있고 싶어서고. 다이어트 얘길 한 건 좋아하는 남자한테 더 예뻐 보이고 싶으니까! 피디님은요, 이 시점에 좋아하는 여자한테 해줄 말이 아무 것도 없나요?"

하지만 성재는 그 어떤 대꾸도 하지 않았다. 좋아하는 여자라고 그렇게 강조하며 말했는데 생각을 알 수 없는 표정으로 이숙을 바라볼 뿐이었다. 계산을 하고 방송국에 돌아가는 길에도 그는 통 말이 없었다.

괜히 그런 말을 했나. 오글거렸던 걸까? 이숙과 달리, 덤덤하게 운전하고 있는 성재를 바라보며 이숙은 더더욱 혼란스러워졌다. 연애라는 게 원래 이런 건가…. 막 사귀기 시작하면 눈만 마주쳐도 꿀이 떨어지고, 1분 1초라도 떨어져 있으면 미칠 것 같고, 뭐하냐는 문자를 밥 먹듯이 주고받아야 하는 게 아니냐고!

원래 연애도 이렇게 담백하게 하는 사람이었어? 담백한 건 그냥 입맛 취향 하나면 족하잖아. 남자가 좋아하는 여자 앞에서 이렇게까지 아무렇지 않다는 건, 뭔가 문제가 있는 거다. 아니면 내가 더 좋아하는 마음이 커서 그에게 무언가를 계속 바라게 되는 걸까? 살면서 밥을 구걸한 적은 있어도 애정을 구걸한 적은 없었는데…. 아니면 내가 실수한 게 있나? 도대체가 여자가 이만큼 좀 다가갔으면 어떤 식으로든 먼저 확 리드해주고 이런 맛이 있어야 할 게 아닌가!

'그래서 우리는 사귀고 있는 게 맞냐고요, 하성재 씨!'

운전하고 있는 성재를 바라보며 이숙은 괜한 심술이 났다. 저도 모르게 입술이 댓 발 나왔다.

"커피 좀 사올게요."

성재가 차를 세웠다. 심드렁한 표정으로 이숙이 고개를 끄덕였다.

"심심하니까 음악 듣고 있어요."

이런 쪽으로만 쓸데없이 섬세하다. 그의 세심한 배려가 작은 경차 안을 음악으로 가득 채웠다. 미디엄 템포의 인디 곡. 노래조차 참 소박하니 성재다웠다.

안 돼! 계속 그렇게 참으면 내 맘이 아프잖아
두 볼에 토실토실 살이 좀 있는 모습이 더 귀여워

응? 하지만 가사를 듣던 이숙은 깜짝 놀라 노래가 흘러나오는 오디오를 노려봤다.

정말 그냥 하는 말이 아니야. 도대체 나는 하나도 모르겠어
내 눈엔 지금 너무 완벽한데!
살 빼지 마요. 그대로 있어줘요…

설마 성재가 일부러 들으라고, 날 위해 이 곡을 틀어놓고 간 걸까? 에이, 설마!

하지만 노래가 끝나자마자 곧 나긋한 목소리의 여자 DJ가 상냥하게 웃으면서 사연을 읽기 시작했다.

"여자 친구가 살 쪘다고 밥을 안 먹습니다. 속상하네요. 다이어트 같은 거 안 해도 제 눈엔 정말 제일 예쁘거든요. 그녀가 들을 수 있게 이 곡 꼭 틀어주세요. 상암동에서 하성재 씨가 신청해주셨던 곡이었습니다. 소란의 살 빼지 마요. 아, 너무 부럽네요. 살 빼지 말라는 남자 친구라니…. 하성재 씨의 여자 친구분, 지금 듣고 계신가요?"

이숙은 차창 밖으로 커피 두 잔을 들고 걸어오는 성재를 바라보며 입을 틀어막았다. 진짜다. 저 무뚝뚝한 뚝남이 하성재가 나 들으라고 직접 라디오에 사연을 보낸 거다. 이런 게 말로만 듣던 이벤트? 윽, 심장이 우주 밖에서 무한대로 팽창하고 있는 느낌이었다.

강옥아, 보민아! 듣고 있니? 나 고백 들었어. 저 남자가 나한테 여자 친구라고 영역 표시해줬다고!

성재가 다시 차에 탈 때까지도 이숙은 양손으로 입을 틀어막은 채 성재를 바라보고 있을 뿐이었다. 그런 그녀를 보던 성재가 양손에 커피를 들어 보이며 물었다.

"휘핑크림 얹은 거? 뺀 거?"

"…얹은 거."

"그럴 줄 알고, 두 개 다 얹었지. 맛있는 건 같이 먹어야 더 맛있거든!"

입에 크림을 묻히며 웃고 있는 그를 보며 더는 참을 수가 없었다. 이숙은 그대로 성재의 목을 끌어안았다. 어익후! 단음을 내뱉으며 휘청이던 성재가 커피를 양손에 든 채 어정쩡하게 웃었다.

"차 바꿀까? 이러고 있으니까 좀 좁은데?"

하지만 그 짓궂은 농담까지도 좋았다. 그와 내 마음이 하나가 된 이상, 이미 태평양 한가운데 대자로 누워 있는 기분이었으니까!

"살 빼지 말라면서!"

이숙이 대답했다.

"그래도 더 찌지는 말자."

성재가 속삭였다.

두 사람의 눈이 마주친 순간, 어린아이 같은 웃음이 새어나왔다.

누가 먼저랄 것 없이 두 사람의 입술이 겹치고 또 겹쳤다.

아홉

애정흉일(愛情凶日)

차례로 샤워를 마치고 나온 두 사람은 아무 말도 없었다.

다 마신 요구르트에 꽂힌 빨대만 덧없이 빨고 또 빨았다. 그렇게 벌써 십여 분이었다. 텅 빈 요구르트 곽을 테이블에 내려놓던 성재가 드디어 적막을 깼다. 흠흠…. 목이 멘 그의 헛기침 소리가 어색하게 방 안에 울려 퍼진다.

딱히 할 말이 없어서가 아니었다. 그냥 입이 떨어지지 않았다. 이숙 역시 괜스레 젖은 머리카락만 손끝에 말아 쓸어 넘길 뿐이었다. 왠지 지금은 그래야만 할 것 같았다.

"그럼… 이제 누, 누울까?"

"그… 럴까요?"

성재의 말이 끝나기가 무섭게 이숙이 먼저 움직였다. 누가 뒷목이라도 잡아 끌어당길까, 서둘러 이불 속에 몸을 숨겼다. 그 뒤로 성재가 조심스레 이불을 들춰 앉았다.

약품 냄새가 풍기는 모텔의 이불은 매우 부담스러웠다. 조금만 움직여도 바스락거리는 그 예민한 소리는 안 그래도 긴장한 두 사람을 더 경직되게 만들었다. 쉽게 머리를 누울 수조차 없었다. 나란히 침대 맡에 기대 앉아 또 한동안의 정적이 그들을 감쌌다.

'이러다가 밤새겠네…. 이 남자 뭐하는 거야?'

채도가 낮은 오렌지 빛 조명이 이상하게 시간을 재촉했다. 이숙이 초조하게 바라보자, 그제야 꼬물꼬물 이불 아래를 더듬던 성재의 손가락이 이숙의 손가락 사이를 파고든다. 이때다. 이숙이 불을 껐다. 하지만 당황스럽다는 듯 성재가 이내 불을 켰다.

"불은 왜 끕니까?"

"당연히 꺼야지! 그럼 이렇게 환하게 다 보이는데 옷을 벗어요?"

이숙이 다시 불을 껐다. 그러자 성재가 다시 불을 켠다.

"아니, 뭘 봐야 만지고 싶고, 느끼고 그런 거지."

"뭘 보고 느껴요? 이 변탯!"

"뭐, 변태엣? 그게 지금 애인한테 할 소린가?"

"불 꺼요. 안 그럼 당장 집으로 가버릴 테니까!"

이숙이 다시 불을 껐다.

순간, 다시 불이 켜지며 '거기까지! 그만' 강옥의 우렁찬 목소리가 사방을 덮쳤다.

혼자 상상에 흠뻑 취해 있던 이숙이 움찔하며 강옥을 바라봤다.

"넌 그냥 모텔 가지 말고 성당 가. 세례 받고 이참에 아예 수녀나 돼버려!"

"그럼 이 살들을 다 보여주란 말이야? 그건 안 돼. 30키로 뺄 때까지 죽었다 깨나도 그건 싫어. 나도 자존심 있어!"

이숙이 온몸을 감싸 안고선 강옥을 쏘아봤다.

"조용히 해, 이것들아! 누구 알바 잘리는 꼴 보고 싶어?"

커피와 신 메뉴로 출시된 어메리칸 핫도그를 테이블 위에 놓던 보민이 안절부절못하다 기어이 호통을 쳤다.

"누가 보여주래? 이 돌탱아, 머리를 써! 좀 제발. 남자들 시각동물 맞아. 보고, 만지고, 느끼고, 그거 맞다고! 너 작가잖아. 상상력 진짜 그거밖에 안 되니?"

"그래, 뇌도 비만이라 그렇다 어쩔래?"

"떡볶이 사먹으러 사귀는 초딩들도 아니고, 그 나이 처먹어서 아주 자랑이다!"

"아, 조용히들 좀 하라고! 다른 손님들 다 듣는다고!"

보다 못한 보민이 입술에 손을 가져대며 인상을 찌푸렸다.

"둘 다 핸드폰 메모장 켜서 받아 적어."

강옥이 손가락을 까닥였다. 이숙과 보민은 행여 누가 듣기라도 할까 주위를 살피며 얼른 그녀를 향해 몰려들었다.

샤워를 갓 마친 이숙이 젖은 머리를 털며 욕실에서 나왔다. 문 밖에서 기다리고 있던 성재가 순식간에 그녀의 오동통한 허리를 낚아챘다. 먹잇감을 노리는 살쾡이처럼 하악하악 거친 그의 입김이 뜨겁게 이숙의 입술을 달궜다.

"1분당 10칼로리, 열정적인 키스가 소모하는 칼로리야. 오늘 밤에 우리 숙이 입술이 문드러질 때까지 오빠랑 다이어트 어때! 3키로면 되겠니?"

응? 이건 누가 봐도 강옥이 말투인데? 성재는 이런 식으로 말하지 않는다. 절대 자기를 오빠라고 부르지 않는다고! 하지만 그녀를 막을 자 누군가! 이숙은 '스탑!'을 외치고 싶은 걸 간신히 억누르며 강옥의 상상 속으로 다시 스며들어 갔다.

"아니, 5키로!"

어훙, 배고픈 사자처럼 성재의 입술을 손으로 문대며 이숙이 으르렁거렸다.

"그럼 5키로 받고, 8키로!"

몽글몽글한 이숙의 허벅지를 허리에 감아올리며 성재가 대답했다. 쿵쿵, 머리가 벽에 찧는 것도 개의치 않았다. 두 사람의 거칠고 격렬한 키스가 끝없이 이어졌다. 욕정에 애타는 그의 손가락이 배스가운을 동여매고 있는 허리끈을 풀어헤쳤다. 거친 숨을 몰아쉬며 이숙을 침대로 밀쳐 눕히는 성재에겐 또 다른 인격체가 숨어 있는 것만 같았다. 이숙을 내려다보는 이글이글 불타오르는 눈빛이 세렝게티의 발정난 수컷들처럼, 엄청난 페로몬을 내뿜었다.

"벗어."

눈 깜작할 사이에 상의를 전부 탈의한 그가 말했다.

이때만을 기다렸노라. 이숙 역시 거침없이 앞 선이 벌어진 배스가운을 풀어헤쳤다.

바스락, 침대 아래로 이숙의 배스가운이 떨어지는 찰나, 가슴골에서부터 무릎까지 수십 개의 진주알만 한 단추가 달린 빨간색 실크 슬립이….

"아니, 검은색! 난 검은색 옷 아니면 안 입는다고!"

아무리 그래도 이건 아니다. 드디어 이숙이 끼어들었다. 숨소리도 없이 듣고 있던 보민이 짜증난다는 눈빛으로 이숙의 등짝을 내리쳤다.

"지금 그게 중요해? 이 얘기의 포인트는 뭐겠어? 니 살을 안 보여 주겠다는 거잖아!"

"그렇지! 야, 우리 보민이 연애 좀 하더니 뭘 좀 안다?"

강옥은 이제야 말이 통하는 상대를 만났다는 듯 신나서 보민과 하이파이브까지 해댔다.

"단추가 왜 많겠니? 급해 죽겠는데 대충 위에 몇 개 풀고 본게임 들어가면 니 뱃살 볼 새가 있겠어, 없겠어? 불을 켰든지, 껐든지 눈앞이 홍콩인데 뱃살 같은 건 보이지도 않는다고!"

"오, 갑자기 나 솔깃해졌어!"

여기가 다단계 판매장이었으면 벌써 회원번호 받고, 카드 한도만큼 옥장판이든, 건강식품이든 긁어댔을 거다. 이숙은 홀린 듯이 강옥에게 물었다.

"빅블랙에서 단추슬립 팔지?"

"당연하지! 77부터 120까지 있어. 걱정 마. 우리 옷, 속옷 하나도 허투로 만드는 거 없다, 너! 내가 다 입어보고 써보고 이 모든 생활의 지혜를 응축해 만드는 거야."

그러자 실눈으로 두 사람의 대화를 듣고 있던 보민이 콧방귀를 끼며 말을 잘랐다.

"아주 뼛속까지 장사꾼 나셨네. 야, 김이숙! 내 말 들어. 그런 거 다 필요 없어. 그렇게 뱃살 가린다 쳐도 니 그 코끼리 같은 허벅지는 어떻게 감출 건데?"

"그래, 허벅지! 이게 뱃살만 가린다고 해결될 일이 아니네 진짜. 안 그래도 허벅지끼리 스치고 짓물러서 생긴 흉터들도 많은데…. 허벅지에 비비크림이라도 바를까?"

이숙은 보통의 여자보다 두 배는 굵어 보이는 허벅지를 양손으로 감추며 고개를 저었다.

"니네는 왜 공부를 안 하니! 야동 안 보니?"

도서관에서 본 동영상이 설마 그 동영상은 아니겠지? 강옥의 물음에 일언반구조차 안 하는 보민이 한 손으로 입을 가린 채 이숙을 향해 고개를 숙였다.

"남자가 시각적으로 약한 건 맞는데, 또 예측할 수 없는 역할 플레이에 더 환장하거든!"

검은 천으로 눈을 가린 성재가 양손에 수갑이 채워진 채 침대 위로 고꾸라졌다. 헝클어진 검은 머리칼만큼 엉망으로 구겨진 그의 새하얀 와이셔츠가 제일 먼저 이숙의 시선을 사로잡았다. 살짝 벌어진 셔츠 사이로 숨을 쉴 때마다 오르락내리락거리는 그의 탄탄한 복근이 탱탱하게 흔들렸다. 위협적이고 또 섹시했다.

"하성재 씨 배꼽은 언제부터 이렇게 이뻤나, 참외배꼽이네?"

또각또각. 9센티 굽의 검은 가죽 롱부츠를 신은 거대한 다리가 침대 앞으로 걸어왔다. 검은색 카터벨트를 두른 여형사 복장의 이숙이 성재의 배꼽 주위를 뱅글뱅글 손끝으로 문지르며 미소 지었다.

"맛있겠다!"

배 주변을 매만지던 손가락이 단단한 가슴골을 지나 탐스러운 목젖과 각진 턱 그리고 부드러운 입술을 차례대로 훑었다.

"아…."

아무것도 볼 수 없는 성재의 입에선 뜨거운 콧소리가 흘러나왔다. 시각이 차단된 그의 모든 감각은 오로지 촉각과 청각에만 예민하게 반응하고 있었다.

"땡! 그만해, 그만! 넌 어쩜 상상도 그렇게 3류 뽕짝으로 하니? 그거 그레이 오빠가 50가지 버전으로 이미 다 써먹었잖아. 식상해!"

강옥이 기가 막히다는 듯 손을 내저었다.

"혹시 아니, 우리 이숙이가 5천 가지 미스 그레이로 거듭날지!"

으컹컹, 조금 들떠 보이는 보민이 소리 내어 웃었다.

'얘들이 지금 날 가지고 놀고 있는 건가?'

이숙은 그제야 바짝 긴장한 허리를 뒤로 젖히며 이빨을 꽉 물었다.

"죽을래? 재밌냐고! 우리 하피디가 니들 장난감이냐고!"

"어머, 우리 하피디란다. 언제부터 그 인간이 니네 하피디였는데? 겨우 백 일 만난 주제에."

"내 말이! 살다 살다 우리가 얘 남친이랑 백 일 밤도 상상해보고 말이야."

강옥과 보민은 완전 신이 나서 본격적으로 이숙을 놀리기 시작했다.

"닥치라고. 난 완전 진지하다고!"

토라진 얼굴로 삐죽거리자, 강옥이 이숙의 어깨를 토닥인다.

"엄청 긴장되겠지. 그 맘 왜 모르겠어! 이숙아 난… 그래서 처음에 남자랑 잘 때 거품 목욕했어. 일부러 출렁이고 늘어진 내 몸 못 보게 하려고. 제일 큰 호텔 방 빌려서 제일 큰 욕조에 입욕제 잔뜩 풀고…. 무슨 말인지 알지? 하아, 그땐 그랬다, 이 언니도."

강옥은 칼집 낸 소시지가 툭 튀어나온 아메리칸 핫도그를 베어 물며 추억을 곱씹었다.

아니야. 나보고 상상력이 없다고 했지만, 니들은 모른다. 첫날밤을 기다리는 내가 지금 어떤 상태인지! 핫도그를 베어 무는 강옥이 너를 보면서, 내가 무슨 상상을 하고 있는지….

늬들은 죽었다 깨나도 모른다고! 이숙이 눈을 찔끔 감았다.

"근데 살 그거 못 감춰. 뭐, 할 때마다 매번 숨길 거야? 니가 아라비안나이트 천일야화에 나오는 그 여자 주인공이냐고! 아니 현대의학도 어떻게 못 해주는 비만을 무슨 수로 니가 매일 숨길 건데?"

강옥은 입가에 묻은 노란 머스터드 소스를 혀로 핥으며 웅얼거렸다. 이숙은 꿀꺽, 저도 모르게 입안 가득 끈적끈적한 침을 삼켰다. 30년을 굶었어. 너무 오래 굶었어! 자궁이 사막화가 되기 전에 한 그루의 나무가 되어줄 나의 욕망과 첫날밤에 대한 이 판타지를 절대 너희에게 들킬 수 없어. 말 안 해, 죽어도 말 못 해!

"내가 해줄 수 있는 팁은 사실 이거밖에 없어. 마주 보고 앉아 있을 때 다리 끝을 들어봐. 그럼 허벅지 조금 얇아 보인다! 단, 다음날 알 배겨서 허벅지 두 배로 딴딴해짐!"

보민이 의자에 앉아 힐을 신은 것처럼 무릎을 세워 보이자 중력님이 보호하사 신기하게 정말 허벅지가 반이나 얇아 보였다.

"우리 같은 여자들이 할 수 있는 최대의 사기다. 이게!"

"대박!"

놀라운 착시효과에 강옥과 이숙은 박수까지 쳐대며 웃기 시작했다.

그때였다. 보민의 핸드폰이 울리기 시작한 건.

우쭐거리며 친구들 앞에서 재주를 부리던 보민은 앞치마에서 핸드폰을 꺼내들었다.

"여보세… 민혁 씨?"

보민의 남자였다. 전화를 받던 보민은 놀라서 소프라노 톤의 목소리가 2도는 더 올라갔다.

강옥과 이숙은 그 사진과 얘기로만 보고 듣던 '2D 민혁'이 실제로 존재한다는 사실에 새삼 안도하며 그의 목소리를 따라 귀를 세웠다.

"지금 여기로 오고 있다고요?"

당황한 보민이 허둥지둥 창밖을 살폈다. 보이지 않았지만 투명한 식은땀이 그녀의 전신을 적시고 있으리라. 좋지 않은 예감에 사로잡힌 강옥과 이숙 역시 목을 빼고 창밖을 내다봤다.

"나, 지금 없는데? 아, 아니, 근무하는 날 맞는데 이… 일이 있어서 잠시 나왔어요."

쩔쩔매는 보민이 안쓰러울 정도였다. 파랗게 질린 낯빛만 봐도 그녀가 얼마나 긴장하고 있는지 알 수 있었다. 보다 못한 강옥이 보민의 허리에 두르고 있는 앞치마를 풀어 자신의 허리에 묶었다.

"숨어! 여긴 내가 알아서 할게."

그 순간, 종소리와 함께 정말 사진으로만 본 민혁이라는 남자가 가게 문을 열고 들어왔다. 말끔한 슈트 차림에 한쪽 어깨로만 걸친 서류 가방은 그가 이 동네에 흔한 샐러리맨이라는 걸 가감 없이 증명했다.

이숙은 넋이 나간 보민을 끌고 카운터 밑에 납작 엎드렸다.

"에그 샌드위치 하나 포장해주세요."

전문가의 손길로 광을 낸 게 분명한 그의 구두를 바라보며 이숙과 보민은 숨을 죽였다.

'사랑하는 사람이 눈앞에 있는데 이렇게 숨어 있는 게, 이게 사랑이라고?'

이숙은 눈을 질끈 감고 있는 보민을 보며 연민을 느꼈다.

강옥이 노련하게 샌드위치를 포장하는 동안, 민혁은 보민을 찾는지 주위를 두리번거렸다. 하지만 이내 실망한 표정으로 샌드위치를 받아든 민혁은 수고하라는 짧은 인사만 남긴 채 가게 문을 나섰다.

"와… 간 떨어지는 줄 알았네."

꽤 강단 있게 행동하던 강옥이 그대로 의자에 주저앉았다. 그리고 곧이어 이숙의 부축을 받으며 보민이 일어섰다.

"갔냐?"

"어, 갔어. 걱정 마."

강옥이 손부채를 하며 대답했다. 세 사람은 예상치 못한 괴한의 습격이라도 받은 듯 한동안 멍하니 숨을 고를 뿐이었다.

"저기, 죄송한데 아까 영수증을 안 주셨는데…. 회사에 청구해야 해서. 부탁드립니다."

하지만 다시 문이 열리는 소리와 함께 민혁의 목소리가 들려왔을 땐 도저히 어찌할 도리가 없었다. 그대로 망부석처럼 얼어버린 보민은 있는 그대로, 민혁과 정면으로 부딪쳤다.

"어머, 내 정신 좀 봐! 죄송합니다."

강옥은 서둘러 카운터로 달려갔고, 이숙은 민혁의 시야로부터 보민을 감추기 위해 할 일없이 가게 안을 서성거렸다.

그럼에도 보민이가 말한 그 '운명'이라는 것이 진짜 통했던 걸까? 민혁은 계속 보민을 쳐다봤다. 어디서 많이 보던 사람인데… 누군지 잘 모르겠네? 뭐, 그런 표정.

보민 역시 차마 그의 시선을 피할 수 없었다. 아인슈타인의 상대성이론으로 계산해본다면 이들의 시간은 지금 얼마의 속도로 돌고 있는 걸까? 아마 1초가 한 시간 같겠지. 아니 시간이 멈춘 것 같은 기분일 거다.

"소, 손님, 여기 영수증…."

하지만 이 멈춰버린 시간을 다행히도 강옥이 다시 움직이게 했다. 민혁은 정신이 들었는지 고개를 끄덕이며 영수증을 받아 들었다. 그리고 아무 의심 없이 다시 사라졌다.

"니들 가라, 이제."

하지만 진짜 문제는 이거였다. 실제 보민을 보고도 그녀가 누군지 알아보지도 못하는 사랑이 운명이라니…. 불륜도 아니요, 그렇다고 보통의 연애도 아니요, 이런 운명은 도대체 뭐라 불러야 하나? 보민은 꽤나 충격을 받은 것 같았다.

강옥과 이숙은 아무 말 없이 그대로 가게를 나왔다. 만약 그 자리에서 저 남자, 어떻게 그럴 수가 있냐고 호들갑이라도 떨어댔다면 아마, 보민은 그대로 뛰쳐나가버렸을 거다.

못 알아 본 건, 민혁의 잘못만은 아니었기에 그를 원망할 수도 없었다. 화를 낼 수도 없었다. 그저, 받아들여야 한다. 속이 썩어 문드러지는 한이 있더라도. 이숙이 말했다.

"보민이 불쌍한데…."

"너나 잘해. 걔 연애는 걔가 알아서 하겠지."

오래간만에 한강 주변을 나란히 걸으며 강옥이 말했다.

"너는 요새 만나는 남자 없어?"

"있어."

"벌써?"

"벌써라니! 연애는 뭐다? 릴레이! 한 틈도 쉬어선 안 돼."

"이번엔 또 어떤 꼬맹인데?"

"꼬맹이 아니야. 다음 주에 론칭하는 청담동 오프매장 건물주인."

창조주 위에 '건물주'라는 그 위대한 단어에 '오…' 이숙은 저도 모르게 탄성을 내뱉었다.

"론칭 파티 할 때 너도 와. 하피디랑 같이. 스위트룸 예약해놨어. 같이 신나게 놀자."

"더블데이트 같은 거 취미 없다."

"데이트는 무슨, 같이 술이나 마시는 거지. 나 늦었다. 미팅 있어. 먼저 갈게."

시간을 확인하던 강옥은 빈 택시를 세우더니 서둘러 몸을 실었다.

"백 일 기념 잘 보내고. 아, 콘돔은 꼭 쓰고!"

훤한 대낮에 콘돔이라는 말을 아무렇지 않게 내뱉다니! 너란 여자는….

차창으로 손을 흔들며 환하게 웃는 강옥을 보며 이숙은 얼굴이 화끈거렸다. 강옥의 거침없는 대담함이 이럴 땐 참 부끄러웠다. 혹여 길 가는 행인이나 택시기사가 들었을까 봐 가방으로 얼굴부터 가렸다. 택시가 눈앞에서 보이지 않을 때까지 이숙은 그렇게 볼이 빨개진 채 발길을 돌리지 못했다.

만으로 마흔 살. 로또 복권 당첨으로 소위 대박이 난 이 남자는 현재 통장에 얼마가 있는지도 잘 모르겠다는 럭키 가이였다. 돈이 돈을 모은다고, 그는 당첨금을 전부 부동산에 투자했고, 시세차액으로 번 돈으로 더 좋은 물건들을 사고, 그렇게 또 돈이 돈을 벌었다고 했다.

온라인 쇼핑몰 BigBLACK의 오프매장 론칭을 위해 부동산을 드나들 때였다. 지인을 통해 소개받았을 때부터 남자는 '나는 마른 여자보다 살집이 있는 여자가 좋다'고 말할 정도로 강옥에게 호의적이었다. 마침, 외로웠고 불장난 같은 연애에 지쳐 있었기에, 강옥은 물 흘러가듯이 자연스럽게 그와 만났다.

잠자리 역시 나쁘지 않았다. 나이만큼 노련한 테크닉은 만족스러웠고, 때와 장소에 맞춰 적절한 선물과 기분 좋게 하는 립 서비스 역시 기존에 만났던 어린 남자들에 비하면 더할 나위 없이 훌륭했다. 사실 현호한테 바랐던 그 모든 것들이 그에게 다 있었다.

단 한 가지, 정말 못생긴 얼굴만 빼면….

니 생긴 걸 보고 말해라, 혹은 남자 얼굴이 밥 먹여주냐고 말들 하겠지만, 어쩌라고?

하나같이 다 맞는 말이다. 인정! 하지만 돈 많고 나이든 남자들이 예쁘고 어린 여자들을 보며 환장하는 것과 다를 게 없다. 여자 꼰대라고 해도 할 수 없고. 보민이처럼 지인(생)지(가)조(지는)일일 수도 있는데, 민강옥 난 그런 여자다. 곧 죽어도 예쁜 게 좋다. 곧 죽어도 어린 게 좋다!

하루에 세 번씩 한줌이나 되는 영양제를 챙겨 먹고, 체력이 예전 같지 않다며 '내가 예전엔…'이란 말을 밥 먹듯이 거들먹거리는 레퍼토리도, 긴장감이라곤 전혀 없는 늘 똑같은 데이트 패턴도 지루하고 재미없었다. 특히 '너랑 결혼하면…'이라 시작하는 가정법의 결론은 언제나 어디에 얼마만큼의 땅을 살 수 있고, 얼마를 투자해서 얼마만큼 회수할 수 있을지로 귀결되었다.

돈 환장한다. 더 부자가 되고 싶지 않은 사람이 어디 있으랴. 하지만 내 재산이 결혼이라는 단어 하나에 그에게 전부 흡수 합병된다는 것 자체에 동의하고 싶지 않았다.

'그러니까 지금 내게 필요한 건, 뭐?'

사랑! 모든 규칙적인 일상을 불규칙으로 만들어버릴 예측 불가한 짜릿한 만남이었다.

강옥은 저녁에 만나자고 남자가 보낸 메시지를 보며, 그런 생각에 빠졌다. 사랑하는 남자와 첫날밤을 상상하며 소녀처럼 설레 하는 이숙을 보니 더욱 이 만남이 쓸쓸하고 별로라는 생각이 들었다. 친구의 행복을 질투하는 게 아니라 그냥 보이지 않는 내 행복이 답답했다. 그리고 이런 생각을 지울 수 없음에도 알겠다고 답문하는 이 외로움이 더 최악이라는 생각을 지울 수 없었다.

남자는 오늘따라 컨디션이 좋다고 했다. 호텔 레스토랑에서 밥을 먹는 내내 그는 강옥의 발등에 엄지발가락을 비벼대며 끊임없이 신호를 보냈다. 하지만 강옥은 오늘이야말로 최악의 감정 상태였다. 몸은 이렇게 무거워도 멘탈은 그 어느 때보다 가벼웠다. 조금만 건드려도 부서질 것 같은 나약한 유리 같았다.

"다음에. 론칭 준비로 바쁜 거 알면서…."

실제도 그랬고, 오늘만큼은 섹스도 당기지 않았다.

남자는 명품 구두에 발을 구겨 넣으며 인상을 찌푸렸다. 왜 또 저래, 이해할 수 없다는 표정이었다. 그 표정을 보고 있자니, 이 몇 십만 원짜리 고가의 식사가 그닥 맛있지 않았다. 강옥은 미안하니까 오늘은 내가 사겠다며 먼저 계산서를 챙겼다.

남자는 그러지 말라고 말은 그렇게 했지만 지갑을 꺼내지는 않았다. 웨이터를 불러 강옥이 결제를 마치고 나서야 그의 입가에 미소가 보였다.

돈 많은 속물 같으니! 처음부터 그냥 잘 먹었다 한 마디면 될 것을. 이럴 땐 차라리 먹여주고 재워주고 손에 쥐여주는 모든 것에 웃으면서 좋아하던 현호가 차라리 더 나았다. 강옥은 그렇게 생각하며 마지막으로 피가 배어나는 스테이크를 힘주어 썰었다.

별로였던 식사가 끝나자 그가 의자를 뒤로 빼주었고, 막 일어설 때였다. 현호였다. 강옥은 굽어있던 허리를 펼 새도 없이 익숙한, 그토록 하루 종일 그리웠던 얼굴을 마주했다. 하지만 강옥을 보지 못했는지 그는 엄마뻘 돼 보이는 새 애인과 함께 메뉴판을 보고 있었다.

'잘살고 있구나…. 다행이다' 그런 예쁜 마음은 강옥에게 어울리지 않았다.

'나이 많은 중년보단 그래도 뚱뚱하지만 젊은 내가 낫지 않나?'

강옥은 여전히 젊고 아름다운 현호의 얼굴을 그렇게 멍하니 뚫어져라 쳐다봤다.

"아는 사람이야?"

"아니."

남자가 물었을 때 강옥은 고개를 저었다. 일부러 구두 소리를 내며 현호의 곁을 스쳐 걸었다. 자기주장 확실한 강옥의 거대한 검은 그림자가 성큼성큼 다가오자 그가 무의식중에 고개를 들었다. 강옥과 눈이 마주친 현호는 얼른 눈을 돌렸지만, 강옥은 알 수 있었다.

당황하고 있는 그의 눈빛을…. 강옥의 가방을 들고 뒤따라오는 졸부 향 가득한 남자를 훑던, 그의 눈길을….

발레파킹을 기다리는 동안 이상하게 전신이 짜릿했다. 자신을 쳐다보던 현호의 그 눈빛이 눈앞에 아른거려 옆에서 데려다주겠다는 남자의 말에 집중이 되지 않았다.

누나, 얘기 좀 해.

정신이 들었을 때 현호의 문자가 핸드폰 스크린에서 깜박이고 있었다.

강옥은 남자를 먼저 보냈다. 그리고 일말의 망설임도 없이 방을 잡았다.

늘 만나던 룸으로 와.

메시지를 입력하는 순간에도 이게 잘하는 짓인지, 이러면 안 되는데… 그런 양심의 가책은 당연 있었다. 하지만 얼마 후 방문을 두드리는 소리가 들렸고, 그런 고민은 어떻게 되든 상관없었다. 오늘 밤, 이 외로움을 달래줄 사람은, 이 허한 기분을 충족시켜줄 사람은 현호밖에 없었으니까.

강옥은 망설이지 않고 문으로 다가갔다.

알람이 울리기도 전인데 눈이 떠졌다. 그렇게 떨쳐내기 힘든 아침잠도 오늘만큼은 예외였다. 확인한 핸드폰 화면엔 기념일 어플이 카운트다운 해준 100일이라는 숫자가 대문짝만 하게 반짝이고 있었다.

벌써 백 일이나 됐다니! 이숙은 100이라는 숫자가 주는 묘한 감동에 가슴이 뭉클했다. 시험에서 백 점을 맞은 기분도 이보다 더 좋지는 않을 것 같았다. 이숙은 핸드폰 사진첩을 열었다. 지금까지 백

일 동안 그와 먹었던 음식들이 빼곡하게 폴더에 들어차 있었다.

사진을 쭈욱 살펴보던 이숙의 눈길이 초 세 개가 꽂혀 있는 케이크 사진에서 잠시 멈췄다. 사귄 지 꼭 한 달 되었을 때, 촬영장에서 밤샘 촬영을 해야 했던 두 사람은 둘 만의 시간도 공간도 가질 수 없었다. 그게 미안했던 성재는 당 떨어지지 말라 에둘러 말하며 전 스태프에게 야식으로 케이크를 돌렸다. 눈치 빠르게 이숙이 이왕 케이크 먹는데 기분 좀 내보자며 무심한 척 초 세 개를 꽂았고, 두 사람 사이를 전혀 모르고 있던 스태프들은 영문도 모른 채 그날 밤 세상에서 가장 특별한 케이크를 먹었다.

이숙은 그날 촛불을 보며 웃고 있던 성재의 미소를 또렷이 기억한다. 이게 바로 우리 둘이 사랑하는 방식이었다. 둘만의 비밀, 둘만의 추억! 매주 바뀌는 아이템과 촬영 때문에 초 단위로 시간에 쫓겨 살면서도 우리 둘은 이렇게 우리만의 시간들을 함께했다.

하트 모양의 김밥 사진을 보고 있자니, 처음으로 오프를 맞추고 남이섬에서 데이트를 했을 때도 떠올랐다. 성재는 새벽부터 일어나 도시락을 싸고, 커플 후드 티까지 챙겨 이숙을 태우러 왔었다. 하지만 이숙이 죽어도 안 입겠다고, 사이즈가 작다고 투정부리자 삐진 성재는 그날 처음으로 이숙에게 화를 냈다.

사실, 사이즈가 조금 작았던 후드 티보다, 성재와 같은 옷을 입고 있을 때 사람들의 시선이 부담스러웠다. 성재는 아직까지도 그 얘기만 꺼내면 어린애처럼 투덜거리지만 나라고 커플 티를 안 입고 싶었던 건 아니다, 하지만 정말 어쩔 수 없었다.

그럼에도 성재는 그 어떤 남자와 비교해도 부족함이 없을 만큼 성실한 남자 친구였다.

다시 방송국으로 돌아가 밤을 새야 할 때도 그는 늘 이숙을 집까지 데려다주었다. 행여 뚱뚱한 여자 친구를 남들이 보고 수군거릴까, 먼저 잡고 있던 손을 은근슬쩍 빼버릴 때도 성재는 이숙의 손을 다시, 더욱 꽉 움켜쥔 채 놓지 않았다. 세상 사람 누가 본다고 해도 괜찮다고! 방송국 사람들이 제 아무리 수군거려도 자긴 상관없다고 말하던 그였다.

농담인지 진심인지, 내 기분을 좋게 해주려고 일부러 그런 말을 하는지, 알 수 없지만 어쨌든 그런 그와 내가 사귄 지 드디어 백 일이었다!

이숙은 백 일 동안의 이 모든 기억이 희미해질까 두려울 정도로 소중했다. 핸드폰을 가슴에 끌어안은 채 오늘은 어떤 특별한 하루가 될까 설레기 시작했다.

이숙은 평소보다 정성스레 샤워를 하고, 다리와 겨드랑이 제모를 했다. 몸 구석구석 바디 오일을 바르고 새로 산 샤워코롱도 뿌렸다.

샤워를 마치고 나오자 성재에게 메시지가 와 있었다.

"잘 잤어요? 난 이제 퇴근."

짧지만 궁금했고, 원하고, 필요한 모든 내용을 다 담고 있는 만족스런 아침인사였다. 연달아 보낸 이모티콘엔 눈꺼풀이 반쯤 내려간 강아지가 하품을 하고 있었다. 이런 이모티콘을 보낼 때면 가끔 심쿵할 때가 있다. 투정 같기도, 애교 같기도 한 그의 마음을 살짝 엿본 것 같아 마음이 풍요로워졌다.

"푹 자고, 이따 봐요."

꽃 돼지가 강아지를 꽉 안아주는 이모티콘과 함께 서둘러 답장을 보냈다.

남들이 보기에 이게 무슨 그렇게 설렐 일이냐고 혀를 찰 수도 있다. 하지만 눈을 뜨자마자 사랑하는 사람의 아침 인사로 시작해 그 사람의 굿나잇 인사로 하루를 마감할 수 있다는 건, 안정된 연애를 하고 있다는 증거이기도 했다.

이숙은 이런 안정된 설렘이 좋았다. 특별하거나 거창하지 않아도 당연한 것 같은 일상의 확인이 좋았다. 떨어져 있어도 언제나 함께 있는 것 같은 이런 가까운 심리적 거리감이 좋았다. 서툴지만 언제나 최선을 다해 곁에 있어 주는 성재가 믿음직스러웠다.

출근 준비를 마친 이숙이 마지막으로 거울을 봤다. 코르셋으로 바짝 조인 배를 통통 두드려 보기도 했다. 평소에 이 정도면 정말 좋을 텐데…. 하지만 그 어떤 동화 속 요정도 30년 비만 인생을 하루아침에 날씬이로 만들어줄 것 같진 않았다. 그저 오늘을 위해 일주일 동안 소식했더니 조금 뾰족해진 턱살이 그나마 위로라면 큰 위로가 될 뿐이었다.

방문을 열고 나서기 전, 누가 볼까 화장대 서랍에 꼭꼭 숨겨둔 콘돔도 잊지 않고 챙겼다. 그리곤 엄마에게 방송국에서 밤샘할지도 모른다는 준비된 거짓말도 아끼지 않았다. 오늘은 그와 나의 특별한 날이니까…. 이숙의 발걸음이 세상 그 어떤 날씬한 여자보다 가벼운 봄바람을 닮아, 가볍고 경쾌했다.

"작가님들, 소문 들으셨어요?"

"소문? 아니, 무슨 소문?"

식사를 하던 작가들이 한데 몰려 떠드는 소리가 들렸다.

"하피디님이랑 인영 씨랑 그렇고 그런 사이래요."

"엇, 너도 들었어? 나도 그 소문 들었는데. 진짜래?"

서브작가가 알고 있다는 듯 되묻자 이번엔 지영 씨가 끼어들었다.

"난 직접 봤어! 편집실에서 하피디님 혼자 실실 웃고 있길래 봤더니, 세상에! 화면에 인영 씨가 뜨왁! 왠지 느낌 팍 오더라고…."

"어쩐지 현장에서 둘이 뭔가 우리들 눈치 보는 것 같기도 하고, 그지?"

"눈치가 뭐예요, 두 사람 눈에서 완전 꿀 떨어지던데."

"흠흠…."

듣다 못한 이숙이 헛기침을 해봤지만, 그녀들의 수다는 끝이 없었다.

옆에 앉아 밥을 먹던 명훈만이 이숙의 눈치를 살폈다.

"끼리끼리 만난다더니 선남선녀가 만났네! 그림 진짜 예쁘다. 그죠, 작가님?"

눈치 없는 막내작가가 물었다.

"다들 천천히 먹고 와. 먼저 일어선다."

이숙은 아무것도 못 들은 척 식판을 들고 일어섰다. 뒤로 명훈이 따라 일어났다.

"아니, 그렇게 신경 쓰이는데 그 남자가 내 남자다, 왜 말을 못 해?"

"누가 신경 쓴대? 난 아무렇지도 않거든!"

"거짓말하고 있네. 얼굴에 딱 쓰여 있는데 뭐. 성재 형이 진짜 양다리일까, 아닐까? 심란하고 언짢고. 혼자 난리가 나셨구먼."

약 올리는 건지, 위로하는 건지 모르겠는 명훈의 말에 이숙은 걸음을 멈췄다.

"넌 어떻게 니네 형을 못 믿니? 난 그 사람 믿어. 그러니까 따라오지 말아줄래?"

말은 그렇게 했지만 명훈의 말 그대로였다. 이숙의 머릿속은 알파고나 인공지능 슈퍼컴퓨터도 계산할 수 없을 만큼 복잡하고 어려웠다. 그리고 솔직히 만약 내가 하피디와 사귄다고 했을 때 사람들의 반응이 너무 무서웠다.

'진짜 안 어울린다', '하피디님 눈 진짜 낮네', '아니, 김작가님이 여자로 보인단 말이야?' 같은 말이라도 나올까 봐 그게 더 두려웠다. 이미 이숙의 귀에는 수만 수천 가지의 각기 다른 비웃음이 들리는 것 같았다. 죽어도 감당할 자신이 없었다.

점심시간이 끝날 즈음 출근한 성재는 매우 피곤해 보였다. 오디오 작업까지 편집을 모두 마친 최종영상을 확인하는 순간에도 빨갛게 충혈된 양쪽 눈은 숨길 수 없었다.

이숙은 이 복잡한 마음을 지금 당장 그에게 털어놓고 싶었지만, 그러지 않았다. 어차피 밤에 만날 수 있으니까, 일단은 그때까지 참아보기로 했다. 분명 성재라면 그런 소문에 흔들리지 말라고 안아줄 거다. 이숙은 확신했다.

"혹시, 성재 씨 자고 있어?"

"무슨 소리야? 형, 집에 없는데…."

"아… 알았어. 끊어."

다급하게 이숙이 전화를 끊으려고 할 때였다.

"잠깐만. 둘이 같이 있는 거 아니었어?

명훈은 동그라미가 쳐진 성재의 탁상 달력을 들춰보며 대답했다.

"그러게. 같이 있어야 하는데, 같이 없으니까 전화했겠지?"

"이상하네. 나도 찾아볼게."

"아니야, 며칠 편집실에서 밤샜잖아. 어디서 자고 있겠지."

밤 9시. 만나기로 한 시간이 훨씬 지났지만 성재는 연락이 없었다. 카톡의 문자는 읽지 않았고, 전화는 받지 않았다. 이숙은 점점 불안해졌다. 성재를 둘러싼 이상한 소문도 그렇고, 이렇게까지 연락이 되지 않았던 적이 없었기에 더욱 그랬다. 하루 종일 짓눌렸던 감정이 온 이성을 잠식했다. 지금까지 단 한 번도 그런 적 없었지만 이숙은 성재의 SNS 계정을 뒤졌다.

평소라면 아주 평범한 대화조차 집중해서 정독하고 있었다. 특히 인영과 주고받은 대화들은 특히 눈이 갔다.

음식 사진으로 가득 찬 이숙의 계정과 달리, 인영은 함께 일하는 스태프들과 찍은 사진이나 자신의 셀카를 주로 올렸다. 개중에는 성재와 찍은 사진들도 있었다. 기분이 이상했다. 생각해보니 이숙은 성재와 함께 찍은 사진이 단 한 장도 없었다. 이숙이 원치 않았다. 어차피 같이 찍어봤자 연인보다 더 넓적하고 못생긴 얼굴을 굳이 찍어서 남길 필요가 없었다.

마음이 더 심란해지기 전에 이숙은 얼른 핸드폰을 껐다. 나쁜 생각은 꼬리에 꼬리를 무는 법이다. 의심하지 말자. 피곤해서 어딘가에서 곯아 떨어져 있겠지…. 그렇게 생각하기로 했다.

이숙은 혹시 몰라 다시 방송국으로 돌아가 숙직실과 편집실을 살폈다. 하지만 그의 모습은 여전히 찾을 수 없었다. 그리고 기다리고 있던 핸드폰 벨이 울렸다.

"성재 형 아직도 연락 없어?"

명훈이었다. 그 역시 걱정돼서 성재를 찾고 있다고 했다. 시간은 어느덧 10시를 넘어가고 있었다. 더 할 수 있는 게 없었다. 데려다 주겠다는 명훈의 연락을 받고 방송국 지하 주차장으로 향하고 있을 때였다. 성재의 하얀색 경차가 언제나 있던 제자리에 자리를 지키고 있었다. 이숙은 당연하다는 듯 차를 향해 걸어갔다.

하지만 성재만이 아니었다. 그의 차 안에 있는 사람은… 인영이었다. 심각한 표정으로 얘기를 나누고 있던 인영은 끝내 울음을 터뜨렸다.

이숙은 우두커니 서서 그 모습을 지켜볼 수밖에 없었다. 머릿속에서는 100부작 아침 드라마 3편 정도를 연속으로 집필한 기분이었다. 도대체 얼마나 중요한 일이기에, 이 시간까지 나한테 그 간단한 문자 하나 없이 둘이 이렇게 함께 있는 걸까? 왜, 무슨 사이인데?

울고 싶은 사람은 난데, 폭풍 오열하던 인영이 성재의 목을 덥석 끌어안았다. 이숙은 그대로 뒤돌아섰다. 내가 앉았던 자리에서, 내가 끌어안던 그 남자를 다른 여자가 똑같이 안고 있다는 생각만으로 구역질이 날 것 같았다.

"누나!"

그런 이숙의 어깨를 잡은 건 명훈이었다. 그도 같은 장면을 봤는지 성재와 인영에게서 눈을 떼지 못한 채 이숙을 불렀다.

"놔! 아무 말도 하지 마. 혼자 있고 싶어."

이숙은 명훈의 손을 뿌리쳤다. 걷고 있는 건지, 누가 뒤에서 밀고 있는 건지 모를 무감각한 상태로 기계처럼 발을 움직였다. 아무 생각도 하고 싶지 않았다. 차라리 죽었으면 좋겠다고 생각했다.

휘청거리며 걸어가는 이숙을 보며 명훈이 머리를 긁적였다. 이건 예상치 못한 반전인데….

명훈은 다시 한 번 차 안의 성재를 바라봤다. 이러지도 저러지도 못하고 누군가를 위로해야 하는데 그럴 수 없을 때 나타나는 특유의 표정이었다. 도대체 저 둘은 뭐야? 소문이 사실인가? 하지만 그가 아는 성재는 애초에 그럴 수 있는 사람이 아니었다.

명훈은 추하게 펑펑 울면서 걸어가는 이숙과 아무것도 모르고 다른 여자에게 안긴 성재를 번갈아 보며 저도 모르게 미소 지었다.

"흠, 잘하면 알아서 떨어져 나가겠는데!"

열

마음의 문제

이숙의 핸드폰은 밤새 울렸다. 성재의 전화였다. 하지만 아무 말도 듣고 싶지 않았다. 설령 그 어떤 오해가 있더라도 이해하고 싶지 않았다. 핸드폰 화면에 뜬 그의 이름을 바라보며 하염없이 눈물만 흘렸다.

이숙은 핸드폰 전원을 아예 꺼버렸다. 다리를 끌어안고 고개를 묻고 싶었지만 뚱뚱해서 그것조차 쉽게 되지 않는 자신이 비참했다. 그대로 바닥에 엎드려 온몸으로 발광했다.

"왜 이 몸의 몸뚱이는 내 맘대로 되는 게 하나도 없어? 왜!"

한숨도 자지 못했다. 밤새 얼마나 많은 감정의 롤러코스터를 탔는지 속이 다 울렁거렸다. 문득, 성재가 맞춘 커플 티가 생각났다. 선물 박스 안에 소중히 넣어둔 그 후드 티를, 작아서 차마 그의 앞에서 입지 못했던 그 티를, 그와 같은 옷을 입고 있다면 사람들이 비웃을까 숨겨왔던 그것을 처음으로 꺼내 입었다.

역시나 작았다. 목은 꽉 끼었고, 배는 울퉁불퉁하게 딱 달라붙어 있었다. 맞지 않는 옷을 이렇게 닳을까, 헤질까 안절부절못했던 시간이 조금 우습게 느껴졌다.

성재도 마찬가지다. 나와 어울리지 않는 사람이다. 과분할 만큼 좋은 사람이고, 그만큼 좋아했지만 입을 수 없는 옷을 아꼈던 것처럼 늘 그의 앞에선 주눅 들고, 작아졌었다.

주차장에서 성재와 인영이 함께 있던 그 순간, 차 문을 열고 따지지 못했던 자신에게 화가 났다. 바보처럼 울면서 뒤돌아섰던 내가 스스로도 이해가 안 됐다. 명훈의 말대로, 사람들 앞에서 눈치 보며 '이 남자가 내 남자다'라고 말 못 하는 내가 한심했다.

성재를 사랑하면 할수록 이상하게 나는 점점 소멸되고 있는 기분이었다. 바보 같았다.

이숙은 커플 티를 벗어 상자에 다시 넣었다. 하지만 곧 다시 꺼내 쓰레기통에 넣었다. 입을 수 없다면 더 이상 옷이 아니다. 내게 아무리 소중해도 맞지 않는 건, 맞지 않는 거니까!

이른 새벽, 퉁퉁 부은 눈으로 이숙은 현관문을 열었다. 집 앞에서 기다리고 있던 성재가 그녀를 보자 한걸음에 달려왔다.

"내가 다 설명할게!"

"…."

이숙은 매정하게 그의 손을 뿌리쳤다. 도착해 있는 콜택시를 타고 도로를 달리면서도 이숙의 머릿속은 온갖 두려움으로 가득 차 있었다.

만약 모두의 말들처럼 성재와 인영이 그렇고 그런 사이라면… 나는 그에게 무엇이었을까? 이숙은 끊임없이 되돌아오는 같은 질문에 적합한 답을 찾을 수 없어 괴로웠다. 보민이를 보며 이게 사랑인가? 자문했던 그 질문들을 자기 자신에게 할 줄은 몰랐다. 강옥이를 보며 어떻게 사랑이 저래, 한심하게 여겼던 것들이 결국 그래, 사랑은 다 이렇구나, 납득하고 있는 자신이 서글펐다.

"김이숙이에요."

인터폰을 향해 이름을 대자 급하게 문이 열렸다. 놀란 인영이 잠옷을 추스르며 이숙을 반겼다. 이숙은 신발을 벗으면서 의외로 소박한 그녀의 작은 원룸을 둘러봤다. 마치, 셜록 홈즈처럼. 여기에 성재와 인영, 두 사람의 아주 작은 접점이라도 있다면 이곳은 곧 인영의 무덤이 되리라! 찰나의 순간에도 이숙의 눈은 매처럼 빠르고 민첩하게 움직였다.

"김작가가 이 시간에 여긴 어쩐 일이야? 커피… 마실래?"

"그냥 앉아요. 할 얘기 있으니까."

"무섭게 왜 그러는데…. 자기, 무슨 일 있어?"

인영은 사뭇 다른 이숙의 오라를 본능적으로 느꼈다. 바짝 마른 몸이 소파 위에 앉자 더욱 왜소하게 보였다. 이숙은 한줌의 허리와 쇄골이 움푹 파인 청순가련한 그녀를 보며 더욱 기분이 언짢아졌다.

"본론만 얘기할게요. 어제 성재 씨랑 주차장에서 왜 같이 있었어요?"

"서, 성재 씨? 누구… 아, 하피디?"

인영은 성재의 이름을 당연하다는 듯 부르는 이숙을 토끼눈으로 바라봤다. 하지만 인영은 영리한 여자였다. 그녀는 이제야 알겠다는 듯 입가에 미소를 머금은 채 자세를 고쳐 앉았다.

"설마 했는데… 둘이 진짜 사귀는구나. 왠지 그럴 거 같더라니…. 나 촉 좋거든!"

"묻는 말에만 대답하시죠. 어제 두 사람…."

"이렇게 눈 뒤집힌 거 보니까, 아직 얘기 못 들었나 보네."

"그러니까 이제 대답해보시죠. 기분 아주 엿 같으니까."

"암이래, 나."

"…!"

"2기라서 개복하고 잘라내야 된대. 나, 이래 봬도 환자야!"

인영은 곧 죽어도 깍쟁이처럼 환자라며 이숙을 향해 눈을 흘겼다. 이 이른 아침에 환자한테 이럴 수 있느냐 항의라도 하듯이.

이숙은 아무 말도 못 하고 인영을 한참 동안 바라봤다. 갑자기 머리가 진공상태가 된 것 같았다.

"5년이잖아. 식탐미인 하면서 먹고 토하고, 매일 소화제 달고 살고…. 애초에 나랑 안 맞는 일이었는데…. 그래서 어제 하피디한테 식탐미인 더 못 한다고 얘기했어. 하차하겠다고. 사람들한테 말 도는 것도 싫고, 조용히 빠지고 싶다고 상담 좀 했다. 으이그, 이제 속이 시원해?"

이런 대답은 예상 답지에 아예 포함된 적도 없었다. 이숙은 적잖게 당황했다.

"하피디 사람 참 괜찮더라. 1년이면 되겠냐고… 김작가랑 기다리고 있을 테니 완쾌해서 꼭 다시 돌아오라고. 그 말 듣는데 너무 고마운 거야…. 자기도 알잖아. 방송 일이 어디 기다려주고 그래? 한 번 떠나면 끝이지. 그런데도 그렇게 말해주니까 진짜 기다려 줄 거 같아서 울컥했어. 그래, 꼭 완쾌해서 돌아오자. 나를 기다려주는 사람들 곁으로…."

인영은 스스로 다짐하듯, 고개를 끄덕이며 말하는 중간중간 손으로 눈물을 훔쳤다.

집으로 돌아오는 길에 이숙은 기다리고 있던 택시를 그냥 보냈다. 걷고 싶었다. 그토록 미워했던 인영이다. 5년 동안, 그녀와는 하루도 쉬지 않고 싸웠다. 전국을 떠돌며 서로가 서로에게 수없이 상처주고 또 화해했다. 이젠 미운만큼 정도 들어 그녀가 없는 식탐미인은 생각해본 적도 없었다. 그런데 당장 그녀가 떠난다니…. 그것도 생사의 갈림길에서 떠나야만 한다니 마음이 이상했다.

매일매일 말라가는 그녀를 부러워만 했다. 저렇게 먹는데 왜 살이 찌지 않을까 참 많이 억울해했다. 하지만 먹고 살기 위해 억지로 먹어야만 하는 그녀의 고통은 보지 못했다. 소화제를 먹어가며 꾸역꾸역 음식을 구겨 넣는 그녀를 참 유별나게 군다고 생각했던 자신이 미안하고 또 미안할 뿐이었다.

엄마의 하나님께 기도라도 하고 싶은 심정이었다. 당장 몇 시간 전만 해도 죽여버리겠다고 이를 갈던 그녀를 위해, 살려달라고. 그녀가 더는 아프지 않게, 꼭 다시 건강하게 돌아올 수 있도록 지켜달라고…. 이숙은 기도하는 마음으로 뿌옇게 내려앉은 잿빛 하늘을 그렇게 한참이나 바라봤다.

방송국에서 마주친 성재와 이숙은 한 마디도 하지 않았다. 성재는 주인을 기다리는 강아지처럼 이숙 주변을 맴돌았지만 보채지는 않았다.

“그냥 헤어져.”

방송국 1층 카페에서 만난 명훈은 아이스 아메리카노 한 잔을 건네며 그렇게 말했다.

“왜? 넌 우리가 정말 헤어졌으면 좋겠어?”

"사랑이 뭐야? 사랑하면 행복해야 하는데, 누날 봐봐. 성재 형 때문에 매번 쩔쩔 매고 휘둘리잖아. 그렇게 버겁고, 힘든데 그게 무슨 사랑이야? 이대로 끝내. 그게 서로에게 좋아!"

명훈의 말은 일리가 있었다. 하루 종일 고민했던 질문에 대한 정답 같았다.

이숙은 그제야 수없이 쌓여 있던 성재의 문자들을 읽기 시작했다. 아직 마음의 행로를 결정하지 못한 채 그의 마음을 마주할 용기가 없었기에, 미루고 미뤄왔었다. 하지만 이젠 그럴 수 없다.

사무실로 돌아온 이숙이 적당한 때를 기다리다가 핸드폰을 꺼내 들었다.

인영 씨 얘긴, 들었어요.

이숙이 문자를 보내자마자 마치 기다리고 있었다는 듯 성재의 답문이 도착했다.

나가서, 만나서 얘기해!

아니, 나 아직 마음이 풀린 거 아니야.

이숙이 다시 문자를 보내자, 맞은편에 앉아 있던 성재가 벌떡 일어났다. 혼란스러운 눈으로 어쩔 줄 모른 채 이숙을 바라봤다.

이상한 분위기를 감지한 사무실의 모든 사람들이 일제히 성재를 쳐다봤다. 오직 단 한 명, 이숙만 제외하고. 성재는 미간의 주름을 지우지 못한 채 그제야 다시 자리에 앉았다.

우리 두 사람, 생각할 시간이 필요할 것 같아요. 잠시 그렇게 해요.

한참이나 고민한 끝에 이숙이 문자 전송 버튼을 눌렀다.

더는 참을 수 없었는지 잔뜩 화가 난 성재가 이숙에게로 성큼성큼 다가왔다. 그대로 이숙의 손목을 낚아채 끌고 나갔다.

두 사람을 바라보던 식탐미인 팀 전체가 술렁거렸다. 놀란 지영이 두 사람을 따라나서려 했지만 이번엔 명훈이 그녀를 말렸다.

"다음 주 촬영 때문에 아까부터 싸우더라고요. 그냥 모른 척들 하시죠."

"분위기 살벌해서 원, 일 하겠나…."

"아니, 아무리 그래도 그렇지. 피디님이 작가님한테 너무 함부로 대하는 거 아니에요?"

"빽 하면 대들고 따지니까 그렇지. 진짜 내가 작가라서 작가님 편이지. 기가 세도 너무 세다, 우리 작가님!"

이숙과 성재가 떠난 자리에는 전부 제멋대로 엇나간 대화만이 흘러넘쳤다.

"도대체 뭐가 그렇게 화가 나는데? 그깟 백일 기념일 못 챙겨서? 아니, 기념일이 사람 목숨보다 중요해? 인영 씨 얘기 다 들었다며. 그런데도 꼭 이렇게 사람 속을 뒤집어야겠어? 너 정말 이것밖에 안 돼?"

"기념일 때문도 아니고, 이해 못 해서도 아니에요!"

"그럼 도대체 뭐가 문젠데?"

"…."

이숙은 차마, 이렇게 절실하게 바라보는 이 남자에게 지금 이 순간, 널 사랑하는 게 행복하지 않다고 말할 수 없었다.

"누군가를 좋아해서, 이런 지옥 같은 기분을 느낄 수 있다는 게, 이런 생각을 하고 있는 내 자신이 너무 무서워. 당신한테 더 어울리는 사람이 되고 싶은데, 그런 사람이 될 수 없을까 봐 불안해하는 것도 쪽팔리고! 내 낮은 자존감도, 당신한테 짐이 될까 봐 너무 싫어! 나도 이런 내가 너무 피곤하고 지친다고!"

성재는 그제야 알 것 같았다. 처음 마음을 열었던 옛 연인이 왜 성재에게 그렇게 질려했는지.

뚱뚱해도 상관없다. 어떤 모습이어도 괜찮다. 하지만 이숙은 뚱뚱하다는 자기가 만든 족쇄에 스스로 얽매여 있는 거다. 이번 일만 해도 평소 이숙의 성격이라면 울고불고 화를 내서라도 되돌리려 했을 것이다. 하지만 지금 그녀는 자포자기한 사람처럼 보였다.

겉은 여러 미사여구로 그럴듯하게 말하고 있었지만 '나 같은 게, 내 주제에, 사랑은 무슨' 그런 말처럼 들렸다. 뭐 하나 모자란 것 없는 이 여자가 단지, 뚱뚱하다는 이유로 자기 자신을 미워하고 있었다. 예전에 내가 그랬던 것처럼. 성재는 콤플렉스에 가득 찬 연인을 옆에서 바라보는 게 말처럼 쉽지 않다는 걸, 이제야 알았다.

뚱뚱한 김이숙은 사랑할 수 있는데, 자기를 싫어하는 김이숙은 진짜 별로라고. 성재는 그렇게 말하고 싶은 걸 억누르며 대신 그녀를 꽉 끌어안았다.

지금 이숙의 마음이 어떤지, 어떻게 무너지고 있는지 그 누구보다 잘 안다. 그도 그랬었다. 한 때 뚱뚱했던 외모에 주눅 들어 상대방의 사랑을 의심했던 때가 있었다.

그녀가 나와 같은 상처로 괴로워한다고 생각하니 몸서리쳐지게 성재 자신 역시 별로라는 생각이 들었다.

"미안해. 그런 생각 들게 해서, 아프게 해서, 힘들게 해서 내가 전부 미안해…. 그러니까… 하나씩 다시 시작해보자."

"이대로는 안 돼. 내 마음의 문제야. 당신 때문이 아니야. 그러니까 나한테 시간을 좀 줘요, 제발!"

"이대로 끝나버리면 어떻게 할 건데? 내가 시간이 필요하다고 할 때 너 나한테 뭐라고 했어? 이기적이라며! 사람 마음 간 보는 거냐고. 갖고 노는 거냐고! 그랬던 사람, 바로 너야!"

"…!"

"그런데 이제 와서 니 마음이 문제라고? 이렇게 니 맘대로 하겠다고? 너한테 내가 고작 그것밖에 안 되는 사람인가?"

"지금 당신을 사랑 하고 있는 내가, 행복하지 않다고! 무슨 말인지 모르겠어?"

이숙은 그대로 돌아섰다. 첫 시작은 그였을지 몰라도 분명히 이건 그와의 문제가 아니었다. 그렇다. 다른 누구도 아닌, 내 마음의 문제다. 차라리 말을 하고 나니 속이 후련했다. 얼마나 잘 버텨낼 수 있을지 자신은 없었다. 다만, 내가 나를 사랑할 수 없는데 내가 아닌 그 누군가를 사랑한다는 건 모순 같았다. 이제는 알 것 같았다. 사랑은 둘이 하는 거라지만, 결국은 각자 '나'를 기준으로 그 사랑의 가치가 결정된다는 것을.

성재와 자신 역시 다르지 않았다. 이 순간 두 사람이 서로에게 가장 많이 한 말이 바로 '내가'였다.

우리는 같은 곳을 보고 있다고 생각했지만, 아니었다. 결국, 같은 곳을 보고 있는 각자의 우리가 있는 거였다. 그게 이 사랑의 실체였다.

이숙이 자리로 돌아오고 한참이나 지나서도 성재는 돌아오지 않았다. 하지만 이숙은 몰랐다. '나'라는 이름으로 그에게 어떤 마음을 줬는지. 그가 어떻게 아파하고 있는지.

한쪽 눈을 가린 그녀의 시야는 너무 좁아서, 두 눈으로 봐야만 볼 수 있는 진짜 사랑의 크기를, 그때는 가늠조차 할 수 없었다.

열하나

하늘에서 남자가 비처럼 내려와

추적추적 비가 내리는 밤이었다.

퇴근을 위해 호주머니에서 자동차 스마트키를 찾고 있을 때였다. 삑, 소리와 함께 자동차 문이 열리자마자 강옥의 차 문을 열고 누군가 뛰어 들어갔다. 잔뜩 쫄 수밖에 없었다. 날씨도 그렇고, 시간도 그랬다. 강옥은 성큼성큼 걸어가 차 안을 들여다봤다.

"까, 깜짝이야! 기척 좀 해라 기집애야!"

보민이었다. 비에 쫄딱 젖은 그녀는 강옥을 향해 어색하게 웃으며 차 안의 휴지로 얼굴부터 닦았다.

"미… 미안. 비가 너무 와서…."

추운지 이빨을 부딪치며 온몸을 떨던 보민은 강옥이 운전석에 타자마자, 양손을 덥석 잡았다.

"뭐야? 왜 이래?"

"내가 이런 말 잘 안 하는 거 너도 알 거야. 살면서 처음이자 마지막으로 부탁할게. 나….”

“얼마 필요한데?”

“…!”

“돈 빌려달라는 거잖아. 사람이 비굴한 건 돈 얘기할 때밖에 없어. 특히 너처럼 자존심 센 인간은 더더욱. 안 그래?”

강옥은 쯧! 혀를 차더니 비 때문에 얼굴에 달라붙은 보민의 머리카락을 손으로 훑었다.

“전화로 해도 될 걸, 뭘 여기까지 와. 비도 오는데….”

영혼의 단짝까지는 아니더라도 친구다. 강옥은 힘들게 발걸음 한 보민에게 애정의 잔소리를 아끼지 않았다.

“1억만.”

“쳐 돌았냐?”

억! 소리 나는 보민의 요구에 머리카락을 떼주던 강옥의 손이 그대로 보민의 볼따구를 때렸다. 찰싹, 찰진 소리였다. 아주 살짝! 아프지 않게 때리긴 했지만 진심이 담긴 따끔한 충고였다.

“그래도 그건 너무했다. 어차피 안 빌려줄 거 왜 때려?”

강옥의 말을 듣던 이숙이 입을 삐죽였다.

“야, 남자한테 미쳐서 전신 성형하겠다는 것도 어이없어 죽겠는데, 억이 뉘집 애 이름이니? 기집애가 아주 정신을 못 차리고…. 그년은 더 맞아야 돼!”

“그래서 오늘 보민이 안 온대?”

이숙은 강옥의 오프매장 론칭 파티장을 둘러보며 보민을 찾았다.

“오기만 해! 이번엔 4번부터 6번까지 경추를 아주 박살 내버릴 테니까!"

"윽…."

왠지 강옥은 한다면 정말 그렇게 할 것 같았다. 그림이 그려졌다. 보민의 목을 잡고 뒤흔드는 강옥의 분노가! 이숙은 인상을 찌푸렸다.

"근데 하피디는 왜 안 데리고 왔어? 같이 오라니까."

여전히 하피디라는 단어가 갖고 있는 여파는 대단했다. 그 말을 듣자마자 이숙의 머리와 눈과 코가 동시에 찡, 하고 울렸다. 이숙은 티 나지 않게 활짝 웃으며 대답했다.

"내가 헤어지자고 했어."

"왜? 그 인간 조루디? 해보니까 별로야?"

"빰 이리 대. 너도 좀 맞자, 쫌!"

이숙이 주먹을 불끈 쥘 때였다. 강옥을 인터뷰하기 위해 패션지 기자가 인사를 건넨 건.

강옥은 평소 알고 지내던 천방지축, 24시간 발정녀의 본성을 숨기고 언제 그랬냐는 듯 아주 우아하고 정숙한 여성 CEO로 돌아갔다. 마치 몸은 하나인데 명태, 생태, 동태, 코다리, 황태, 복어, 노가리 등등 때에 따라 일곱 개의 각기 다른 이름으로 불리는 생선처럼, 그녀는 상대방에 따라 각각 다른 사람처럼 말하고 행동했다.

하얀 탄산 거품이 출렁이는 고급 샴페인이 든 잔을 건네며 손님들을 맞이하는 오늘의 호스트, 여성 사업가 민강옥은 그 순간 가장 아름다웠다. 큰 키도, 커다란 덩치도, 뚱뚱한 몸매도 그녀의 당당하고 유쾌한 미소 앞에선 아무런 힘도 없었다. 신기하고 신비로웠다. 마치 뭐에 홀린 것처럼! 이숙은 남자들이 왜 그토록 강옥한테 빠져드는지 조금은 알 것 같았다.

"처음 쇼핑몰을 열고 새벽에 혼자서 100개가 넘는 주문 박스를 포장하면서 깨달았죠. 지금까지 이렇게나 많은 뚱뚱한 사람들이 도대체 어디서 옷을 사 입었을까? 그때 확신했죠. 빅블랙은 성공하겠구나. 유독 날씬한 사람들에게만 관대한 패션업계에 울트라 강펀치를 날리고 싶었거든요. 그리고 그 결과가 바로 오늘 이 자리가 아닌가 싶습니다. 네! 일개 플러스 사이즈 여성 의류 쇼핑몰 빅블랙이 백화점을 포함해 오늘부터 전국 10개 지점에 오프매장을 오픈하게 되었습니다. 이 모든 게 이 자리를 빛내주신 여러분, 덕분입니다!"

사람들은 우레와 같은 박수로 그녀의 성공을 축하했다. 이숙도 마찬가지였다. 자랑스럽고 또 자랑스러웠다. 강옥이 이숙에게 맡긴 핸드폰 진동벨이 울리기 전까진 말이다.

현호였다, 강옥의 핸드폰 액정에 뜬 이름은. 그때까지만 해도 설마 했다. 강옥이 지금도 현호와 연락하고 있을 리 없다고 생각했으니까. 그도 그럴 것이 지금 이 자리에는 새로운 연인이 떡하니 강옥의 옆에 서 있는데, 말도 안 되는 일이었다.

전화는 짧게 두어 번 울리더니 끊겼다. 곧 이어지는 문자 메시지 알림도 이숙은 대수롭지 않게 여겼다. 하지만….

"강옥아! 어떡해! 강옥아! 민강옥!"

현호가 보낸 문자를 본 이숙은 충격 그 자체였다. 이숙의 입에서 굉음과 같은 비명이 터져 나왔다. 파티장에 있던 모든 사람들이 놀라 일제히 이숙을 쳐다봤다. 하지만 그런 건 아무래도 좋았다. 이숙은 핸드폰을 들고 사람들 앞에서 축사중인 강옥을 향해 내달렸다.

동영상을 캡처한 듯 보이는 벌거벗은 강옥의 사진이 메시지 창에 끝도 없이 떠올랐다.

"누나가 좋아하는 그 서프라이즈, 나도 한번 준비해봤지! 어때, 죽이지?"

현호는 겁도 없이 사진과 함께 이런 말을 잊지 않았다. 그리고 각종 포털 사이트에 업로드 한 강옥의 섹스 동영상 링크 또한 연달아 첨부해 보냈다. 메시지를 본 강옥은 정말 숨소리조차 내지르지 못하고 그 자리에서 실신했다. 그곳에 있던 모든 사람들이 웅성거렸고, 이숙은 큰 소리로 119를 외쳤다.

"나 죽었니?"

병원에서 정신이 든, 강옥의 첫마디였다.

그녀는 두 눈을 뜨지도 못한 채 조용히 대답만을 기다렸다.

"아니."

"나 왜 죽지도 않고, 또 살았니?"

눈을 뜬 강옥은 벌떡 상체를 일으켜 앉더니 링거 병을 올려다봤다.

"이거 치우라고 해. 그냥 콱 죽어버리게. 아니다. 안락사시키는 약 좀 있으면 타 달라고 해. 얼른…."

"…."

그렇게 서럽게 우는 강옥의 모습은 처음이었다. 이숙은 어설픈 위로랍시고 뭐라 말을 거는 것조차 조심스러웠다. 조용히 문을 닫고 나왔다. 병실 앞에 놓인 의자에 우두커니 앉아 그녀의 울음소리가 잦아들기만을 기다렸다.

우연히 만나, 현호와 다시 잠자리를 가진 후 두 사람의 관계는 묘하게 꼬였다고 했다. 사랑이 남아 있지 않은 두 사람에겐 무서운 독점욕만이 남았단다. 서로가 서로에게 돌아가길 원치 않았지만, 서로가 서로에게 우선이길 바랐다.

이별까지 받아들인 만남은, 어떤 자극에도 무감각했다. 싸움은 보통의 싸움으로 끝나지 않았고, 그 어떤 자극적인 말도 더 이상 서로를 아프게 하지 않았다. 현호에겐 자신의 뜻대로 되지 않는 강옥을 상처 입힐 더 강력한 자극이 필요했던 것 같았다. 그녀를 자신의 것으로 굴복시키기 위한 칼보다 더 무서운 거대한 무기가!

성폭력 범죄의 처벌 등에 관한 특례법 위반으로 바로 입건된 현호는 곧 죽어도 '사랑해서 그랬다'는 말도 안 되는 진술로만 일관했다.

오프매장은 론칭 하루 만에 문을 닫았다. 그렇게 밥 먹듯이 결혼을 얘기하던 현재의 남친은 강옥을 모든 연락처에서 차단했다. 강옥은 식음을 전폐하고 방에 틀어박혔다.

심각한 대인기피증에 시달리던 강옥은 불이 다 꺼진 어두운 방구석에 앉아, 지금 이 순간에도 전 세계 누군가의 컴퓨터, 혹은 핸드폰 아니면 노트북에서 재생되고 있을 자신의 동영상을 찾아 분주하게 움직였다.

동영상이 유통되고 있는 전 세계의 포털 사이트 관리자들은 끝도 없이 쌓여가는 강옥의 영상물 삭제 요청서를 처리하느라 골치를 썩고 있다고 했다. 하지만 정상 처리되었다, 삭제되었다는 그 한마디의 답 메일을 목이 빠져라 기다리고 있는 강옥은 피가 말라가고 있었다.

파도, 파도 끝이 없었다. 강옥의 동영상은 잘리고 붙여지고, 멋대로 편집되어 예측할 수 없는 갖가지 제목으로 온갖 곳에서 떠돌았다.

영상물 삭제를 보다 전문적으로 처리하기 위해 의뢰를 맡겼던 사이버 범죄 수사대와 디지털 장의사는 그 이유가 강옥의 동영상이 희귀하기 때문이라고 지적했다. 강옥처럼 거구의 뚱뚱한 여자들이 실제 섹스 하는 모습을 보고 싶어 하는 사람들이 많다는 거였다.

남녀노소 불구하고 그들은 호기심이라는 명분으로 한 인간의 존엄과 사생활을 아무렇지 않게 거래하고, 돌려보고, 복사하고, 소장했다. 그리고 의식의 흐름대로 지껄이고 싶은 말들을 자판 위에 싸질렀다.

〈우웩!〉, 〈눈 버렸다〉, 〈꿀잼핵잼! 이건 소장각이요〉, 〈나보다 더한 년도 있네〉, 〈우울할 때마다 꺼내봅니다. 폭소〉, 〈저것도 여자라고〉, 〈남자, 무슨 죄냐?〉, 〈진짜 저런 몸으로도 하고 싶냐?〉, 〈개엽기인데?〉, 〈그냥 죽어라〉…

입에 담을 수도 없는 말들로 성지순례 하듯 '나도 봤다'는 인증댓글을 남겼다.

댓글들을 읽던 강옥은 여자로서 처절한 수치심을 느꼈다. 그리고 이제는 성인 사이트를 넘어 엽기 사이트에서 절찬 다운로드 되고 있는 자신의 동영상을 보며 그대로 컴퓨터를 껐다.

"지랄 염병들을 하네! 씨팔, 더는 못 참아!"

강옥은 바닥에 대자로 누워 천장만 바라봤다. 분노와 우울과 자괴감과 자기혐오가 밀물 썰물처럼 몰려왔다가 빠져나갔다.

이렇게 병신처럼 집 안에 처박혀 나를 자책하는 게 무슨 소용이 있나? 이미 물은 엎질러졌고, 현호는 법의 심판을 받을 것이고! 그렇다면 지금 내가 할 수 있는 건, 뭐가 있을까? 도망갈까? 아무도 없는 곳으로. 아무도 날 못 알아보는 곳으로!

강옥은 옷장 문을 열고, 여행 가방에 옷을 쓸어 담았다. 그리고… 그제야 행거 한구석에 걸려 있는 하얀색 시폰 드레스를 발견했다. 십 년도 더 된 싸구려 드레스. 지금껏 완전히 그 존재 자체를 잊고 있던 드레스. 하지만 습관처럼 버리지 않았던 그 드레스!

자석에 이끌리듯 손이 먼저 나갔다. 옷장 속에 있었지만 손을 타지 않아 먼지가 뽀얗게 묻은 드레스는 분명 강옥, 자신의 것이었다. 단 한 번도 입어본 적 없던 아니, 입을 수 없었던 옷이었다.

강옥, 이숙, 보민 셋 중 누구든지 입을 수 있는 몸이 되면 기꺼이 결혼 선물로 주겠다고 직접 디자인하고, 바느질해서 만들었던 강옥의 첫 작품이었다.

강옥은 몸의 절반도 되지 않는 그 작은 드레스를 가슴에 끌어안고 펑펑 울었다. 정확한 이유는 알 수 없었다. 그냥, 그 드레스를 보는 순간 어린 시절, 옷 만드는 게 마냥 좋았던 순수했던 자신의 모습이 떠올랐다. 뚱뚱한 게 무슨 디자이너냐고 비웃었던 사람들이 하나하나 스쳐지나갔다. 그들이 뭐라 비웃던지 간에 매출은 점점 늘었고, 늘어난 매출만큼 더욱 크게 확장해서 이전했던 BigBLACK의 사무실이 생각났다. 그리고 성공가도를 업고 사귀었던 남자들의 얼굴도 하나하나 떠올랐다.

이런 생각들은 연쇄반응처럼 정확한 연결고리 없이 그렇게 계속 링크되어 갔다. 이제는 세상의 조롱거리가 되어버렸지만 그토록 사랑했던 현호의 이름도 마지막으로 떠올랐다.

'아… 어쩌다 이렇게 되었을까?'

이 끝도 없는 악몽에서 깨어 나올 수 있는 방법이 정말 없는 걸까? 드레스가 눅눅해질 때까지 눈물을 쏟아내며 자신을 자책하고 끝없이 또 후회했다.

종규는 방송국 근처 복어횟집에서 성재와 이숙을 동시에 호출했다.

전국에서 몇 손가락 안에 드는 복어 조리 전문 자격증을 갖고 있다는 주방장은 차례대로 성재와 이숙을 종규가 기다리고 있는 룸으로 안내했다.

소문대로 복어요리는 호사스러웠다. 한 접시에 몇 십만 원을 호가하는 금가루를 뿌린 복어회부터 소고기라 해도 믿을 정도로 담백하고 깊은 맛의 아삭한 복어튀김, 주방장 특제 소스를 얹은 고슬고슬 하얀 밥 위의 복어덮밥 그리고 입안을 깔끔하게 정리해주는 담백한 지리 탕까지. 어지간한 미식가가 아니라면 자기 돈을 주고 감히 사먹을 수 없는 고가의 코스요리가 끊임없이 상을 채워 나갔다.

와이셔츠 소매를 반쯤 접어 올린 종규는 성재와 이숙, 두 사람의 접시에 나란히 복어회를 올려주며 미소 지었다.

"진작 자리 한 번 만든다는 게… 자, 편하게들 먹으면서 얘기하자고!"

이어 성재가 참복히레야키(그늘에 말린 복지느러미를 불에 구워, 따뜻하게 데운 사케에 넣어 마시는 일본 전통 술)을 종규의 잔에 따랐다.

이숙은 저도 모르게 술병을 들고 있는 하얗고 긴 성재의 손을 바라봤다. 그날 이후 성재의 모습을 이렇게 곁에서 자세히 보는 건 처음 같았다. 성재라는 이름만으로 코끝이 시큰거리는 나날을 보내고 있는 이숙과 달리, 성재는 변함없이 반듯하고 흐트러짐 없는 자세에 외모 또한 정갈하고 또 깔끔했다.

눈은 퀭하고, 다크 서클이 무릎까지 내려온 채 폐인처럼 살아주길 바란 건 아니지만 왠지 조금은 섭섭했다.

'정말, 이 남자는 아무렇지 않나 보다.'

이숙은 너무나도 상태 멀쩡하다 못해 더 좋아 보이기까지 한 그가 얄미웠다. 나 혼자 사랑하고, 나 혼자 이별하고, 나 혼자 힘들어하고, 나 혼자 그리워하고, 나 혼자 결국 이렇게 또 그를 미워하게 될 줄이야…. 먼저 시간을 갖자고 한 사람은 나였지만 이상하게 반대로 그에게 차인 기분이었다. 딱 그런 느낌이었다.

"그래서 이제부턴 어떻게들 할 셈이야?"

"…."

혼자만의 생각에 빠져 있던 이숙의 머릿속을 헤집고 종규가 말했다.

"장인영이 말이야. 안 되긴 했다만 어차피 갈 사람이야 가는 거고. 그래도 산 사람들은 또 어떻게든 살아가야지!"

말투는 가벼웠지만 대화는 진지했다.

"왜 인영 씨를 꼭 죽을 사람처럼 말씀하세요? 멀쩡히 잘 살아있는 사람한테 갈 사람이란 표현은 좀 듣기 그래서요. 딱 싫어요, 그런 말."

이숙이 투덜거리자 종규가 '아우, 저걸 그냥…' 말을 삼키며 입술을 악 무는 게 느껴졌다.

눈을 아래로 내려 깐 성재가 아무도 모르게 웃음을 삼켰다.

"아무리 우리가 보따리장수고 하루 방송해서 하루 사는 하루살이들이라지만, 그래도 사람이 하는 일이잖아요. 목숨은 좀 귀하게 생각해주세요."

'그래, 이게 내가 아는 김이숙이지."

성재가 줄곧 외면하고 있던 그녀의 옆모습을 저도 모르게 쳐다봤다. 삐죽거리던 그 통통한 입으로 복어회를 입에 집어넣던 이숙의 두 눈이 '오!' 동그랗게 팽창되는 게 느껴졌다.

'맛있구나….'

눈빛만 봐도 알 수 있었다. 이숙의 눈이 은하수보다 더 찬란한 새로운 우주를 품고 있는 듯이 반짝거렸다. 그녀의 미각이 실크 벨벳처럼 얇디얇은 복어의 고급스런 식감과 맛으로 일종의 빅뱅을 맞이하고 있는 거였다!

평상시엔 부풀린 몸 안에 독을 품고 있지만 독기를 제거하면 일품요리가 되는 복어처럼 이숙이 딱 그랬다. 불의에는 독설로, 맛있는 음식에는 독기라곤 눈을 씻고 찾아볼 수 없는 천진함으로. 감정에 거짓이 없고, 언제나 솔직했다.

처음 그녀에게 반했던 그 순간처럼 넋을 놓고 바라봤다. 하지만 곧 이숙으로 가득 차 있던 그의 시선에 종규가 끼어들었다.

"김작가야, 튀김 좋아하지? 목숨 얘기가 나와서 하는 말인데, 이번 주 시청률 표는 봤니?"

종규가 이번엔 복어튀김 하나를 이숙에게 건넸다. 말대꾸하지 말고, 이거나 먹어. 그런 의미였다.

"다이어트 중이라서요. 튀김은 안 먹겠습니다."

이숙이 젓가락을 놓자, 그동안 많이 참았다는 듯이 종규가 목소리를 높였다.

"다이어트는 무슨, 시발! 잔말 말고 줄 때 감사합니다, 하고 그냥 좀 먹어. 너는 매사 무슨 불만이 그리 많냐?"

"싫다는데 억지로 먹이는 상사, 눈치 없이 자꾸 권하는 상사, 최악인 거 모르세요? 시대 트랜드 좀 입력하세요. 촌스럽게, 정말."

"야, 하성재. 니가 말해봐. 너 이래도 진짜 김작가가 좋아? 이런 애랑 계속 일하고 싶냐고!"

"그러게 처음부터 저한테 주시지 그러셨어요. 튀김하면 또 제가 환장하는 거 아시면서…."

성재는 이숙의 접시 위에 있던 튀김을 얼른 그의 입으로 집어넣었다.

"음… 이 집 잘하네. 제가 다 먹어도 되죠?"

아예 튀김 그릇을 통째로 끌어와 우걱우걱 먹어 치우는 성재를, 종규는 어이없다는 표정으로 바라봤다.

'어쭈, 요것들 봐라?'

성재가 튀김을 좋아한다는 말은 거짓말이었다. 꾸역꾸역 입으로 쑤셔 넣는 폼이 영 미심쩍었다. 눈치 빠른 종규는 성재에게서 느껴지는 미묘한 감정의 변화를 캐치했다.

확신한다. 이건, 남자들이 자기 여자를 지키기 위한 분명한 영역표시다. 성재는 이숙을 함께 일하는 동료 그 이상으로 보고 있는 거다. 지난 번 술자리에서 성재는 분명 이숙을 좋아하는 거 아니냐는 질문에 날선 반응이었다. 왜 모든 남녀가 좋다, 싫다로 나뉘어야만 하냐고 짜증난다는 듯 대꾸했었다. 하지만 지금 성재의 모습은 분명 둘 중 하나에 답이 있었다. 좋아하는 거다! 그것도 꽤 적극적으로.

종규는, 이놈이 감추고 있던 속내가 이거였던가? 드디어 그 대답을 알아낸 것 같아 속으로 야릇한 미소를 지었다. 아랫사람이지만 제 맘대로 할 수 없던 성재의 아킬레스는 이숙이었다.

그렇다면 얘기는 더 심플해진다. 자고로 사람이 사람을 다룰 때 쥐고 흔들 수 있는 패 하나 정도는 갖고 있어야 관계의 우위를 선점하기 쉬워지니까.

"자식아, 니가 맨날 오냐오냐 감싸고 도니까 얘가 위아래 구분도 못 하고 나대는 거야. 아주 몸도, 인상도 뚱해 가지고. 여자가 말이야, 멋대가리 없게시리."

"부장님!"

이숙이 종규를 쏘아보며 말을 잘랐다. 그녀는 내가 왜 종규에게 몸도 인상도 나이스해야 하는지, 또 직장 동료가 아닌 여자여야 하는지, 거기에 멋있기까지 해야 하는지 문장 속 단어, 아니 단어와 단어 간의 작은 쉼표조차도 전부 납득할 수 없었다. 그저 이 고가의 귀한 술을 그의 면상에 전부 휘갈겨버리고 싶을 뿐이다.

이숙의 손이 저도 모르게 움찔하는 순간, 테이블 아래서 성재의 손이 움직였다. 그가 이숙의 손을 가만히 잡아끌었다. 그리고는 작정한 듯 노련하게 화제를 바꾸었다.

"처음부터 생각해왔던 건데 진짜 식탐미인은 어떤 사람을 식탐미인이라고 하는 걸까요?"

"이건 또 뭔 헛소리야, 술 맛 떨어지게!"

성재의 느닷없는 질문에 종규가 술잔을 비우며 대답했다.

"이번 일이 오히려 분위기를 바꿀 수 있는 일일지도 모른다는 생각이 들어서요. 아예 새로운 인물들로, 더 새롭게 식탐미인이 새출발할 수 있는 좋은 기회니까. 말씀하셨다시피 시청률도 그렇고, 이제 어느 정도 먹방 프로그램에 대한 제 나름의 기준도 생겼고, 프로그램을 브랜드화만 할 수 있다면 전 어느 정도 승산은 있다고 생각합니다."

'새로운 인물? 누구?'

이숙은 성재의 말에 놀랄 수밖에 없었다. 개편도 얼마 안 남은 시점에서 이왕 이렇게 된 거 아예 판을 뒤집자는 건가?

"장인영이가 5년 했지? 허긴 식탐미인하면 장인영인데. 그래, 어디 어울릴 만한 애 있겠어?"

"있습니다."

무슨 복안이 있는 것처럼 성재는 인영을 대신할 인물이 있다며 단언했다.

"내 생각엔 말이야, 이번엔 섹시한 춤추는 애들 있잖아. 요새 잘 나가는 여자 아이돌들. 시청률 팍팍 올라가게 좀 생기발랄한 애들로 바꿔보면 어떨까 싶은데. 그런 애들이 나오면 남자들은 말이야, 일단 그냥 보게 돼 있어! 그게 바로 섭외의 중요성이란 거다."

이게 말이야, 방구야. 이숙이 피식, 콧방귀를 꼈다. 벌써 그 섹시한 여자 아이돌들과 겸상을 하고 있는 것처럼 들뜬 종규는 이숙의 코웃음을 눈치채지 못했다.

"아니면, 아예 티비에 잘 안 나오는 여배우들을 섭외하는 것도 좋을 것 같다. 이슬만 먹고 살 것 같은 애들이 밥 먹는 모습, 궁금하잖아. 벌써 캐릭터 딱 나오고, 비주얼 걱정 없고!"

"…."

종규의 말에 성재는 대답 대신 알 수 없는 표정으로 일관했다. 팀원들과 합의한 후 최종 기획안을 올리기로 하고 식사 자리는 마침

내 끝이 났다.

"진짜 누가 좋을까요? 내가 아이돌까지는 어떻게 섭외하겠는데 여배우들은… 능력 밖인데. 혹시 예전에 방송하면서 친분 있는 사람 없어요? 연락 가능한 사람이라도."

종규 탓에 식사 내내 체기가 올라온 이숙이 편의점에서 탄산수 하나를 집어 들며 말했다.

"있어요. 생각해 둔 사람. 단, 섭외가 가능할지가 미지수!"

성재는 이숙이 집어든 탄산수 뚜껑을 당연하다는 듯 따주며 대답했다.

이숙 역시 무의식중에 당연하다는 듯 그가 건네준 탄산수를 받아 들었다.

"섭외하기 힘든 사람이면, 요즘 대세란 말인데…. 누구지?"

탄산수를 마신 후 올라오는 트림을 억누르며 이숙이 말했다.

"거기까지! 비밀입니다."

버스정류장까지 걸어가는 동안 두 사람은 더 말이 없었다. 일과 관련이 없는 대화는 일부러 자제했다. 어쩐지 어색해진 이숙은 혼자 갈 수 있으니, 그만 가도 된다고 그에게 말하려고 할 참이었다.

"그래서, 지금은 행복해요?"

"네?"

예상치 못한 성재의 질문에 이숙이 발걸음을 멈췄다. 덩달아 그 역시 걸음을 멈췄다. 하지만 그가 먼저 다시 발을 뗐고 이숙이 그 뒤를 따라 조심스레 걸었다.

"그때 나한테 그랬잖아. 행복하지 않다고. 나를 사랑하는 김이숙은 행복하지 않다고!"

"아, 당연히 물론 지금도 행복하진 않아요. 하지만…."

이번엔 성재가 먼저 걸음을 멈췄다. 고개를 살짝 틀어 뒤따라오는 이숙을 바라봤다.

"편안해요. 마음이 요동칠 일이 없으니까."

"…다행이네."

그가 다시 고개를 끄덕이며 걷기 시작했다.

"왜 나한텐 아무것도 안 물어요? 안 궁금해요? 그동안 어떻게 지냈는지, 무슨 생각 했는지."

그때 앞에서 마주보며 걸어오던 20대 초반의 여자들이 성재를 쳐다보는 게 느껴졌다. 이숙은 저도 모르게 몸이 움츠러들었다. 성재 한 번에 이숙 두 번. 그녀들은 수군대고 또 낄낄 웃었다. 분명 여자가 돈이 많나 보지, 아니면 남자가 아깝다. 이런 말들을 주고받았을 것 같았다.

"우리 본 거 아닌데. 우리 앞에 술 취한 사람들 보고 웃은 거니까 신경 쓰지 마요."

성재는 뒤에도 눈이 달린 걸까? 이숙이 무슨 생각을 하고 있는지 다 알고 있는 듯했다.

무안해진 이숙이 아무 일도 없었다는 듯, 다시 말을 이었다.

"하피디님이야말로 아주 잘 지내는 것처럼 보이는데요? 잘 웃고, 잘 먹고, 허우대 멀쩡하고."

이숙 딴에는 복어횟집에서 느꼈던 섭섭함을 티 나지 않게 에둘러 말하려 한 거였다.

"안 웃고, 안 먹고, 허우대 엉망이면, 다시 사랑해줄 건가?"

"…!"

무심하게 툭 내뱉는 목소리와 달리 이숙을 내려다보는 성재의 눈빛이 불안함을 감추지 못한 채 심하게 일렁거렸다. 그 순간, 이숙은 깨달았다. 그는 아무렇지 않은 게 아니었다. 필사적으로 아무렇지 않은 척 버티고 있는 거다.

예전에 성재가 그런 말을 한 적이 있었다. 힘든 때일수록 더 기본으로 돌아가는 성격이라고. 규칙적인 식사, 운동, 수면시간. 그리고 음악은 오로지 클래식과 밝은 댄스 위주로 골라 듣고, 특별한 이유가 없다면 약속은 거의 잡지 않고 칩거하는 편이라고 했다. 나처럼 시도 때도 없이 먹고, 마시고, 자면서 하루에도 열두 번 감정의 롤러코스터를 타는 사람들, 울고, 소리 지르고, 싸우고 이런 게 자연스러운 사람들을 보면 참 부럽다고 했다. 자긴 그게 안 된다고.

그땐 그 말의 의미를 어렴풋이 이해했지만 이젠 알 것 같았다.

그는 모든 상황을 자신의 탓으로 돌리고 철저하게 자신을 통제하면서 상황을 분석하는 스타일이었다. 나처럼 일단 먼저 들이박고 보는 사람으로서는 그런 그의 절제력이 부러웠지만 어쨌든 내가, 아니 내게 이 남자를 이렇게 힘들게 할 권리가 있나…. 이숙은 조금 전까지의 섭섭함이 어느덧 미안함으로 뒤바뀌고 있음을 느꼈다.

성재가 이숙의 머리를 향해 손을 뻗었다. 헤어질 때마다 습관처럼 머리를 쓰다듬어주는 그의 버릇이 무의식중에 나왔으리라. 이숙이 저도 모르게 뒤로 한 걸음 물러서자 그가 얼른 다시 손을 거뒀다.

"음… 그럼, 내일 봅시다. 저기 버스 오네."

성재는 이숙에게 버스를 가리키며 시선을 돌렸다. 이숙은 분명히 하고 싶었던 말들이 있었는데 차마 꺼낼 수 없었다. 머릿속에서 뿌옇게 떠다니는 감정의 덩어리들이 도대체 무슨 말을 하고 싶은 건지, 선명하지 않았다. 그저 그 분위기에 떠밀리듯이 서둘러 버스에 올라탔다.

분명히 헤어졌는데, 눈에 보이는 선을 그와 나 사이에 직접 내 손으로 그었는데….

잘 가라고, 보이지 않을 때까지 손을 흔들고 있는 성재를 바라보는 것만으로도 이상하게 그와 나는 여전히 같은 선상에 있는 것만 같았다. 이숙은 성재가 보이지 않은지 한참이나 지난 차창에서 도저히 눈을 뗄 수 없었다.

"친구야! 나 좀 챙기지?"

집 앞을 걸어가고 있을 때였다. 자동차 경적 소리에 돌아보니, 강옥이었다. 그녀는 평소 술 때문에 잘 타고 다니지 않던 차를 길 한쪽에 세워둔 채 이숙을 기다리고 있었다.

"여기까지 니가 웬일이야?"

"너 납치하려고."

"괜찮은 거야?"

"아직까진 살아는 있다. 영혼은 없지만."

"…."

"일단 타. 보민이 태우러 가게."

강옥이 차 문을 열었다.

전신성형을 하게 돈을 꿔 달라고 연락한 후로 보민과는 단 한마디도 섞지 않던 강옥이었다. 그런 그녀가 이숙 다음에 보민을 차례대로 픽업하는 게 영 낌새가 수상했다.

"꺼져. 너 같은 건 친구도 아니야."

아르바이트를 마치고 나오던 보민은 예상대로 격렬하게 저항했다.

"알았어. 친구 안 하고 오늘부터 채권자 할 테니까 얼른 타!"

"…?"

보민과 이숙은 동시에 강옥을 쳐다봤다. 채권자라니? 설마…?

"가진 건 돈밖에 없잖니, 내가."

그 말을 끝으로 고속도로를 한참 달려, 한밤중에 도착한 곳은 거제도였다. 밑도 끝도 없이 칠흑처럼 어두운 밤과 낯선 파도 소리들이 그녀들을 반겼다.

잠에서 깬 이숙과 보민이 놀라 차에서 내렸다. 강옥은 예약해둔 펜션에 짐을 풀었다.

"미쳤어? 우리 내일 출근해야 돼!"

"미쳤어. 그러니까 잔소리 말고 따라와 줄래?"

"아니, 그 많은 곳을 두고 왜 하필 땅 끝 거제도냐고!"

"멀리 떠나고 싶었으니까! 근데 혼자는 외롭고, 믿을 사람은 니들뿐이고!"

얼마나 힘들었는지 안 본 사이 광대 위로 새까맣게 올라온 기미와 잔디인형처럼 이마를 가로지르는 새하얀 새치들이 그제야 보이기 시작했다. 강옥은 와인을 따더니 이숙, 보민 그리고 자기 잔에 차례로 따랐다.

"자, 건배하자!"

"…웬 건배? 뭐 좋은 일이 있다고."

보민이 얘 왜 이러냐며 이숙을 보고 말했다.

"강옥아, 너 왜 그래? 너 설마 이상한 생각 같은 거, 하고 있는 거 아니지?"

"니들 이 옷 기억 나냐?"

강옥은 대답대신 쇼핑백에서 하얀색 시폰 드레스 하나를 꺼내 보였다.

"세상에, 이걸 아직도 가지고 있었어?"

이숙과 보민은 추억에 젖은 드레스를 돌려보며 몸에 대보았다.

"야, 그때도 작았는데 지금은 어째 더 작다?"

"나잇살이지 뭐. 이제 이거 버려. 죽었다 깨나도 우린 안 돼."

보민이 드레스를 강옥에게 다시 집어 던지자 강옥이 비장한 표정으로 드레스를 잡아들었다.

"입자, 이거. 까짓 거 입어버리자, 이제!"

"싫어. 뭐 4XL로 만들겠다 그런 말 할 거면 아예 찢어버려!"

"아니, 내가 돈 댈 테니까 니 둘, 전신 성형 까짓 거 해버리라고!"

강옥은 이번엔 가방에서 통장 두 개를 꺼내더니 이숙과 보민의 앞에 차례로 내밀었다. 이제부터 이숙과 보민의 채권자가 되겠다는 말뜻은 이거였다.

'응? 전신 성형? 나도…?'

반문을 하면서도 이숙의 입꼬리가 저절로 올라갔다.

통장에 든 액수를 보고 가장 놀란 건 보민이었다.

"이자는? 몇 부로 받을 건데?"

"이자 같은 소리 하고 있네."

강옥이 웃으며 와인 잔을 비웠다.

"강옥아, 무섭게 진짜 너 왜 그래? 현호 일 때문에 이러는 거면, 진짜 이러지 말자. 다른 사람은 너 손가락질해도 우리는 니 편이야. 그러니까 이상한 생각하지 말고…."

"넌 아까부터 뭘 자꾸 이상한 생각 타령이니? 뭐, 내가 자살이라도 할까 봐?"

"…."

이숙은 침묵했다. 정말 그렇게 생각했기 때문이다. 그렇기에 더더욱 '응!'이라 대답하고 싶지 않았다. 평소와 다른 강옥은 정말 내일이라도 죽을 사람처럼 그렇게 완전히 다른 사람 같았다.

"그래, 처음엔 콱 죽어버릴까 그런 생각도 했지. 그런데!"

"…?"

"내가 왜 죽어? 미쳤어? 난 죽을 이유 없어. 나한테 죄가 있다면 그런 것도 사랑이라고 현호같이 덜 된 놈을 사랑한 죄! 외로워서 정말 죽을 것처럼 외로워서 남친 두고 전 남친이랑 잔 죄! 그거 두 개야. 살찐 게 죄야? 아니, 뚱뚱한 주제에 내가 남자랑 잔 게 그게 어떻게 죄냐고! 진짜 죄인들은 내 섹스 동영상을 불법인 줄 알면서도 죄책감 없이 보고 돌려보고 다시 보는 인간 찌질이들이지!"

"…."

강옥의 말이 다 맞았다. 그녀의 말대로 죄라면, 정말로 겉은 젊고 아름답지만 그 내면은 인간이라 감히 부를 수 없는 현호에게 있었다. 그리고 그가 올린 리벤지 포르노를 몰래 다운로드 해서 보는 사람들에게 있었다. 뚱뚱하라고 쌀 한 톨 보태준 적 없는 타인들에게 이렇게까지 욕을 먹어야 할 이유, 그녀에겐 없었다. 죄인처럼 죽은 듯 살아야 할 필요는 더더욱 없고.

"난 이 모습 그대로! 얼마나 잘 사는지 보여줄 거야. 증명해 보일 거야. 내 동영상 본 연놈들, 댓글로 날 두 번 죽인 인간 말종들, 다들 두고 보라고 해! 내가 얼마나 잘 사는지!"

"그래서, 넌 이대로 뚱뚱하게 살 테니 우리만 날씬해지라고? 진심이야?"

"당연하지! 난 절대 안 해. 그게 내 고민의 대답이고 선택이고, 최종 결심이야."

보민의 질문에 강옥이 힘차게 고개를 끄덕였다.

멋있다. 내 친구 민강옥은 정말 우주 최고로 멋있는 여자였다. 이숙이 강옥을 끌어안았다. 맞닿은 두 여자의 통통한 배가 그 어느 때보다 따뜻했다.

강옥은 걱정 말라는 듯 이숙의 등을 토닥이며 다시 말했다.

"하지만 니들은 꼭 이 드레스 입고, 결혼해라. 나 대신 이 세상 누구보다 예쁘게, 꼭 그렇게 살아! 알았지?"

"무슨 말을 그렇게 해? 너도 좋은 사람 만나서 다시 사랑하면 되지!"

"이 모습 이대로 사랑해주는 사람 만나면 그래, 나도 언젠가 결혼하겠지. 근데 이젠 남자라면 아주 지긋지긋하다! 사실 어지간한 놈들하곤 다 해봐서 그닥 후회도 없고!"

평소라면 저 저질, 비아냥거렸을 우리들이지만 이 순간만큼은 그 누구도 강옥을 향해 눈을 흘기지 않았다. 이숙도, 보민도 말없이 강옥의 대답이자, 선택이자, 결심을 진심으로 응원했기 때문이다.

"혼자 멋있는 척은. 알았어. 대신 이 돈은 꼭 갚을 거야. 그러니까 악착같이 일수 찍으러 와라. 잘 살고 있나 매일매일 두 눈으로 확인하고 싶으니까. 알겠지?"

보민이 강옥의 팔에 팔짱을 끼었다. 미안함과 애정을 담은 미소와 함께.

"남자 복은 없는데, 어째 이놈의 돈 복은 없어지질 않아요. 굳이 갚겠다면 거절은 안 하겠다!"

이번엔 이숙이 뒤에서 강옥의 목을 끌어안았다. 세 사람이 동시에 서로를 토닥이며 얼굴을 비볐다. 이숙의 화장실 사건 이후, 오래간만에 다시 덩어리 합체였다!

77, 88, 99…. 각각 치수는 달랐지만 사람들은 우리를 뭉뚱그려서 그냥 덩어리라 부른다. 때로는 유유상종하는 이 뚱뚱함이 미치도록 짜증나기도 하지만 이 순간, 우리가 하나인 건 축복 같았다.

그날 밤. 우리 셋은 혀가 돌아갈 때까지 마시고 또 마셨다. 취할 대로 취한 우리 셋은 한 손에 와인 병을 든 채 나란히 바닷가를 거닐었다. 그리고 그토록 우리를 옥죄고 있던 다이어트 이야기들을 비엔나소시지 꺼내먹듯 줄줄이 토해냈다.

"기억나? 우리 중학교 때 원푸드 다이어트 유행했잖아. 그때 우리 다 같이 사과 몇 박스 사다놓고 매일 사과만 먹다가 이숙이 쟤 급성 위염으로 실려 갔던 거!"

"말도 마. 구급대원들이 나 업을 때 무겁다고 얼마나 다리를 후들후들 떨던지, 쪽팔려 죽는 줄 알았어!"

생각하기도 싫다. 이숙이 정색하자, 강옥이는 오히려 보민을 가리키며 깔깔 웃기 시작했다.

"야, 한약 다이어트 할 때. 니들 기억나지? 왜 약 적응 기간 동안 어지럽고 손 떨리는데, 담탱이 그것도 모르고 보민이 시험 보면서 손 덜덜 떠니까, 뭘 그렇게 긴장하냐고. 실력껏 보라고 위로해 주던 거…. 진짜 그때 웃겨 가지고, 나랑 이숙이 시험 다 망치고, 크크크."

"기억나. 그런데 우리 다이어트 중에 제일 하이라이트는 그거 아니냐? 단식원에서 쫄쫄 굶고 있는데 아래층 남자들이 논에서 개구리 잡았다고, 먹으러 오라고 몰래 쪽지 보낸 거. 우리 진짜 미친년들처럼 뛰어갔잖아, 으컹컹컹."

잊고 있었다. 사방이 논밭이었던, 먹을 거라곤 물밖에 없는 외진 단식원에서 살을 빼기 위해 수많은 전국의 덩어리들이 모여 단체로 쫄쫄 굶던 그 시절을. 도대체 다이어트가 뭐라고!

"개구리… 진짜 맛있었는데."

"치킨 맛하고 비슷했지?"

"아, 치킨 하니까 치킨이 먹고 싶다."

너무나도 당연하다는 듯 야밤에 치킨을 외치는 강옥을 이숙과 보민이 동시에 째려봤다.

"그러고 보면 우리 살 뺀다고 30년 동안 안 해본 게 없네. 참 일관돼, 사람들이. 그지?"

세 사람은 추억에 젖은 듯 한동안 말이 없었다. 입가의 미소만이 함께한 시간을 증명했다.

"야, 니들 서호 선배 기억나?"

보민이 손뼉을 치며, 정적을 깼다. 서호 선배가 누구인가! 바로 우리 덩어리 세 사람이 동시에 짝사랑했던 유일한 남자였다. 고등학교 농구부 주장이었던 그는 사실, 학교의 모든 여학생들이 좋아했던 학교 스타였는데 특히, 보민이가 그를 매우 좋아했었다.

"나 그 선배 짝사랑할 때 실은 그 생각까지 했었다! 왜 배에 회충 있으면 살 안 찐다며. 그래서 이과 지망했어. 미생물학과 붙으면 회충 연구해서 내 배에 집어넣으려고."

"어우, 저 상또라이! 아니, 완전 싸패(싸이코패스)네."

보민의 말에 강옥이 정색하며 대답했다.

"갑자기 서호 선배 얘기하니까, 선배 보고 싶다. 아직도 잘 생겼겠지?"

이숙의 말에 세 여자가 동시에 꺅! 소릴 지르며 어두운 모래사장을 내달렸다. 암, 잘 생겼겠지. 쉬는 시간마다 우리 세 여자의 가슴을 뜨겁게 달궈준 그 김서호 아니냐! 교복 셔츠를 풀어 헤친 채 화려한 기술로 농구코트를 장악하던 그 시절, 우리의 왕자님!

슬램덩크의 명대사처럼, 서호선배에게 왼손은, 그냥 거들 뿐이었다. 그가 골을 넣는 순간, 일제히 환호하는 여학생들 사이에서 운동장이 흔들거릴 정도로 펄쩍펄쩍 뛰던 우리였다. 다른 여자애들한테 서호 선배를 빼앗길세라 육탄전도 마다하지 않고 앞자리까지 오직 힘으로 뚫고 또 뚫었던 우리 덩어리였다!

게임을 마치고 세면대에서 웃통을 벗고 머리라도 적실 때면, 아아… 찬란한 햇빛을 장신구 삼아 반짝반짝 빛나던 머릿결이, 그 상체를 타고 흐르던 물줄기가 흔한 말로 꼭 한 폭의 그림 같았다고나 할까! 이숙, 강옥, 보민은 산돼지처럼 괴상한 소리를 내지르며 그 모습을 훔쳐보느라 선생님께 매번 불려가기도 했다.

그것만이 아니었다. 사실, 강옥이와 보민이가 친하면서도 서로를 싫어한다 말하게 된 건 서호 선배 때문이라 할 수 있다.

자다가 쉬는 시간이 끝나고 수업 종이 울리자 미처 빵을 살 수 없게 된 강옥이 배고픔에 욕지거리를 내뱉고 있던 때였다. 화가 난 강옥의 등을 톡톡 치던 서호 선배는 빵을 내밀며 이렇게 말했다고 한다.

"이거 먹을래?"

강옥은 그 빵을 절대 먹지 않았고, 서호 선배가 분명 자기를 기억하고 있다며 매일 아침 보민의 속을 뒤집어놓았다. 보민은 그 빵엔 아무런 의미도 없다며 두고두고 강옥을 저주했다. 사실, 맞다. 그 빵엔 아무런 의미가 없었다. 공갈빵처럼.

서호 선배의 졸업식 날, 강옥이 서호 선배에게 고백했지만 그는 강옥을 기억하지 못했으니까. 이숙은 그때를 회상하며 혼자 조용히 미소 지었다.

그런데도 그 빵은 서호 선배가 강옥에게만 준 특별한 훈장처럼 기억되었고, 보민이는 지금까지 그런 강옥을 미워했다. 감정이란, 참 신기하다. 디테일한 기억은 못 해도 당시의 불쾌했던 감정은 이상하게 현재 진행형처럼 늘 가슴 한구석에 남아, 생각을 지배한다.

"야, 페이스북으로 선배 찾아볼래?"

보민의 도발이었다. 말은 '찾아볼래?' 청유문으로 끝났지만 보민은 벌써 핸드폰으로 서호 선배를 서칭하고 있었다. 덩어리 역사상 말보다 행동이 빨랐던 유례없던 날이었다.

"선배가 페이스북을 할까?"

"야, 우리가 왜 한민족인 줄 알아? 내 친구의 친구는, 내 친구의 친구이기 때문이야!"

뭐래…. 보민의 대답에 강옥과 이숙이 동시에 웃었다.

"얘들아, 이것 봐! 이 사람이 서호 선배랑 연락하고 지낸대."

“어디어디? 야, 사진 뒤져봐.”

시큰둥하던 이숙이 보민의 핸드폰을 빼앗자마자 분주하게 손가락을 움직였다.

“이게 뭐라고 이렇게 떨리냐.”

뒤에서 이숙과 보민을 내려다보던 강옥이 그 커더란 덩치를 덜덜 떨고 있을 때였다.

“대박! 야, 봐봐!”

이숙의 들뜬 목소리에 이번엔 강옥이가 보민을 밀쳐내며 고개를 들이밀었다. 하지만 사진을 보던 세 사람은 뜨악한 채 서로 얼굴을 마주봤다.

동네에서 자그마한 이자카야를 운영하고 있다는 서호 선배는 더 이상 우리가 알고 있던 그 미소년이 아니었다. 세상 멋지고, 잘생겼던 선배는 어디 가고 동네에서 흔히 볼 수 있는 배불뚝이 대머리 아저씨가 사진 속에 떡하니 앉아 있었다. 실망 그 자체였다.

“야, 그냥 니가 가져라! 서호 선배.”

못 볼 것을 봤다. 강옥이 이숙의 핸드폰을 빼앗아 보민에게 쥐어주자, 이번엔 보민이 발끈했다.

“아니야. 선배가 너한테 빵도 줬잖아. 그냥 너 해. 처음부터 네 거였어.”

“그만들 해, 이것들아! 선배 벌써 결혼 했네. 봐, 결혼이라고 마크 떠 있잖아.”

보다 못한 이숙이 그 둘을 말렸다. 그제야 강옥과 보민은 안심한 듯 가슴을 쓸어내렸다.

세 사람은 이왕 핸드폰을 손에 쥔 김에 태어나 처음으로 셋만의 단체 사진을 찍기로 했다. 아무리 핸드폰 카메라가 발달했다지만, 우리 세 여자의 얼굴을 한 화면에 잡기란 그리 쉬운 일은 아니었다. 남들보다 조금 넓적한 얼굴은 어떻게 찍어도 한 명이 계속 프레임을 벗어났기 때문이다.

"내 얼굴 잘렸잖아!"

차례로 돌아가며 같은 말을 반복하기를 여러 번. 팔이 제일 긴 강옥이 마지막으로 카메라 버튼을 누르는 순간! 아아… 그 순간, 어디서 나타났는지 어두운 밤하늘을 가로지르며 노오란 불꽃들이 터지기 시작했다. 누군가가 쏘아올린 폭죽이, 센티해질 대로 센티해진 세 여자의 시선을 잡은 건 너무나도 당연했다.

이숙, 강옥, 보민 세 사람은 마치 짠 것처럼 동시에 하늘을 올려다봤다.

펑! 펑! 휘이이이!

오색찬란하게 하늘을 수놓다가 사라지는 불꽃들이 마치, 비처럼 쏟아져 내렸다.

손을 뻗으면 이대로 꼭 닿을 수 있을 것만 같았다.

지금까지 남자 때문에 울고 웃던, 사랑했던 그 모든 순간들이, 아름답게 피고 지는 저 불꽃을 닮아 화려하게 흘러내렸다.

이숙, 강옥, 보민은 동시에 손을 뻗었다.

저마다 언젠가 잡을 수 있는 행복을 꿈꾸듯이….

그리고 어딘가에서 이런 노랫소리가 들려온 것도 같았다.

It's raining men. 하늘에서 남자가 비처럼 내려와

Hallelujah! 할렐루야!

It's raining men. 하늘에서 남자가 비처럼 내려와

Amen! 아멘!

열둘

식탐미인 시즌2

"먹방은 크게 미식, 대식, 괴식으로 나뉠 수 있는데, 그간 식탐미인을 포함한 대부분의 먹방 프로그램이 미식에만 포커스를 맞춰왔던 것도 사실입니다. 괴식이나 대식은 주로 1인 콘텐츠에서 환영받고 있지만 매니악해서 활용범위가 좁고, 에피소드 구성에 분명히 한계가 있습니다."

"그런데 저는 요새 젊은이들이 1인 콘텐츠 먹방을 즐겨 보는 이유 또한 짚고 넘어가야 간다고 봅니다. 식탐미인은 재방에 삼방에 일주일 내내 틀어도 다시 안 보지만, 핫한 1인 콘텐츠는 유로에, 케이블 방송으로 재방, 삼방을 때려도 찾아보거든요. 먹방이 다 거기서 거기라는 한계점을 극복하기 위해서는 반드시 성공 사례를 분석해야 할 필요가 있습니다."

새 단장을 위한 식탐미인 팀의 회의실은 매일 밤, 불이 꺼질 날이 없었다. 0.5%를 넘지 못하는 시청률 표를 분석하는 것부터 시청률

부진에 대한 자아비판과 같은 토론이 끝도 없이 이어졌다. 프로그램 컨셉부터, 진행자 선정과 컨택을 위한 리스트 업까지!

다양한 아이디어로 가득 찬 회의실은 매일 그렇게 뜨겁게 달궈졌다. 각자의 분야별로 또 때론 팀 전체가 한데 모여 틈이 날 때마다 회의, 회의, 또 회의! 릴레이 회의를 이어갔다.

"단순히 맛집을 소개하는 것에 그치지 말고, 음식에 얽힌 히스토리나 사연을 기반으로 왜 그 맛집을 선택했는지까지가 하나의 스토리텔링으로 연결되는, 그런 기획안이요."

구체적으로 성재가 그리고 있는 새로운 식탐미인은 이숙이 기존에 늘 꿈꿔왔던 방향과 정확히 일치했다. 이숙은 솔직히 소름이 돋았다. 아주 예전에 막내작가일 때 누군가에게 그런 말을 한 적이 있었다.

"그냥 단순히 먹는 거 말고, 이야기가 있고, 함께 수다 떠는 먹방! 해보고 싶어요, 언젠가."

누구였더라. 정확히 기억이 나지는 않는데 그때 나누었던 대화들은 또렷이 기억했다. 왜냐하면 그 누구에게도 말한 적 없던 진짜 이숙의 꿈이었기 때문이다. 그날, 돈가스 도시락 먹었었는데…. 차갑고, 눅눅하고, 기름내가 진동하던 돈가스! 그때 얘길 나눴던 사람이 누구였더라….

이숙이 다른 생각에 빠져 있을 때 작가들의 볼멘소리가 터져 나오기 시작했다.

"너무 추상적인데요? 좀 구체적으로 말씀해주세요. 너무 어려워요, 피디님!"

"말은 쉽고, 표현력은 딸리고, 방송은 어렵고, 돌아버리겠습니다, 피디님!"

기존의 루틴에 길들여진 그들에게 아마 성재는 악마 중에서도 상악마로 보일 것이다. 쉬운 길 두고 왜 돌아가나? 아마 그런 마음들인 듯했다. 이번엔 이숙이 나섰다.

"딸기를 보면 딸기잼을 만들어주던 외할머니가 생각나고, 계란말이를 보면 맨날 계란말이에 실패해서 투덜대던 엄마가 생각이 나고…. 그냥 그런 얘기들을 맛집과 연결 지어서 감성텔링 하자는 거잖아. 제가 제대로 이해한 거 맞나요, 피디님?"

확인하듯 이숙이 성재를 바라봤다. 그제야 그의 얼굴에 환한 미소가 번졌다.

"정확합니다."

토시 하나 안 틀리고 예전에 나누었던 대화 그대로 붙여넣기 한 이숙의 대답이 예뻐서 죽을 것만 같았다. 성재는 혹시나 그녀도 '그날의 우리'를 기억하고 있을지 모른다 생각하니 저도 모르게 마음이 들떴다.

"호스트 그룹만 잘 짜면, 나쁘지 않을 거 같아요. 요새 트렌드에도 잘 맞고."

"그럼 제일 중요한 건 호스트네요?"

작가들이 입을 모으자 성재가 크게 고개를 끄덕였다.

"식탐미인의 제일 큰 실패 요인은 컨셉에 맞지 않게 미인만 있고, 식탐이 없었던 겁니다."

"하지만 미인은 뭘 먹어도 예쁘죠. 안 먹어도 예쁘고. 그런 사람이 맛있게 먹으면 보기에도 좋잖아요! 부럽기도 하고."

5년간 메인 진행자였던 호스트, 인영을 두둔하고자 한 말은 아니었다. 다만, 사실이 그랬다.

이숙이 씁쓸하게 웃었다. 당시로선 베스트였으니까.

"이번 식탐미인 시즌2 진행자는 얼굴 말고, 식탐 자체가 예쁜 사람이었으면 좋겠어요."

성재는 진지하게 팀원들을 둘러보며 얘기했다.

"식탐이 예쁜 사람이라니… 그런 사람이 실제로 존재할까요?"

너무 동화 같은데? 뾰루퉁한 얼굴로 이숙이 투덜대자, 성재가 당연하다는 듯 미소 지었다.

"여기 있잖아. 김작가, 당신!"

"…!"

나? 나라고? 저 인간, 지금 뭐래니? 이숙은 당황해서 벌떡 일어났다. 말도 버벅거렸고, 이마에선 식은땀이 몽골 맺혔다. 먹을 때 예뻐 보인다는 건, 그런 건 데이트 때나 할 소리라고. 연인끼리 희희낙락 얼레리꼴레리 할 때나 하는 말을 이렇게 공개적으로, 그것도 직장 사람들 앞에서 아무렇지 않게 하다니…. 하피디, 당신 미쳤어?

"마… 말도 안 돼! 바, 방송이 장난이에요? 사람 가지고 노, 놀리는 것도 아니고!"

모두의 시선이 나한테 쏠려 있는 이 자리를 재빨리 벗어나고 싶었다. 이숙은 허둥지둥 자리를 박차고 나갔다. 생각해봐. 내가, 어떻게 방송엘 나가? 전문 방송인도 아닌 일반인이! 게다가 이런 꼴로? 엘리베이터에 비친 오동통한 얼굴과 뱃살이 너무나도 끔찍했다.

강옥의 동영상이 터졌을 때 사람들 반응이 어땠는지 똑똑히 기억

한다. 방송의 힘은 절대 권력이다. 만약 방송을 본 사람들이 이숙에게 '돼지야, 나가 죽어라', '그렇게 처먹으니까 저렇게 살이 쪘지' 그 한 마디의 댓글만 달려도 이숙은 이민을 결심할 터다. 분명 유리멘탈 김이숙 인생에 지옥의 문이 열릴 것을 확신했다.

안 그래도 하루하루 수술 날짜만을 손꼽아 기다리고 있는 나인데, 뭐? 이 몸으로 먹방 진행을 하라고? 절대로 있을 수 없는 또, 있어서도 안 될 일이었다.

하지만 이숙의 생각과 달리 팀원들의 평가는 꽤 호의적이었다.

"나만 그렇게 생각한 거 아니었구나! 김작가님 먹을 때 따라 먹고 싶었던 사람 손!"

서브작가가 외치자, 여기저기서 볼펜을 든 손들을 수줍게 흔들어 댔다.

"그래서 난 작가님이랑 같이 밥 먹을 때마다 일부러 자리 피하잖아. 장난 아니야. 무슨 사람이 먹을 때 보면 블랙홀 같다니까. 막 내 침샘까지 끌어당긴다?"

매번 휴게소에서 '같이 먹어요'라 말하던 이숙을 떠올리며 지영씨가 맞장구 쳤다.

"요새 작가들이 자기 프로에 나와서 시청률 올리고 인싸 된 작가들 꽤 많아요. 난 찬성!"

막내 작가가 외쳤다.

"그럼 대본하고 큐시트도 금방 나오겠는데요? 김작가님 진행에, 김작가님이 구성 다 짤 테고…. 우린 할 것도 없겠네! 아이고, 좋아라. 나도 찬성!"

이런 반응들을 이숙이 직접 봤어야 했는데…. 말도 안 되는 소리라며 자리를 벅차고 나간 이숙의 빈자리가 한없이 안타까웠다. 성재는 서둘러 이숙의 뒤를 따라 회의실 밖으로 뛰어 나갔다.

"김작가!"

성재가 이숙을 불렀다. 그러나 이숙은 뒤도 돌아보지 않고 택시를 향해 손을 흔들었다. 심야 택시는 총알처럼 빠르게 이숙의 앞에 섰다.

"안 탑니다. 가세요."

성재가 그대로 택시를 돌려보내려 하자 화가 난 이숙이 '아니에요. 타요!' 다시 택시를 멈춰 세웠다. 하는 수 없이 성재가 택시 구석으로 이숙을 밀어 넣으며, 저도 재빠르게 올라타 문을 닫았다.

"나 그거 안 해요. 절대 안 한다고요!"

"하성재 아니고, 식탐미인 담당 피디로 부탁하는 건데도? 내가 아무 생각 없이 그런 결정 한 거 같아요? 자신 있다니까!"

"싫어요. 내가 자신 없어요. 정말 왜 이래요?"

택시기사는 불안한지 룸미러로 두 사람을 힐끗 살폈다. 여차하면 경찰서로 돌리겠다는 말도 잊지 않았다. 이숙은 '그럼, 경찰서로 갑시다!' 외치고 싶었지만 양 어깨를 꽉 움켜쥔 성재의 간절한 두 눈을 보자 차마 그럴 수 없었다.

택시에서 내린 후, 이숙은 머리가 터질 것 같았다. 집 앞 근처 조용한 놀이터로 발을 돌렸다. 성재도 그 뒤를 따랐다.

이숙은 성재를 보더니 어쩔 수 없이 엉덩이 닿는 대로 털썩, 그네에 주저앉았다. 하지만 놀이터가 어린이용이라는 사실을 깜박했다. 그네는 이숙이 앉기에 한없이 작았다.

'제길… 엉덩이가… 끼잖아!'

아무리 그래도 사귀던 남자 앞인데. 제대로 모양 빠지네. 꽉 조여서 아픈 골반을 움켜쥔 채 소리조차 내지르지 못하고 이숙은 다시 쩔뚝쩔뚝 벤치로 방향을 틀었다.

"남자로서 내가, 김작가한테 실망 주고 상처 준 건 인정해. 반성도 하고 있고, 또…."

성재는 적당한 단어를 선별하는지 계속 손으로 이마를 긁적였다.

"후회하고 있어."

"그 얘긴…."

"아니, 내 말부터 끝까지 들어줘. 그때 내가 좀 더 당신 맘을 헤아려줬더라면, 내가 좀 더 매달렸다면 이렇게 허무하게 끝나진 않았을 텐데…. 매일, 하루에도 수천 번 후회했어. 그런데 이번 일만큼은 후회하고 싶지 않아. 도와줘. 그리고 한 번만 더 날 믿어줘!"

성재의 말엔 진심이 담겨 있었다. 화려한 수식어구도 논리 정연한 맥락도 없었지만 이상하게 마음이 흔들렸다. 남자 대 여자의 문제가 아니었다. 이건 일이다. 같은 배를 함께 탄 동료의 부탁이라고! 이숙은 최대한 감정적이지 않으려 노력했다.

"왜 나여야만 하는데요? 난 진짜 피디님이 무슨 생각을 하고 있는지 이해가 안 가서 그래요!"

"맛으로 사람들과 교감하고, 맛으로 사람들의 감성을 자극하고, 맛으로 누군가에게 감동을 줄 수 있는 사람, 당신 외에 본 적이 없으니까! 그 어떤 게스트가 와서 그 어떤 맛을 요구하든, 그 사람이 원하는 바로 그 음식을 찾아낼 사람은 대한민국에 당신밖에 없다고!"

"아니야. 난 그런 사람 아니니까, 다른 사람 찾아봐요."

"봐, 명태순대 먹고 있는 당신 모습 보면서, 확신했어. 보라고! 당신이 어떤 사람인지!"

성재는 호주머니에서 핸드폰을 꺼내 강원도에서 촬영한 이숙의 모습을 보여줬다.

노파와 막걸리를 한 사발씩 주고받은 이숙이, 입속의 명태순대를 오물거리면서 구수한 트로트 노래를 부르기 시작했다. 이숙을 바라보는 노파의 눈이 행복으로 젖어 있었다.

노파가 이런 눈으로 날 보고 있었던가. 내가 정말, 이렇게 웃었던가. 내가, 이런 말을 했었던가. 이런 나를 보면서 성재는 줄곧 식탐미인을 맡겨야겠다고 생각하고 있었단 말인가? 머리가 터질 것처럼 복잡해졌다. 이숙은 말없이 핸드폰을 돌려줬다.

"지금 바로 대답 안 해도 돼. 생각할 시간은 충분히 줄 테니까 다시 생각해봐요. 기다릴게!"

"…."

왠지 이번 일을 거절한다면 그와는 영영 이별을 하게 될 것 같은 무서운 예감이 문득 스쳤다. 공식적으로는 시간을 갖기로 했다지만 아직 남아 있는 감정의 여운을 성재도, 이숙도 잘 알고 있었다. 얼굴을 매일 볼 수 있는 것만으로도 다행이라 생각했는데, 이마저도 내 욕심인가!

'이대로 우린, 정말 헤어지게 되는 걸까?'

이숙은 뒤돌아서는 성재의 뒷모습을 감히 쳐다보지도 못한 채 고개를 숙였다.

"뭐? 누가 진행을 해?"

식탐미인 시즌2의 기획안을 보던 종규의 입에서 탄식이 새나왔다.

"니가 아주 방송을 말아 먹는 걸로도 모자라서, 정신줄을 내다 놨구나?"

"김작가밖에 해낼 사람 없어요. 왜 끝까지 보지도 않고 안 된다고 해요?"

"니가 김작가하고 연애하는 거, 내가 모를 줄 알았지? 내가 방송국 짬밥이 몇 년인데, 응? 이것들이 하라는 일들은 안 하고 말이야. 방송국이 니들 놀이터야?"

"이성적인 감정 다 빼고, 객관적인 데이터로 내린 결론이라니까! 진짜, 나 못 믿어요?"

종규는 기획안을 데스크에 내던지며 혀를 끌끌 찼다.

"내 그때 그랬지! 여자 보는 감은 잃어도 방송 감 잃으면 끝이라고! 다 시끄럽고, 안 돼! 이거, 편성 못 줘!"

"선배!"

"선배라고 부르지 마. 너 확 그냥 동문에서 제명시켜버리기 전에!"

이숙만 설득하면 될 거라 생각했는데, 성재는 예상치 못한 난관에 당황했다. 종규가 쉽게 이숙을 납득하지 않을 것 같았다.

성재가 풀이 죽은 얼굴로 들어서자, 사무실 사람들 전부가 오히려 이숙의 눈치를 살폈다.

눈이 마주친 성재가 안심시키려는 듯 이숙을 보고 웃었다. 하지만 안 되는 건 안 되는 거다. 이숙은 그의 웃음이 더 초라해지기 전에 결단을 내려야 했다.

똑똑똑.

노크소리를 내며 이숙이 문을 열고 들어갔다.

종규는 이숙을 보자마자 한쪽 눈을 찡그리며 노골적으로 못마땅해했다.

"하성재가 시키든? 이번엔 니가 가서 매달려보라고?"

"아니요. 하피디님이 그럴 사람인가요, 어디."

"미리 경고하는데, 넌 절대 안 돼!"

"저도 알아요. 그래서 온 거예요."

종규는 의자에 다소곳이 앉는 이숙을 내려다보며 엄중히 경고했다. 단호하게 말은 했어도 머릿속은 그 의중을 헤아리기 위해 분주했다. 저게 또 무슨 꿍꿍이일까? 또 무슨 속을 뒤집어놓으려고 두 인간이 작당하고 나를 이렇게 엿 먹이나, 온갖 생각이 다 들었다.

종규가 허리에 손을 얹은 채 의자에서 일어났다. 이숙이 앉은 테이블로 걸어가면서도 그는 한 번도 노려보고 있는 눈을 깜박이지 않았다.

"부장님만큼이나 저 역시 식탐미인이 잘 되길 바라는 사람입니다. 그리고…."

"됐어. 결론만 말 해. 너 말 잘하는 거 나도 잘 알아."

종규는 이숙의 맞은편에 다리를 꼬고 앉으며 말을 잘랐다.

"…그만두겠습니다. 식탐미인."

"어, 쎄게 나오시겠다? 니네 둘은 만나서 맨날 이런 것만 작당모의 하니? 나 엿 먹이자고!"

"진짜로 그만두겠다고요. 저, 진행자 같은 거 할 생각도 없고, 할 자신도 없어요. 주제파악도 하고 있고 분수도 제대로 압니다. 그러니까 식탐미인 편성해주세요."

"…!"

종규의 방문을 닫고 나오는 이숙의 마음은 천근만근 무거웠다. 드디어 저질렀다. 아마 성재는 펄쩍 뛰고 한바탕 난리를 피우겠지. 하지만 이게 정답이다. 나 하나 때문에 5년 동안 일해왔던 팀원들을 하루아침에 백수로 만들 수는 없었다.

5년…. 그래, 나도 오래했다. 이만하면 됐다. 갑자기 인영이 보고 싶어졌다. 이숙은 일이 아니라면 생전 개인적인 안부를 물은 적 없던 인영에게 먼저 톡을 보냈다.

"몸은 좀 어때요? 항암 치료 고되다던데, 괜찮아요?"

"말도 마. 치료 받다 죽겠어. 정말 암은 걸리면 안 돼. 자기야, 아프면 안 된다. 알았지?"

이숙은 인영의 '자기야'란 말에 피식 웃음이 나왔다. 아마, 마주보고 있었으면 끝도 없이 투덜거리며 아프다고, 힘들다고, 나 좀 어떻게 해달라고 궁시렁댔을 텐데. 그 투정을 들어주지 못해 미안했다.

"내 걱정은 말아요. 난 너무 건강해서 고달프니까! 빨리 나아요. 같이 두유 라떼 마시게."

이숙이 대답하자, 눈을 반짝이며 활짝 웃는 이모티콘이 도착했다. 인영을 닮아 눈이 참 크고 반짝거렸다. 하지만 이숙은 차마 하고 싶었던 말은 할 수 없었다. 오늘 내가 식탐미인을 떠나게 됐다는 말을. 그녀는 분명히 위로해줬을 텐데. 그동안 고생했다고. 수고했다고 말해줬을 텐데 차마 말할 수 없었다.

왠지 이숙이 그만둔다는 소식을 알리면 병마와 싸우고 있는 인영을 더 약하게 할까 봐 걱정이 앞섰다. 기다려주고 싶었는데. 인영이

병이 다 나아서 다시 돌아올 때까지. 그렇게 약속했는데, 그 약속도 못 지키고…. 미안한 사람이 한 사람 더 생겼다.

이숙은 핸드폰을 쥔 채 그대로 뒤돌아섰다. 방송국에 견학 온 학생들처럼 처음으로 방송국을 1층부터 윗층 꼭대기까지 쭈욱 올려다봤다.

"여기가 이렇게 생겼었구나…."

5년 동안 제 집처럼 드나들던 곳인데 제대로 된 전체 모습은 오늘 처음 봤다. 더 이상 저곳의 조직원이 아닌 타인이 된 채 바라본 방송국은 낯설고도 거대해 보였다.

'저기 어딘가에서 성재가 살아 움직이고 있겠지….'

이렇게 말 한 마디 없이 사라져서는 안 되는 거였다. 적어도 그에게만큼은.

하지만….

"일단 편성해주시고, 저 나가는 건 아무한테도 말하지 말아주세요. 이번 시즌 출연 가능한 진행자 리스트 업은 해둔 상태고, 컨택은 서브작가가 따로 진행하기로 했어요. 그리고 마지막으로, 하피님한테는 따로 연락드리지 못해 죄송하다고. 그동안 감사했다고 전해주세요."

방송국을 나오기 전 종규와의 마지막 대화를 떠올렸다.

쉽게 발이 떨어지지 않았다. 마지막으로 성재의 얼굴을 한 번 더 보고 싶었다. 왠지 몇 시간도 안 됐는데 그의 얼굴이, 표정이 기억이 나지 않았다. 잊어버리지 않게, 헤어져도 언제라도 기억할 수 있게 다시 보고 싶었다.

성재만 이숙을 찍었던 건 아니었다. 이숙도 성재를 남모르게 찍었다. 이숙은 갯배에서 찍었던 성재의 사진을 꺼내봤다. 그 위로 후두둑, 눈물이 흘렀다.

이숙은 성재와의 이별 때문인지, 정들었던 식탐미인 식구들과의 이별 때문인지 이유가 불분명한 눈물을 삼키며 꾸역꾸역 무거운 발걸음을 돌렸다.

"저희 프로그램, 유하은 씨가 하기로 했어요?"

"그게 무슨 소리야, 컨택한 적도 없는데…."

지영 씨는 인터넷에 뜬 아이돌 출신 유하은의 사진을 가리키며 두 눈을 동그랗게 떴다. 소속사 측에서 먼저 자료를 배포한 연예 뉴스에는 분명히 그녀가 식탐미인 시즌2의 새 주인으로 발탁되었다는 헤드라인이 고딕체로 박혀 있었다.

"오보겠지."

성재는 신경 쓰지 않았다. 다만 며칠 전부터 자리를 비우고 있는 이숙이 염려될 뿐이었다.

"김작가님은, 어디 갔습니까?"

"글쎄요. 요 며칠 통 안 보이시던데…. 빨리 결정하셔야 가대본하고 큐시트작업 들어갈 텐데."

막내작가가 이숙의 책상을 살피며 대답했다. 그때 사무실 분위기를 살피던 서브작가가 울 것 같은 얼굴로 벌떡 일어섰다.

"말 하면 안 되는데… 진짜 말하지 말랬는데. 피디님, 김작가님 관두셨어요. 편성 받는 대신 하차하기로 부장님하고 쇼부 보셨다고. 유하은 씨 컨택도 실은 김작가님 부탁으로…."

서브작가의 말이 끝나기도 전에 성재는 문을 닫고 사라져버렸다.
"으… 깜짝이야! 문 떨어져 나가는 줄 알았네."
"나, 하피디님 저렇게 화난 얼굴 처음 봐."
"아, 나 어떡해. 말 안 하기로 했었는데…."
다리에 힘이 풀려 털썩 주저앉는 서브작가 주위로 몰려든 팀은 다시 한 번 웅성이기 시작했다.
"우리 이제 어떻게 되는 거야? 팀 해체되는 거야?"
현실을 자각한 지영과 막내작가가 부랴부랴 성재 뒤를 쫓아 뛰어 나갔다.
목을 죄는 셔츠 단추를 풀어헤치며 성큼성큼 큰 보폭으로 성재가 복도를 걸었다. 어이가 없었다. 이건 도저히 있을 수 없는 일이었다. 어떻게 한 마디 상의 없이 이숙이 날, 아니 팀을 떠날 수 있지? 성재는 이 상황이 납득되지 않아 피가 거꾸로 솟구치는 기분마저 들었다.
"여어, 하피디. 니네 유하은이 하기로 했다며. 부럽다, 자식!"
종규의 방에서 나오던 '맛의 진미'의 담당 피디가 말을 걸었다. 그러나 성재의 귀엔 그 어떤 말도 들리지 않았다. 아니, 듣고 싶지 않았다. 그는 그대로 종규의 방문을 열고 들어갔다.
"김작가를 선배가 관두라고 했어? 내가 책임자야! 차라리 나보고 관두라 하지 그랬어!"
노크도 없이 쳐들어온 성재는 종규를 잡아먹을 듯 노려봤다. 아이돌 유하은의 MC 발탁 기사를 읽던 종규는 입가의 미소를 애써 감췄다.
"김이숙이가 일 하난 잘해."
"선배!"

"귀 안 먹었다. 캐스팅 됐으니까 편성해주면 될 거 아냐!"

화가 난 성재가 데스크를 양손으로 내리쳤다. 놀란 종규가 그제야 성재를 빤히 쳐다봤다.

"김작가가 없으면 여기 있을 이유 없다고 했잖아. 더는 여기 있을 이유 없어. 그러니까 새 MC 찾은 김에 새 피디도 찾으면 되겠네!"

성재는 목에 걸린 사증을 종규의 책상에 집어던졌다.

"미… 미친 새끼. 저거 완전 여자한테 미쳐서 쳐 돌았구만! 그것도 여자라고. 야, 하성재! 너 눈 그것밖에 안 되냐? 너 뚱뚱한 여자가 그렇게 좋으면 말만 해. 내가 니네 팀원 전부 뚱뚱한 년들로 채워줄 테니까!"

뒤돌아서던 성재가 참지 못하고 종규의 멱살을 잡았다. 당장이라도 내려칠 것 같은 주먹이 화를 삭이느라 공중에서 바들바들 떨고 있었다.

"한 마디만 더 하면, 죽여버린다!"

진짜 죽일 기세로 발갛게 충혈된 섬뜩한 눈을 보고나서야 종규는 입을 닫았다.

문 밖에서 이 모든 걸 목격한 막내작가와 지영 씨가 충격을 받았는지 입을 다물지 못했다.

"대박, 하피디님이랑 김작가님이…."

"사귀고 있었대!"

체질 검사를 마친 보민과 이숙은 수술 절차를 밟았다. 마치 정육점의 고깃덩어리가 된 것처럼 의사는 검은 펜으로 몸 구석구석을 절개 부위로 나누어, 설계도를 그려나갔다.

전신지방흡입, 전신체형교정 그리고 고도비만이었기 때문에 수술 후 처짐 방지를 위한 전신리프팅까지. 이숙이 받기로 한 수술 목록이었다. 그래도 이숙은 그나마 사정이 나은 편이었다. 보민이는 민혁에게 보여줬던 보정된 사진과 똑같이 성형하기 위해 더 정교하고 복잡한 수술이 필요했다.

전신지방흡입, 전신체형교정, 가슴성형, 자가 지방을 이식한 힙, 양악, 안면 리프팅, 코, 이마, 턱 그리고 입술 보톡스까지 말 그대로 전신 수술이었다. 그것도 장작 8시간이 넘는 대수술!

입원실에 나란히 누워 있던 이숙과 보민은 온몸에 낙서가 되어 있는 몸을 보고 철없는 아이들처럼 한동안 키득키득 웃었다. 솔직히 어이가 없었다. 이게 다 뭐람. 거울에 비친 두 여자의 모습은 도저히 인간의 몰골이 아니었다.

"강옥이도 이걸 봤어야 했는데."

"내가 진즉에 찍어 보냈지."

거제도 여행 이후, 이숙보다 강옥이와 더 친해진 보민은 얄밉게 웃으며 말했다.

"수술 끝날 즈음 올 수 있대. 법원인가 봐."

강옥이는 현호가 검찰에 송치되면서 기나긴 법정 싸움을 시작했다. 검찰은 현호에게 법정 최고형이 구형될 거라고 말했지만, 강옥은 이미 망신창이가 되어버렸다. 회사는 잠시 문을 닫았다. 사람들이 강제로 뒤집어씌운 '뚱뚱한 문란녀'라는 이미지 때문에 강옥은 억울하게 사회적 활동이 거의 불가능해져버렸다.

그나마 다행인 건, 그럼에도 불구하고 강옥은 절대 자기를 불쌍하게 생각하지 않았다는 거다. 짓밟으면 더 강해지는 잡초 같았다. 뚱녀들을 위해 빅사이즈 옷을 만들었듯이 이번엔 자기와 똑같은 고통을 받고 있는 여성들을 위해 무슨 일을 구상 중일지 알 수 없었다.

시간이 되자, 간호사는 이숙과 보민을 각각 다른 방의 수술실로 안내했다. 마지막 수술실로 들어가는 순간까지 두 사람은 손을 꼭 잡고 놓지 않았다.

"보민아, 기억해. 이제 앞으로 오늘이 우리 생일이다. 다시 태어나자!"

"응! 날씬해져서 만나자."

수술실의 조명이 켜지고, 베드 위에 이숙이 누웠다. 자신의 지방들을 흡입해줄 요상한 금속 기계들이 그녀를 굽어보고 있었다. 무서웠지만 참을 만했다. 희망이 있었기에. 눈을 떴을 때 수술실 조명만큼 눈부신 태양이 내 위에서 반짝거릴 것만 같다.

그래, 오늘 나는 다시 태어날 것이다. 그리고 뚱뚱해서 쪼그라들었던 지난날의 내 모든 흑역사는 과감하게 쓰레기통에 던져버릴 것이다.

문이 열리고 수술복을 입은 담당 의사와 간호사들이 차례로 들어왔다. 마취 전문의가 링거 호스에 주사를 놓더니 다시 마취용 마스크를 들어 보이며 얘기했다.

"마스크를 입에 대고 하나, 둘, 셋! 숨을 들이 마시면 잠에 드실 겁니다. 준비 되셨죠?"

바로 이숙이 고개를 끄덕였다.

'안심, 등심, 삼겹살, 내 몸에 쌓여 있던 지방들아, 안녕!'

"자, 카운트 합니다."

'내 무릎에 있던 도가니야, 너도 고생 많았다. 이 무거운 상체를

지탱하느라.'

"하나! 숨 들이 마쉬세요."

'30년 동안 나를 괴롭혔던 이 나쁜 지방 놈들아, 나는 이제 사람이 될 것이다. 그래, 나는 돼지가 아닌, 사람으로… 다시… 태어날 것이다.'

단 한 번 들이마셨을 뿐인데도 이숙의 의식은 점점 흐릿해지고 있었다.

그리고 그때, 너무나도 익숙한 성재의 목소리가 들렸다.

"김이숙! 김이숙!"

이 목소리는? 환청이다. 이건 마취로 인한 환청이 분명했다. 이숙은 이제 더는 볼 수 없는, 하지만 여전히 보고 싶은 단 한 사람의 목소리를 데시벨로 쫓으며 그 환청 속에 귀를 기울였다.

'하… 피디님이다.'

환청이라도 좋았다. 이루어질 수 없는 사랑이었기에 기억 속에 남아 있는 그의 흔적이라면, 목소리라도 상관없었다. 계속 듣고 싶었다. 그를 느끼고 싶었다. 그가 함께 있다는 느낌만으로 이상하게 안심이 됐다. 부적처럼 그의 목소리만으로 수술은 잘될 것 같다.

"자아, 둘 셀게요. 숨 다시 쭈욱 들이마시…."

하지만 마취를 시키던 의사는 문밖에서 들리는 요란한 소리에 말을 멈췄다. 어리둥절한 의료진이 의아해 하던 찰나, 수술실 문이 열렸다!

"어머, 보호자분이세요? 여기 들어오시면 안 되세요! 간호사, 간호사!"

그때였다, 만류하는 간호사들을 밀치며 수술실 문을 넘어 뛰어

들어오는 사람과 두 눈이 마주친 건! 성재였다. 그는 방해꾼들로부터 필사적으로 몸부림치며 이숙에게로 다가들었다.

"언제까지 도망갈 거야? 도대체 어디까지 도망칠 거냐고!"

"…!"

또렷하게 보였다가 희미해지기를 반복하던 그가 이숙을 향해 외쳤다.

"세상 누구도 자기 자신한테 백 프로 만족하면서 사는 사람, 한 명도 없어. 넌 도대체 뭐가 그렇게 너만 무섭고, 힘든 건데? 단 한 번이라도 제대로 부딪치려 노력한 적은 있어? 계속 이렇게 도망만 치면서 살 거야? 김이숙!"

이숙이 느릿느릿 고개를 저었다.

"그깟 콤플렉스 때문에 5년 동안 니가 해왔던 일도, 꿈에 그리던 방송도 모두 허무하게 끝낼 거냐고! 일어나, 빨리!"

뿌옇게 물컹거리는 성재가, 이숙을 향해 절규했다. 빨리 그 침대에서 내려오라고. 지금 뭐하고 있는 거냐고. 자기와 함께 가자고 손을 뻗었다.

이숙 역시 온 힘을 다해 손을 뻗었지만, 몸이 말을 듣지 않았다.

"내가 괜찮다잖아, 상관없다잖아! 모든 사람들이 니 겉모습만 보는 건 아니야. 그러니까 그냥 있는 그대로의 너로 살 수는 없어? 지금도 괜찮은 사람이라는 걸 왜 너만 몰라? 왜!"

하지만 쫓아온 경비들은 성재의 난동을 가만히 두고만 있지 않았다. 양 팔이 질질 끌려가면서도 성재는 끝없이 이숙의 이름을 불렀다. 김작가도 아니고, 김이숙. 성재는 그렇게 불렀다.

하성재가 불러주는 제 이름이, 이상하게 그날의 온기와 비슷했다.

눅눅한 공기, 기름내 나던 그래, 그때 그 도시락! 이숙이 반쯤 감긴 눈으로 그날 먹었던 음식의 맛을 떠올리려 입술을 오물거렸다.

"맞아요. 먹는 게 세상에서 제일 재밌는데 몇 키로가 무슨 의미가 있겠습니까?"

이숙의 눈치를 보던 남자가 눅눅한 돈가스를 입안에 우겨넣으며 말했다.

먹는 게 재밌다니, 어머, 완전 내 스타일인데!

"저기 그러지 말고 그쪽 나중에 피디 되면 진짜 우리 같이 먹방 안 할래요?"

"정말이죠? 그 약속 꼭 지키셔야 됩니다! 전, 하성재입니다. 작가님은…?"

"김이숙이요. 김. 이. 숙 작가."

"아, 김이숙 작가님. 꼭 기억하겠습니다!"

껌뻑껌뻑, 무거운 눈꺼풀이 끝도 없이 의식을 점령해갈 때, 이숙의 한쪽 눈에서 주르륵 눈물이 흘렀다. 비가 오던 날 휴게소에서 먹던 돈가스도, 매번 돈가스를 먹을 때마다 나에게 사진을 찍어 보냈던 것도, 항상 SNS 프로필에 성재가 돈가스 사진을 올려놨던 것도 이제야 이해가 됐다. 전부 기억이 났다.

그는 약속을 지켰다. 언제나 나 혼자 그를 짝사랑하고 있다고 느꼈지만 성재 또한 지독하게 이숙의 관심을 원하고 있었다.

검은색 골프 우산을 쥐고, 내 허리를 감싸 안던 성재의 눈빛이. 나를 바라보던 그 따뜻한 눈이, 처음부터 나였다. 지금 이대로의 나에게, 바로 뚱뚱한 이 김이숙만을 쫓고 있었다.

강옥은 만약, 있는 그대로의 자기를 사랑해주는 사람이 있다면 기꺼이 사랑하겠노라 했다. 그런데 나는 지금 저 남자를 홀로 두고, 여기에 누워서 뭘 하고 있는 거지? 그는 단 한 번도 내 뚱뚱한 몸을 보지 않았다. 김이숙. 그냥, 나! 있는 그대로의 나를 원하고 있었다.

한차례 소동이 멈춘 뒤, 수술실은 다시 분주해졌다.

"환자분, 자, 다시 쭉 숨 들이 마시세요."

"잠깐… 만요! 잠시만요!"

이숙이 젖 먹던 힘을 다해 몸을 움직였다. 당황한 마취의가 동작을 멈췄다. 입에 대고 있던 마스크를 벗어 던지자, 눈앞에 보이는 온 사방이 빙글빙글 돌았다. 이숙은 비틀비틀 손을 더듬으며 성재를 찾아 걸었다.

"하… 피디님, 하피… 디님!"

수술실에서 쫓겨나 복도를 서성이던 성재는 화를 주체하지 못하고 벽을 걷어찼다. 평생 이렇게 화가 난 적은 없었다. 누군가로 인해 이렇게 이성을 잃었던 적도 처음이었다.

도대체, 왜! 저 여자는 저렇게 고집불통일까? 그럼에도 내가 좀 더 빨리 알았더라면, 내가 더 용기 있게 지켜줬더라면, 그러지 못한 게 한이 되어 죽을 것만 같았다.

성재는 이숙에게 보여주고 싶었다. 그녀가 가진 장점이라면 정말로 자신이 있었다. 방송을 통해 그녀가 얼마나 사랑받기에 충분한 사람인지. 가치가 있는 사람인지 증명해 보이고 싶었다. 이숙의 문제는 뚱뚱한 몸이 아니라, 잘못된 마인드였다는 걸 알려주고 싶었다.

하지만 이젠 다 끝이다. 성재가 그녀를 사랑하는 만큼 그녀는 자신을 사랑하지 않았던 거다. 그게 성재의 결론이었다. 그녀의 모든 결정엔 성재가 없었다. 그녀가 말하는 사랑은 도대체 어떤 사랑인지 성재는 가늠할 수도 없었다.

만약 수술을 해서 정말 수많은 미녀 중 한 사람이 된다면, 정말 그녀의 인생이 달라질까?

내가 진짜 김이숙이 아닌 김이숙인 척하는 그 여자를 계속 사랑할 수 있을까?

다시 한 번 요요가 온다면 그녀는 또 어떤 식으로 비관하고 도망가려 할지 안 봐도 뻔했다. 성재는 이런 생각을 하고 있는 자신이 너무 멍청하게 느껴졌다. 수술실 문에 붙어 불을 밝히고 있는 '수술 중'이란 세 글자 앞에 그 또한 한없이 무력했다. 늦었다는 그 말을 평생 후회하게 될 것 같았다. 괴로웠다.

"…하피디… 님, 거기 있어… 요?"

고개를 숙인 채 연신 마른세수를 하던 성재가 고개를 번쩍 들었다. 수술실 문이 열리고 비틀비틀 걸어오고 있는 사람은 이숙이 맞았다. 성재가 벌떡 일어나 한 걸음에 그녀를 향해 달려갔다.

이숙은 마취에 취한 듯 눈도 제대로 뜨지 못하고 성재의 품에 안겼다.

"지금 이 말 못하면 평생 후회할 거 같아서…."

"김작가!"

"사… 랑해… 요."

이숙은 그대로 성재의 품에서 의식을 잃었다. 웃기기도 하고, 또 가슴이 아프기도 했다. 요즘말로 참 웃프다는 표현이 정확했다. 누가 보면 죽기 직전에 고백하는 줄 알겠다.

수술 캡을 뒤집어쓴 이숙은 얼굴부터 발끝까지 지방흡입할 부위들을 섹션별로 검은 마킹을 한 채, 포대자루 같은 수술복까지 입고 있었다. 그런데 그 모습마저도 사랑스러웠다. 어쩔 수 없었다. 이 여자만큼 사랑하고 싶은 여자는 단 한 명도 없었다. 아니, 없을 것 같았다.

성재는 이숙을 소중하게 꼭 끌어안았다.

"나도. 나도 널 사랑해."

열셋

먹고, 마시고, 자라!

보민의 수술은 대성공이었다. 경과도 좋았고 수술 후 회복 속도도 빨랐다. 아직은 덜 여물었지만 정말로 몰라보게 예뻐진 보민이 강옥과 나란히 셀카를 찍어 보냈다.

이숙은 분해서 발바닥을 쿵, 바닥에 찍었다. 아마도 이건 평생 이불킥 감이다.

"내가 뭐에 홀려도 단단히 홀렸지. 그게 어떤 기회였는데!"

"작가님, 준비하시랍니다."

"네!"

메이크업을 마치고 나오는 이숙을 보자마자 카메라 앞에 앉아 있던 성재는 초승달처럼 두 눈을 휘감아 웃었다. 그리고 그런 그의 모습을 보고 스태프들은 얼레리꼴레리 웃어댔다.

그래, 내가 저 인간한테 홀려서 아직도 이렇게 88사이즈다. 이숙은 촬영장에서 제일 뚱뚱한 자기 몸을 내려다보며 고개를 절레절레

저었다.

“세상의 모든 게 시시한 밤. 그런 밤. 배고픈 밤. 얘들아, 먹고 자! 마시고 자! 안녕하세요, 먹마자의 김이숙입니다. 오늘은 떠오르는 먹방 핵인싸, 유하은 씨와 함께 하겠습니다. 어서 오세요!”

“안녕하세요, 유하은입니다.”

“굉장히 말랐어요. 식탐미인 시즌2였죠? 지난 시즌 진행할 때 보면 엄청 잘 드시던데.”

“제가 원래 먹는 걸 너무 좋아해요. 식탐이 좀 많은 편이라 열심히 관리하고 있습니다.”

스튜디오에 꽉 들어찬 남자 스태프들이 하은의 등장에 너나없이 핸드폰을 들이밀며 신이 났다.

언제부터 이렇게 많은 스태프들이 현장에 있었나. 이숙은 절로 웃음이 나왔다.

종규의 바람대로 하은이 진행했던 식탐미인 시즌2는 케이블 푸드 채널 사상 처음으로 시청률 3%를 달성했다.

그럼 지금 이 방송은 뭐냐고? 나, 김이숙이 새로 진행하게 된 먹방 프로그램이다. 대한민국 대동맛지도가 그대로 머릿속에 새겨져 있는 이 김이숙이가 쓰고, 하성재가 프로듀싱한 현재 가장 핫한 공중파 먹방 프로그램 되시겠다.

노조 활동으로 좌천됐던 성재는 방송국 임원진이 교체되면서 운 좋게도 다시 원래 있던 공중파로 돌아왔다. 그와 이숙 그리고 예전 식탐미인 팀 전원이 다시 합세해 만든 프로그램이 바로 ‘먹고, 마시고, 자라!’ 일명, 먹마자. 시청자들은 줄여서 그렇게 불렀다.

방송 내용은 이숙이 그토록 꿈꿔왔던 감성 푸드 토크로 진행됐다. 야식 컨셉으로, 파자마 차림의 게스트들과 이숙이 밤잠을 설치더라도 꼭 먹어야만 하는 음식들을 회상하며, 그 음식에 대한 추억을 떠드는 게 방송의 전부였다.

그러면 게스트가 먹고 싶어 하는 추억의 맛을 찾아 서브 진행자인 '명란바게트' 씨와 '흰밥에 흰우유' 씨가 이숙이 주는 힌트에 따라 해당 지역 맛집을 탐방하며 요리를 찾아 배달해 주면 된다. 요즘 유행어가 된, 바로 이 멘트와 함께!

"밤잠을 설치던 맛이, 이 맛이 맞습니까?"

그러면 '맞습니다' 혹은 '와, 그때 먹었던 바로 그 맛이에요'라는 게스트의 대답을 모두가 기다렸다. 때론 '이런 맛은 아니었는데'라는 대답이 나올 때면 누가 벌칙을 받느냐를 놓고 진행자들이 경쟁하는 구성이었다. 거창할 것 없이 소박했다. 그럼에도 사람들은 이 프로그램을 참 좋아했다.

특히 미식가인 이숙과 대식가인 '명란바게트' 씨, 괴식가인 '흰밥에 흰우유' 씨가 같은 음식을 먹고도 극명하게 갈리는 맛 평가에 사람들은 특히 재밌어 했다.

"이번 주 시청률 표 나왔습니다."

주로 먹방이 방송되는 동 시간대의 타방송과 시청률을 겨룰 때는 아무리 덤덤하려 했지만 떨릴 수밖에 없었다. 우리는 시청률에 울고 웃는 방송쟁이들이니까. 그리고 성재와 내가 약속했던, 첫 결과물이었기에 더욱 두근거렸다.

성재는 입을 굳게 다문 채 시청률 표를 바라봤다. 그의 입에서 나온 말은 고작 바리톤 음의 '아…'가 전부였다.

그의 눈치만 살피고 있는 팀원들을 대신해 이숙이 총대를 맸다.

"왜요, 우리가 꼴찌예요?"

"난 모르겠다. 직접 봐요."

성재가 툭 던지고 간 시청률 표엔 압도적인 시청률로 먹마자가 1위를 기록했다. 식탐미인 시즌3가 그 뒤를 따랐지만 따라잡기엔 어림도 없는 수치였다.

하여간 저 츤데레…. 자기도 좋아 죽겠으면서 아닌 척하기는. 깜빡 속을 뻔했다. 성재의 표정 연기가 많이 늘었다. 그렇게 생각하며 이숙은 얼굴 가득 환하게 웃었다.

그의 말이 다 옳았다. 성재를 믿어보길 잘했다. 비록, 이 몸은 여전히 뚱뚱하지만 이젠 예전처럼, S자보단 B자에 가까운 내 몸을 미워하지 않는다. 먹마자 방송을 하면서 아무리 마른 여자도 자기 몸에 만족하지 못한다는 사실을 인정하게 됐다.

거식증 때문에 물만 마셔도 토해봤다는 게스트의 사연을 들을 땐 눈물이 나올 뻔도 했다. 이 여배우는 무명이었던 시절 하루 종일 토하기만 하는 그녀를 위해 하숙집 아주머니가 끓여주셨던 죽이, 인생 최고의 맛이라 소개했다. 그 맛이 너무 그리워서 일부러 유명한 죽집을 다 찾아가봐도 이상하게 그 맛은 찾을 수 없었다고!

그 시절 하숙집 아주머니를 생각하며 죽 한 그릇 맛있게 먹어보는 게 소원이라는 그녀를 위해 이숙은 전국의 죽집을 일일이 다 찾아다녔다. 그녀가 기억하는 최고의 맛을 위해서 기꺼이 선배가 물려준 비장의 검은색 맛집 수첩도 다시 꺼내봤다. 그러면서 느끼는 게 많았다.

뚱뚱하다, 말랐다. 날씬하다, 통통하다. 사람은 이 네 가지 종류만으로 분류될 수 없는 감정적 동물이다. 더 복잡하다고 정교하다. 뚱뚱해도 괜찮은 사람, 마른 게 싫은 사람. 날씬한 게 창피한 사람, 통통한 게 자랑인 사람도 있을 수 있는 거다. 우린 그저 모두 다르게 생긴 것일 뿐, 누구하나 잘못 만들어진 사람은 없다.

그리고 성재의 말대로 세상 대부분의 사람들은 내가 1킬로그램이 더 쪘든 안 쪘든 생각보다 별로 관심이 없었다. 겉모습에 대한 자격지심으로 세상의 모든 사람들을 적으로 돌리기에는 오히려 나를 사랑해주는 사람들이 많다는 사실 또한 깨달았다.

맞다. 나로 말하자면 이젠 누가 뭐라 해도 매일매일 네가 세상에서 제일 예쁘다, 예쁘다 해주는 저 남자가 떡하니 곁을 지키고 있기에 돼지니, 뚱녀니, 그런 말엔 어지간하면 상처받지 않는 멘탈의 소유자가 되어버렸다. 적당히 남들의 말에 귀를 닫을 줄 아는 여유, 또 남의 생김새에 오지랖을 감출 줄 아는 예의도 우리 모두에겐 필요하다. 나는 한 마디지만, 듣는 사람은 수십 마디의 상처가 되기도 하니까.

성재는 방송국 근처 공원에 앉아 책을 읽고 있었다. 수술을 안 하는 대신, 그와 나는 집까지 걸어서 퇴근하는 게 일상이 되었다. 일종의 데이트 같은 다이어트였다. 이숙이 다가가자, 성재가 책을 접고 일어섰다. 언제 갈아 신었는지 운동화까지 커플로 맞춘 두 사람은 당연하다는 듯 공원 산책로를 따라 걷기 시작했다.

"근데, 하피디님은 진짜 어떻게 살 뺐어요? 아니, 그때 우리 돈가스 도시락 먹을 때는, 엄청 뚱뚱했었잖아. 방에 있던 사진보다 더 뚱뚱했던 거 같은데. 지금 이 몸이 어떻게 가능해?"

"적게 먹고, 많이 움직이기. 그게 다인데?"

장난하나. 이숙은 너무 뻔한 교과서적인 대답을 내놓는 그의 조인트를 사정없이 걷어찼다. 누가 그걸 몰라? 그걸 몰라서 수술까지 하겠다고 수술대에 올라갔겠냐고!

하지만 성재는 진지했다. 사실이었으니까.

"집까지 매일 걸었지. 두 시간이든, 네 시간이든 출발지가 어디든 걷고, 저녁은 5시 이전에 먹고. 물은 항상 들고 다녔고. 근력 운동 병행하면서 꾸준히 걸었더니, 진짜 빠지던데?"

더 이상 대꾸할 가치도 느껴지지 않았다. 다이어트라면 내가 그보다 선수였다. 내가 안 해봤을 것 같아? 이숙은 크게 실망했다.

"5년 동안, 일주일에 6일. 그렇게 했더니 정말 다 빠지더라."

뭐? 5년! 그건 생각도 못했다. 언제나 작심삼일인 이숙에겐 특히 그랬다. 길어봤자 3개월이면 정말 오래 한 다이어트였다. 5년간 매일 같이 빠지지 않고 그 루틴을 지켜냈다는 그의 말은 가히 충격적이었다.

"다이어트는 평생 하는 거라던데. 내가 볼 땐 너는 인내심이 부족해. 어쩔래? 5년이든, 50년이든 내가 매일매일 같이 걸어줄 테니까 일단, 해볼래?"

성재는 그렇게 이숙의 손을 덥썩 잡고 걸었다. 이젠 더 이상 이숙도 성재가 잡은 손을 빼지 않았다. 누가 보든, 누가 뭐라 하든 그는 내가 세상에서 가장 사랑하는 소중한 사람이니까! 자연스럽게 손깍지가 이어졌고, 그렇게 우린 이름도 거창한 '걸어서 퇴근하는 다이어트 데이트'를 시작했다.

앗! 그런데 생각해보니, 가만히 있어 보자. 뭐, 50년? 이 말은 조금 의미가 남다른데. 내가 지금 또 먼저 앞서가고 있는 거 아니지? 이거 프러포즈 같은데… 얘들아, 아니니?

"야, 그걸 니 남자한테 물어야지 왜 나한테 묻니? 바빠 죽겠구만."

화상통화를 하던 강옥은 새까맣게 그을린 얼굴을 들이밀며 인상을 썼다.

현호에게 실형이 구형되고 강옥은 잠시 한국을 떠났다. 혼자서 생각할 시간이 필요하다고 했다. 혼자 하는 여행은 처음이라 외롭다고 징징거렸지만 그래도 대견하게 혼자 비행기를 탔다.

"뭐하는데 바빠?"

강옥은 선뜻 대답하지 못했다. 이상한 낌새를 차린 이숙이 예전에 강옥이 그랬듯 카메라에 얼굴을 들이밀었다. 그러자 곧 강옥이 '옛다, 실컷 봐라' 자랑하며 카메라를 돌렸다.

그녀의 뒤에는 무수한 남자들이 강옥을 향해 꽃을 들고 사랑의 세레나데를 노래하고 있었다. 이게 무슨 일이래? 거기, 뭐야? 천국이야?

"태국! 이 마을에서는 뚱뚱해야 미인이래. 믿겨지니? 진작에 여기 와서 살걸 그랬어."

예전에 교육방송 채널에서 본 것 같기도 했다. 그래, 세상의 저편에서는 뚱뚱한 걸 미의 기준으로 보는 나라도 있단다.

"여기 도착하자마자 남자들이 결혼해 달라고 줄 서고 난리 났다. 진짜 이놈의 인기는 어딜 가든 왜 떠나질 않니? 나도 정말, 피곤하다야!"

"그래도 니가 웃으니까 진짜 좋다. 그래, 실컷 웃다가 와!"

"너두 올래? 아마, 나만큼은 아니어도 너도 꽤 인기 있을걸?"

"싫어! 안 가. 거기엔 우리 하피디 없잖아."

"아우, 짜증나. 끊어 기지배야. 다신 전화하지 마! 알았냐?"

강옥은 말은 그렇게 하면서도 그 누구보다 이숙과 성재의 재결합을 열렬히 축하했다.

"그리고 너, 결혼하잔다고 얼씨구나 좋다고 대답하지 말고. 일단, 먼저 자봐. 결혼은 무조건 속궁합이야! 성격차니 뭐니 헤어졌다 하면 거의 70%는 그 문제거든. 알았냐? 그럼 언니는 바빠서 이만. 사왓디카!"

강옥은 합장 자세로 태국어로 안녕을 외치곤 통화를 강제 종료했다.

그러고 보니, 백 일 기념일에 우린 거사를 치르지 못했다. 만리장성은 고사하고 사실상 베이징 근처도 못 가본 셈이었다. 이숙은 그대로 벌렁 침대에 드러누웠다. 생각만 해도 얼굴이 달아오르고 온몸이 뜨거워지는 기분이었다. 히죽이죽, 돌돌 만 이불을 끌어안고 얼굴을 비볐다.

"오똑하지? 아이 정말…. 재는 왜 자꾸 그런 말을 해설랑… 몰라 몰라…."

"얼씨구, 하다하다 이젠 이불까지 끌어안고! 얼른 나와서 밥이나 먹어!"

문밖에서 이숙을 흘겨보던 오여사가 기가 막힌지 국자를 흔들며 잔소리를 하기 시작했다.

그놈의 밥. 엄마는 이렇게 뚱뚱한데도 이숙에게 밥 먹으라는 소릴 빼먹은 적이 없었다. 좀 덜 먹여도 괜찮겠구만!

"엄마, 엄마는 왜 아빠랑 결혼했어?"

"왜가 어딨어. 그냥 하라니까 했지."

"엄마는 아빠랑 결혼하기 전에 그거, 자봤나?"

국을 뜨던 오여사가, 수저를 든 그대로 이숙의 이마를 내리쳤다.

"못 하는 말이 없어. 엄마한테!"

"아니, 궁금하잖아. 아빠랑 연애결혼했다며. 그럼 당연히 진도를 뺐을 거고. 어디까지 갔는지 궁금하잖아! 내가 어떻게 나왔는지, 출생의 비밀은 없는지!"

"넌 어디까지 가봤냐, 그 하피딘지 뭔지 하는 놈이랑?"

"아유, 은근슬쩍 왜 남의 사생활을 물어?"

이숙이 정색하자, 오여사가 그럴 줄 알았다는 듯 냉큼 머리를 쥐어박는다.

"넌 사생활이고 니 엄마는 뭐 주말드라마냐, 다 같이 보게?"

"칫…."

"결혼 전에 임신만 했단 봐. 아주 둘 다 다리몽둥이를 부러뜨릴 줄 알아."

인상을 쓰며 반찬을 휘젓는 엄마를 보니, 왠지 감이 왔다.

"엄마, 속도위반이었구나! 맞지? 와, 우리 엄마 그렇게 안 봤는데… 얼, 까졌어."

"어우, 말하는 것 봐. 꼴 뵈기 싫어. 내 배에서 왜 저런 게 나왔을까!"

시대는 변했어도 사랑하는 건, 다 똑같나 보다. 이숙은 텔레비전 선반에 놓인 엄마와 아빠의 색 바랜 결혼사진을 바라봤다. 성재가 나타나기 전까지 우리 딸이 제일 예쁘다고 말해주던 유일했던 나의 첫 남자. 이제는 하늘에 있지만 아빠는 늘 엄마의 발톱까지 매일 직접 깎아주시던 애처가이자, 로맨티스트였다.

내가 모르는 젊은 시절, 엄마와 아빠의 로맨스는 어땠을까? 지금의 나처럼 번지 점프 백 번 한 것 같은 그런 연애일까? 상상만으로 웃음이 나왔다. 나도 언젠가 내 딸에게 성재와의 로맨스를 수줍어

하며 말하는 날이 오게 될까? 하아, 잠깐만! 딸이라니….

갑작스런 현실타격이다. 만약, 딸을 낳았는데 나처럼 비만이면 어떡하지? 아니, 아니, 그거 말고! 그래, 차라리 아빠를 닮은 아들이면 좋겠다. 아아, 이것도 아니다. 성재도 비만이었잖아! 그럼 아들도 비만일 확률이 매우 높은데! 그렇다는 건 유전학적으로 성재와 내가 결혼을 하면 우리 애들은 죄다 비만인 거야? 맙소사, 이건 정말 중요한 문제였다. 나는 자식들에게만큼은 비만을 물려주고 싶지 않았다!

그날 이후로 속궁합이고 뭐고, 이숙은 성재와의 잠자리를 전면 보류했다. 찌릿, 하는 야릇한 기류라도 느껴질 때면 일단 자리를 피하고 봤다.

"벌써 가게? 더 있다 가자. 시간도 이른데."

성재가 투정을 부리듯 애원해도 안 되었다. 참아야 하느니라! 이 문제는 심사숙고해야 할 일이기에 정말로 마음의 준비가 필요했다. 이러다가 아예 가족사진이 한 덩어리가 될 수 있으니까!

내가 뚱뚱한 건 그렇다 쳐도 애들까지 지 엄마 닮아서 뚱뚱하다고 손가락질 받는 것만은 피하고 싶었다. 이 마음은 성재와의 에로스를 초월한 인류애다. 어린 것들이 무슨 죄니!

하지만 문제는 전체 회식이 있던 밤에 벌어졌다. 불판에서 지글지글 익어가던 삼겹살과 돼지껍데기가 부딪치는 소주잔만큼 어느 정도 소강상태에 접어들었을 때였다. 배는 불렀고, 적당한 취기에 다들 기분까지 좋아 보였다,

대부분의 스태프들이 술에 취해 하나둘 집으로 귀가를 서둘렀다. 자랑스럽게도 오늘만큼은 술 한 잔 마시지 않은 이숙도 먼저 집에 가겠다며 가방을 들고 일어섰다. 첫째, 술에 취한 내 모습이 싫었고.

둘째, 그 모습을 매번 성재가 봐야 하는 게 싫었고. 셋째, 술을 먹으면 내가 그 사람한테 무슨 짓을 할지 알 수 없어 더 싫었다.

하지만 당연히 이숙을 혼자 보낼 리 없는 성재가 같이 가자며 떼를 썼고, 이숙은 주저했다. 아무리 기다려도 성재는 금방 일어설 것 같지 않았다. 끊임없이 터져 나오는 일 얘기가 성재를 잡았다.

"그냥 나 먼저 갈게요. 신경 쓰지 말고 얘기하다 가요."

"잠깐만. 금방 마무리할게."

하지만 이 잠깐만이 벌써 몇 번째냐고. 이숙은 일어섰다. 잡든지 말든지 더는 모르겠다. 나는 집에 갈 것이고, 어떻게든 더는 이곳에 있을 생각이 없다. 그러자 성재가 몸을 돌리던 이숙의 손을 재빨리 낚아챘다.

"기다리라니까!"

"그냥 가게 둬요. 난 집에 가고 싶다고!"

이숙이 성재의 손을 내치는 순간, 아뿔싸! 그 순간에 가방이 휩쓸려 떨어질 줄은 꿈에도 몰랐다. 아니, 정확히 가방에서 그게 우르르 쏟아져 나올 줄은 정말 상상도 못 했다.

콘돔이었다! 백 일 기념일 날 사뒀던 콘돔이. 그 까맣게 기억에서 삭제되었던 콘돔이 하필이면 사람들이 다 보는 이곳에서. 특히, 가뜩이나 요새 계속 이상한 추파를 던지는 성재 앞에서 대놓고 전시회를 펼친 거다!

테이블에 남아 있던 스태프들은 자기들이 눈치가 없었다며 서둘러 자리를 정리했다. 특히 지영 씨는 가게를 나가는 순간까지 이숙을 향해 윙크를 날렸다.

내가 이렇다. 난 항상 이래. 이숙은 가만히 콘돔을 내려다보고 있는 성재를 보며 돌처럼 굳었다. 보지 마, 제발! 그냥 못 본 척해달라고!

성재는 콘돔 하나를 주워서 보더니 추궁하듯 이숙을 쳐다봤다.

"…딸기… 맛?"

"그러니까… 내가 산 건 맞는데, 그러니까… 이게 어떻게 된 거냐면…."

"아, 딸기 맛 좋아하는구나!"

그는 좋아해? 묻는 말도 아니고, 좋아하는구나, 약 올리는 것처럼 말 꼬리를 꼬았다. 이거 왜 갖고 다녀? 그 말은 그렇게 들렸다. 언제나 준비가 되어 있다는 건, 너도 하고 싶다는 거지?

"아니라고! …요."

당황한 이숙이 성재의 말끝에 불쑥 거친 굉음을 내질렀다. 서로 마주친 눈빛엔 지금까지와는 비교할 수 없을 만큼 후끈한 에너지가 두 사람 사이에서 불타올랐다.

이상했다. 수없이 상상하고 그토록 꿈꾸던 미지의 세계가 바로 내 눈앞에 펼쳐질 거란 그 느낌만으로도 이미 다리가 후들거렸다. 이숙이 기어들어가는 목소리로 중얼거렸다.

"난, 그런 여자 아니라고…."

"그런 여자면 어때? 난 그런 남잔데."

강옥이 상상했던 그리고 보민이 상상했던 혹은 내가 상상했던 하성재와는 또 다른 인격체. 이숙을 바라보는 성재의 눈은 단순한 욕정이라기보다는 갈망에 가까웠다. 그 눈에 빨려 들어가는 순간, 이숙 역시 지금까지 억눌렀던 온몸의 세포가 찌릿찌릿하게 전율하는 게 느껴졌다.

나 역시 이 남자를 갈망한다는 확신이 들자 모든 사고회로는 기능을 멈췄다. 2세의 비만 같은 건, 그래 엄마가 돈 많이 벌게! 돈 많이 벌어서 아빠 몰래 수술해줄게. 제길!

성재는 깍지 낀 이숙의 손을 꽉 잡은 채, 그대로 자기 집의 도어록을 열었다. 그 다음부터는 뭘 어찌할 새도 없었다. 튀어나온 배도, 굵은 허벅지도, 늘어진 팔뚝 살까지 뭐 하나 신경 쓸 정신머리가 아니었다. 시선을 압도하는 딸기 향 콘돔도 딸기 맛인지 아닌지 구별할 수도 없었다. 맞닿은 그와 나의 체향이 한데 뒤섞여 딸기보다 더 달콤했으니까!

나를 바라보는 그의 눈빛에 점점 머리는 새하얗게 물들어 갔고, 밤이 태양보다 더 눈부셨다. 성재와 하나가 된 순간, 이숙은 눈 위로 쏟아지는 황홀한 별빛에 취해 그대로 정신을 잃었다.

나 이 느낌 알아. 누군가가 내려다보고 있는 섬뜩한 기분에 이숙이 두 눈을 부릅떴다.

명훈이었다. 이 장면, 익숙하잖아! 언제 들어왔는지 외출복 차림의 명훈은 그날처럼 관자놀이를 꾹꾹 누르며 이숙을 내려다봤다.

"니… 니가 왜?"

"그니까. 누나가 왜 또 여기 있는지 설명 좀 해보시지."

이숙이 가슴까지 이불을 끌어안은 채 웅크리자, 옆에서 자고 있던 성재가 한 손으로 이숙을 끌어안았다. 조금은 짜증나는 얼굴을 이불 밖으로 불쑥 내밀던 그가 퉁명스럽게 말을 뱉었다.

"너, 자꾸 내 방에 들어올래?"

"집에 여자 들이지 말라며! 그러는 형은, 이게 무슨 짓인데!"

"여자 아니야. 형수야. 예의 좀 지키지?"

형수라는 말에 명훈은 문을 쾅 닫고 나갔다. 이숙은 멀뚱멀뚱 눈만 깜박였다.

시계를 힐끔거리던 성재는 그대로 다시 눈을 감았다. 하루 사이에 자란 그의 까칠까칠한 턱 수염이 이숙의 볼을 간지럽혔다. 은근슬쩍 배를 매만지는 성재의 손을 이숙이 찰싹 때렸다.

배는, 세상 모든 여자들의 자존심이다! 안 돼. 이건 반칙이야.

살짝 웃는 숨소리를 마지막으로 그는 다시 잠에 들었다. 이숙은 규칙적인 성재의 심장 소리를 확인하곤 몰래 침대를 빠져나왔다.

명훈은 짐을 챙겼다. 커다란 백팩을 들고 나가는 그를 이숙이 잡았다.

명훈은 눈살을 찌푸렸다. 입고 있는 성재의 옷이 그녀에게 꽉 맞았다. 조금은 박시하게 헐렁이고 여리했던 자신의 여자 친구들과는 너무나도 달랐다.

"밥 먹고 가. 차려줄게."

이숙은 엄마의 마음을 이제야 알 것 같았다. 밥을 먹으란 뜻은 정말 밥을 먹으라는 뜻만 있는 게 아니었다.

"누가 밥 못 먹어서 환장한 귀신 붙었어?"

"그러지 말고 밥 먹으면서 천천히 생각해보라고. 이 집을 나가는 게 정말 맞나, 아닌가!"

"그럼 누나가 나가. 여기 형이랑 내 집이야."

"넌 왜 그렇게 날 싫어해? 처음에는 니가 날 좋아하는 줄 알았어. 근데 아무리 생각해도 그건 아니더라고. 넌 왜 자꾸 나보고 니 형이랑 헤어지래? 항상 그랬잖아. 그거 사랑 아니라고. 형한텐 여자가 있다는 둥, 형 타입 아니라는 둥. 내가 너한테 뭐 잘못한 거 있어?"

이숙은 정말 궁금했다. 성재의 혈육에게 이유도 모른 채 미움 받는 건 좀 괴로웠다. 성재한테 사랑받는 만큼 그의 가족들에게도 환영 받고 싶었다. 이건 본능에 가까웠다.

"형은…."

그는 한참을 뜸을 들이다 입을 열었다.

"한국에 와서 혼자였던 나한테 옆에 있어줬던 유일한 사람이야. 누나가 생각하는 것처럼 그냥 핏줄이라서가 아니라, 형은… 형은 나한테 친구고, 아빠고, 엄마라고!"

"애인은 아니라서 천만 다행이다, 야."

이숙이 기겁해서 삐죽이자, 명훈이 다시 가방을 들었다. 이숙은 다독이듯 가방을 쥔 그의 손을 다시 잡았다. 그리고 얼른 가방을 힘으로 빼앗았다.

"니네 형이, 아빠는 돼도 엄마는 아니지. 아무리 그래도 남자가 어떻게 엄마 품을 대신해. 그냥 이렇게 생각해보면 안 될까? 형이 아빠였듯이 내가 엄마라고. 그냥 너한테 엄마가 생겼구나 그렇게 생각해주면 안 돼?"

어거지 같은 논리였지만, 이숙은 진심이었다. 통하길 바랐다. 성재를 쏙 빼닮은 그의 눈이 이렇게 상처받는 걸 원치 않았다.

"우리 엄만… 날씬해!"

"아, 그래."

그렇다면 그것만큼은 어떻게 해줄 도리가 없었다. 인정. 이숙이 빛의 속도로 수긍했다. 하지만 곧 죽어도 집을 나가겠다는 이 녀석은, 뭐든지 뚱뚱해서 안 된다고 고집 부리던 예전의 자신과 좀 닮은 구석이 있었다. 이숙은 이 심술이 뭔지 잘 알았다. 이런 사람에게는 절대적인 사랑이 필요하다. 성재가 이숙에게 준 것과 같은 그런 듬직한 사랑이 말이다.

"짜식! 이리와, 한 번 안아보자."

"미쳤어? 진짜 맘에 안 들어."

투덜거리는 명훈을, 이숙이 어린아이를 안아 주듯 끌어안았다. 토닥토닥. 그의 등을 어루만지며 이숙이 말했다.

"그래, 하루아침에 형을 빼앗기는 것 같겠지. 그래도 나는 헤어지면 남이지만 넌 죽을 때까지 형 동생이잖아. 뭐가 걱정이야. 아직 우리가 결혼한 것도 아니고, 그냥 편하게 지켜봐. 너도 형이 행복하길 진심으로 바라고 있잖아. 안 그래?"

"행복하길 바라니까! 이 세상 그 어떤 사람보다 더 형이 행복해졌으면 좋겠어. 더 좋은 조건의 여자들이 천지에 깔렸는데 순진하게, 하필…."

듣자듣자 하니 그 하필, 듣는 누나의 기분도 썩 유쾌하지만은 않았다. 하지만 어린애처럼 품에 안겨 갑자기 질질 짜고 있는 명훈을 보고 있자니, 이건 두 사람만이 공감할 수 있는 끈끈한 가족애가 아닌가 싶었다.

"야, 너 요새 드라마 찍는다며?"

"…."

명훈은 이 여자가 또 무슨 말도 안 되는 소릴 하려고 이러나 싶어, 아예 대꾸조차 안 했다.

"니네 드라마 보니까 이런 얘기할 때 봉투 안에 몇 억씩 넣어주고 하던데? 근데 너는 쥐뿔따구 아무것도 없으면서 빈손으로 우리 형

뻣어가지 마, 이러는 게, 이게 설득력이 있니?"

이숙은 이해할 수 없으면 없는 대로 그냥 명훈을 이해하려 애썼다. 그냥 말이 안 되더라도 내가 너한테 이만큼 관심이 있다고, 성재의 동생이라서 네 작품도 다 챙겨보고 있다고 어필하고 싶었다.

하지만 명훈은 여전히 특이했다. 어느 포인트가 웃겼는지 갑자기 피식, 웃음을 참는 게 보였다. 이숙은 다시 한 번 명훈을 끌어안았다. 그랬구나, 형을 빼앗긴 거 같아서 내가 싫었구나. 너도 힘들었구나, 중얼거리면서….

내가 이렇게 바다 같은 여자다. 네 형이 이래서 나한테 반한 건데, 바보 같은 녀석…. 넌 좋은 여자 만나려면 아직도 멀었다. 너희 형 따라가려면 밥을 수천 그릇은 더 먹어야겠다고!

이숙은 마냥 어린애 같은 명훈의 등을 한동안 그렇게 따뜻하게 쓰다듬었다. 언제 일어났는지 멀찌감치 떨어져서 가만히 그 모습을 지켜보고 있는 성재와 눈이 마주쳤다. 이숙이 걱정하지 말라고 끄덕이자, 그가 미소 지었다.

그 순간, 그와 나 사이에 만리장성보다 더 높았던 또 다른 장벽이 허물어지는 느낌이 들었다. 누군가를 사랑하지 않았다면 절대로 느끼지 못했을, 이해해보려고 시도조차 안 했을 감정이었다.

그를 사랑하자, 그의 가족 역시 내 인생에 들어왔다. 이렇게 그로 인해 내 세상은 지금까지와는 또 다른, 더 큰 세상의 문이 열리고 있음을 직감할 수 있었다.

"79.8킬로그램!"

빠졌다. 앞자리가 바뀌었어! 이숙은 이십대 이후 줄곧 앞자리를 차지하고 있던 숫자 8이 7로 변해 있는 역사적인 순간을 만끽했다. 이 소식을 빨리 성재에게 알려야만 한다. 이건 오롯이 성재의 공이었다. 그가 하루도 빠짐없이 같이 걸어주고 성실한 코칭을 해준 덕분에 이룰 수 있는 쾌거였다.

이숙이 핸드폰을 찾았다. 밤새 전화 통화를 하다 잠든 탓에 어디다 뒀는지, 그렇게 안 보이던 핸드폰은 베개 밑에 숨어 있었다. 즐겨찾기 목록 1번, 이숙이 성재의 이름을 누르려던 찰나에 강옥에게서 전화가 걸려왔다.

"야, 나 지금 니네 집 앞이거든? 대충 입고 튀어나와. 급히 갈 데 있어."

"또 어딜? 나 저녁에 데이트야. 하피디 바빠서 진짜 오래간만에 만나는 거라고!"

"이숙아, 침착하게 잘 들어."

하지만 흥분한 건 강옥이었다. 전화기 넘어 강옥의 숨은 처음 전화가 걸려올 때보다 더 거칠어져 있었다.

"유부남이란다."

"뭐, 누가?"

"주민혁, 보민이 랜선 남친!"

아…. 어쩌다가… 하필이면 또 일이 이렇게 꼬이냐. 이숙은 허둥지둥 뛰어나갔다.

이숙을 기다리고 있던 강옥은 달리는 차 안에서 귀가 찢어질 것 같은 욕을 끊임없이 내뱉었다. 무슨 잡지화보 모델처럼 아름다워진 보민은 뒷좌석에 앉아 팔짱을 낀 채 아무 말도 하지 않았다.

"애가 둘이나 있대! 말 다했지. 완전 사기꾼 같은 새끼. 오늘 내 손에 걸리기만 해봐, 아주! 아, 빡쳐! 개 새끼 같은 새끼!"

사기 연애는 보민이 했는데 화는 강옥이가 더 냈다. 여자들의 우정이란 이런 거다. 주변에서 화를 내줘야 본인은 좀 냉정해진달까….

추리닝 차림에 피시방에서 나오던 민혁은 보민을 보자, 먹고 있던 과자봉지를 떨어뜨렸다. 양복 위에 걸쳤을 때는 그렇게 지적이던 안경이, 색 바랜 추리닝을 만나자 그렇게 찌질해 보일 수가 없었다.

강옥은 쿵쾅쿵쾅 민혁을 향해 돌진했다. 그리고 실수인 양 있는 힘껏 부딪치며 그놈을 배치기로 튕겨냈다. 철푸덕 길바닥에 엎어진 그가 놀라서 강옥을 올려다봤다. 시커멓고 거대한 그녀의 오라에 남자는 잔뜩 겁을 먹었다.

"뭐… 뭡니까?"

"어머, 미안해라. 길이 좁아서."

이제 이숙이 나설 차례였다. 그가 강옥을 힐끔거리며 일어서자 이번엔 이숙이 벽에 허벅지를 척 걸쳐 올리며 길을 막아섰다.

"아저씨! 유부남이라면서요?"

"누굽니까? 다… 당신들?"

"딱 보면 몰라? 우린…."

강옥이 당연하다는 듯 뒤를 돌아보자 이제는 덩어리라 부를 수 없는 날씬해진 보민이 뒤에 서 있었다. 유유상종, 끼리끼리 이런 말이 절로 나오던 우리 비만 메이트였는데…. 강옥은 이 낯선 조합에 흠, 일부러 헛기침을 했다.

"애도 둘이나 있으시다며! 얘한테 왜 연애하자고 했어? 왜!"

"나, 나는… 거짓말 한 적 없는데요."

그가 한 손으로 안경을 끌어 올리며 고개를 숙였다. 그러자 강옥이 그의 뒷덜미를 낚아채며 동네가 떠나가라 고래고래 호통 쳤다.

"아니, 애가 둘이나 딸린 유부남이, 어? 집에서 마누라 뱃살이나 주무르고 앉아 있을 것이지! 어디 겁도 없이 내 친구를 넘봐, 넘보길!"

"난 거짓말 한 적 없어요. 저 여자가 결혼은 했냐고 물어서 대답 안 했고. 애들은 누구냐고 묻기에 웃었을 뿐이라고요. 진짜예요!"

근데 난 이 말이 왜 팩트 같지? 당황한 이숙이 보민을 쳐다보자 이번엔 보민이 펄쩍 뛰면서 강옥과 이숙에게 설명하기 시작했다.

"그쪽이 먼저 인스타그램에 사진 올리면서 그렇게 썼잖아요. 내가 유부남으로 보이나? 애들이 나를 닮았나? 아니, 그렇게 애매모호하게 말하면 당연히 속지!"

가만히 듣고 있던 강옥이 머리가 아픈지 "그만!"을 외쳤다.

"보민이 너 일루 와. 그리고 유부남 아저씨, 그쪽도 일로 와요. 얼른!"

강옥은 쭈볏쭈볏 다가오는 두 사람의 뒤통수를 잡고선 인정사정없이 맞부딪쳤다. '쿵'도 아니고 '퍽' 하는 소리가 이숙의 귀까지 선명하게 들려왔다.

"아오, 야야. 진짜 아프겠다. 강옥아, 살살해!"

이숙도 덩달아 보민과 남자를 따라 얼굴을 찌푸렸다.

분이 안 풀린 강옥이 한 번 더 두 사람의 뒷목을 움켜쥐었다.

"아주 똑같은 것들이 말이야. 야, 사랑이 장난이니? 사람 마음이 장난이냐고!"

"강옥아, 나 진짜 몰랐어. 이 남자가 날 속인 거라니까!"

"초면에 죄송하지만 동글하신 분! 잘 생각해보세요. 제가 속은 거잖아요. 저 여자가 이렇게 뚱뚱했으면서 자기 사진 다 조작해서 나한테 보낸 건, 그건 사기 아닙니까?"

강옥이 아오, 후! 앞머리를 입으로 날리며 동시에 둘을 내팽개쳤다. 보민과 민혁이 우르르 바닥에 나뒹굴었다.

"애초에 잘못된 줄 알았으면 시작을 하지 말았어야지, 이것들아! 이상하다 싶으면 아예 마음을 주지 말라고! 좋은 건 둘이 다 해놓고, 이제 와서 서로 거짓말이네 하는 니들을 봐. 뭐, 랜선 연애? 플라토닉 감성 사랑? 지랄들을 한다. 한 번 가짜는 영원히 가짜야! 니들은 처음부터 서로를 속였고, 니들 스스로가 거기에 속았어. 그러니까 진짜네 가짜네 따지지 말고 그냥 깨끗하게 서로의 인생에서 꺼져!"

강옥은 이숙을 향해, 가자! 외치더니 쿵쾅쿵쾅 다시 차에 올라탔다. 이번엔 이숙이 보기에도 보민이 안쓰러워 보이진 않았다. 강옥이 사라지자 울먹이던 보민은 옷매무새를 고치며 곧 죽어도 잘못한 게 없다고 턱을 꼿꼿이 세웠다.

"그렇게 안 봐도 돼. 그래도 이 사랑 덕분에 얻은 게 있으니까."

내려다보는 이숙의 시선을 피하면서 보민이 말했다.

"니 남자가 이거 사랑 아니라잖아, 이 바보야."

아직도 민혁과의 관계를 '사랑'이라 말하는 보민을 보며 이숙이 일침을 놓았다.

"뭐가 됐든. 난 밑지는 장사 아니었다, 뭐."

결국, 이거였나? 사랑 때문에 전신성형까지 하겠다던 보민은 사랑은 아니었더라도 전신성형에 성공했으니 됐다라고 이 난리법석을 정리했다. 이숙은 정말로 이해가 가지 않았다.

"에휴, 철 좀 들어라."

이숙마저 보민을 내버려둔 채 떠났다. 깜빡하면 보민이가 하는 연애도 진짜 사랑일 수 있구나. 착각할 뻔했다. 사람은 누구나 보고 싶은 만큼 보고, 생각하는 만큼 생각하고, 믿고 싶은 대로 믿는다. 보민은 그를 운명이라 불렀지만, 결국 그 사랑은 아무것도 아니었다.

강옥과 이숙이 탄 차가 정말로 보민만 버리고 떠난 후 보민은 그제야 두 눈에 눈물이 그렁그렁 맺혔다. 민혁 때문만은 아니었다. 모든 사람들이 부러워할 만큼 날씬해진 몸매와 아름다운 얼굴도 이상하게 이 순간만큼은 아무 도움도 되지 못했다. 뚱뚱할 때는 뚱뚱해서 그렇다 쳐도 이렇게 예뻐졌는데도 불구하고 여전히 외톨이가 된 기분을 이해할 수 없었다.

"민강옥, 김이숙 짜증나! 뭐, 니들만 친구냐! 나도 이젠 나 같은 애들하고만 놀 거라고!"

그날, 보민은 보란 듯이 '345모임'에 나갔다. 345모임이란, 옷 사이즈가 33, 44, 55인 여성들이 만나 서로 친목을 도모하는 인터넷 동호회였다.

하지만 새 모이처럼 먹고 몸매를 관리하기 위해 치열하게 살고 있는 여자들 틈에서, 나는 수술로 날씬해졌다고, 원래는 고도비만이었다고 고백하기가 어쩐지 쉽지 않았다.

그들은 영 점 몇 킬로그램, 혹은 몇 십 그램의 몸무게 변화에도 호들갑을 떨었다. 게다가 고도비만인이 3킬로그램 찐 것과 자기들처럼 원래 날씬한 사람들이 3킬로그램 찌는 것은 체감의 차원이 다르다며 선을 그었는데, 보민은 그 말들이 가소로왔다. 3킬로그램은 모두에게 3킬로그램이다. 숫자는 평등하다. 그런데도 그녀들은 항상 숫자로 비만인들과 선을 그으려 했다.

보민은 이 새로운 친구들을 만나면 만날수록 이상하게 강옥과 이숙이 더욱 그리워졌다.

뚱뚱해도, 날씬해도 보민은 계속 이상하게 사람들 틈에서 겉도는 이방인 같은 느낌이 들었다. 이럴 때 강옥이 있었다면, 이숙이 있었다면, 저들을 신나게 까대며 비웃었을 텐데. 그런 생각을 멈출 수 없었다.

문득, 거제 바다를 배경으로 강옥, 이숙과 찍은 사진을 보고 있자니 보민은 마음 한구석이 미칠 듯이 허기졌다. 프레임에 꽉 들이찬 그 동그란 얼굴들이 너무나도 보고 싶었다. 보민은 집으로 향하던 발걸음을 그대로 고속터미널로 옮겼다.

"거제행 표 하나요!"

현관 앞에 놓인 성재의 신발을 가지런히 정리하며 이숙은 미소 지었다.

겨우 며칠 못 봤을 뿐인데 꼭 몇 년 만에 만나는 것처럼 설레었다. 분명 명훈이는 오늘 지방 촬영 때문에 집에 못 온다고 했고….

이숙은 은근슬쩍 굳게 닫혀 있는 명훈의 방문을 힐끗거렸다. 좋았어, 오래간만에 단둘이만 있겠구나!

신난 이숙은 성재가 샤워를 하고 있는 사이, 영화를 보며 함께 먹을 야식거리를 세팅하기 시작했다. 미리 시원하게 해둔 맥주를 냉장고에서 꺼내고, 성재가 그녀를 위해 사온 과일과 채소들도 잊지 않고 씻었다. 그때 불청객처럼 핸드폰 알림음이 울렸다.

친구 유보민 님이 새 게시물을 올렸습니다.

민혁과 그런 일이 있었지만 보민은 여전히 SNS를 사랑했다. 나 같으면 SNS 같은 건 쳐다보지도 않을 것 같은데 여전히 SNS에 글과 사진을 올리는 보민이 신기할 정도였다. 이숙은 이번엔 보민이 또 어떤 게시물을 올렸을까, 침대에 엎드려 핸드폰을 들여다봤다.

거제도? 보민은 놀랍게도 덩어리 셋이서 사진을 찍었던 바로 그 거제 바닷가를 배경으로 셀카를 올렸다. 마치 강옥과 이숙이 봐줬으면 하는 무언의 메시지처럼!

궁상맞게 혼자 거제 바닷가를 거닐고 있는 보민의 사진을 보며 이숙은 댓글을 남길까 말까 한참을 고민했다. 강옥이가 알면 불처럼 화낼 텐데. 그래도 어찌됐든 보민이는 친구다. 겉모습은 바뀌었어도 여전히 뚱뚱할 때와 다름없이 외롭고, 콤플렉스 가득한 그 유보민이 맞다.

강옥도 이숙과 같은 감정을 느꼈는지 얼마 후 보민의 사진 아래 댓글을 달았다.

"지지리 궁상. 뭐하냐, 거기서? 서울 오면 연락해라. 너한테 부탁할 거 있어."

강옥은 수술 후에도 여전히 취직이 되지 않는 보민을 걱정하며 단 둘이 돌아오는 차 안에서 이숙에게 그렇게 말했었다.

'BigBLACK을 보민이가 하면 어떨까?' 하고 말이다.

처음엔 강옥이 그런 생각을 하고 있다는 것에 꽤 놀랐지만, 말마따나 언제까지 BigBLACK을 닫아놓을 수도 없는 일이었고, 그렇다고 아무한테나 맡길 수도 없었다. 이왕이면 믿을 만한 사람이면 좋지 않겠냐는 강옥의 말에 이숙은 고개를 끄덕였다. 보민이 강옥 대신 회사를 맡는다면 강옥도 한시름 돌릴 수 있을 테니 말이다.

그래도 친구가 좋긴 좋다. 그렇게 죽어라 싸우면서 가만히 보면 강옥과 보민은 은근히 서로를 챙겼다. 그리고 뼛속까지 서로를 이해했다. 이숙은 그제야 두 사람의 글에 나란히 '좋아요'를 눌렀다.

"뭘 그렇게 봐?"

샤워를 마친 성재가 수건을 목에 두르며 이숙에게 물었다.

"보민이. 전에 얘기했던 내 친구."

"아, 그 수술한…."

"많이 힘든가 봐. 돈 들여서 성형까지 시켜줬더니 만났던 남자가 유부남이었어. 결국, 둘 다 속고 속인 거지 뭐."

성재는 침대에 엎드려 있는 이숙의 맨살을 손으로 쓰다듬으며 옆에 앉았다. 이상하게 이숙의 통통한 살이 좋았다. 만지면 만질수록 손에 착착 감기는 말랑말랑한 촉감이 마치 제 살 같은 느낌마저 들었다. 하지만 이 말을 한다면 이숙은 버럭 화를 내겠지. 성재는 이숙을 쳐다보며 이런 생각을 숨겼다.

"넌, 넌 나한테 숨기는 거 없어?"

"있지. 나 좀 일으켜 줘봐."

"있다고? 정말?"

성재는 낑낑대는 이숙을 양손으로 잡아 일으켰다.

"음… 하나는 내 몸무게가 드디어 7로 앞자리가 바뀌었다는 것!"

성재는 이를 드러내며 웃으려다 다시 정색했다.

"하나라니, 또 있단 얘기잖아?"

"응, 또 하나는 조만간 다시 살이 더 찔 거라는 거!"

이숙은 의아해하는 성재의 손에 선명하게 두 줄이 그어진 임신 테스트기를 쥐어줬다.

"울 엄마가 몽둥이 들고 찾아와도 도망가지 말고!"

성재는 세상을 다 가진 표정으로 활짝 웃었다. 그런 성재를 보며 이숙은 한숨이 나왔다.

"그런데 넌 표정이 왜 그래, 싫… 어?"

시무룩한 표정을 살피던 성재가 놀라 물었다. 그제야 이숙의 눈에서 참고 참아왔던 닭똥 같은 눈물이 뚝뚝 떨어졌다.

"애 낳고 찐 살은 진짜 안 빠진대! 이제 겨우 살 좀 빼나 했는데, 또 쪄야 되잖아!"

성재는 어떡하느냐며 울고 있는 이숙의 머리를 포개 안았다.

"사랑해."

"당신 때문이야."

"더 사랑해줄게."

"됐어, 미워!"

"그럼, 지방 흡입할까? 애기 낳고, 수술하면 되잖아."

그제야 이숙이 울음을 뚝 멈췄다. 그래, 이 대답을 원했어. 나에겐 그날의 한이 아직 남아 있다고! 남들 다하는 수술 왜 나만 못하게 하는데? 의학이 이렇게 발달했는데! 왜 신 메디컬테크널리지를 감히 인간 따위가 불신하냐고, 왜!

"그런데 또 둘째… 임신할 수도 있잖아? 그럼 도루묵이네?"

성재가 웃음을 꾹 참으며 이숙을 바라봤다. 약 올리는 게 분명했다. 이숙이 다시 침대에 엎드려 통곡했다.

"살찌는 거 싫어. 더 찌기 싫다고!"

"우리 딸기가 듣겠다. 그만 울어!"

"우리 딸기?"

"딸기지! 피임하려고 딸기 맛을 몇 박스나 썼는데도 생겼잖아. 그러니까 딸기라고 해줘야지. 얼마나 대단하냐! 왠지 벌써부터 남달라. 왠지 널 닮아서…."

"우량아겠지! 분명히 비만일 거야…. 얘도 날 닮아서 뚱뚱할 거야…."

"뭐?"

우량아를 외치곤 오열하는 이숙을 바라보며 성재가 미친 듯이 웃었다. 비만은 선천적인 요인보다 후천적인 요인이 훨씬 많다. 물론, 백퍼센트 동의하지는 않지만.

그럼에도 이숙은 아직 점에 지나지 않은 뱃속의 태아를 딸기라 부르며 배에 귀를 갖다 대는 성재가 너무나도 고마웠다. 몸무게를 생각하면 절망적으로 슬픈데, 지금 이 순간만큼은 행복해서 미친년처럼 울다가 웃다가를 반복했다.

"딸기야, 니네 엄마 웨딩드레스 입을 때까지만, 다이어트 하게 해주자. 니네 엄마 사랑하는 거 쉽지 않다. 아빠, 힘들어!"

이숙은 풉, 웃었다.

몸무게가 어떻게 변하든 이제 우린 셋이 될 것이고, 변하지 않는 건 이 남자가 내 아이의 아빠가 될 거라는 사실!

아직 슬퍼하기엔 이 행복이 너무 크다. 힘들다면서도 나를 사랑해주는 그를, 배를 쓰다듬으며 미소 짓는 그를 나 역시 미치도록 사랑한다.

사랑에도 맛이 있다면, 바로 지금 이 순간일 게다.

그와 내가 살을 맞대고, 사랑을 속삭이는 지금이야말로 아마 세상에서 가장 달콤하고 아름다운 맛이지 않을까?